罗瑜权◎著

散文集

站立的

河流

黄河出版传媒集团
阳光出版社

图书在版编目（CIP）数据

站立的河流 / 罗瑜权著 . -- 银川：阳光出版社，
2025.1. -- ISBN 978-7-5525-7552-1

Ⅰ . I267

中国国家版本馆 CIP 数据核字第 2025S3021A 号

站立的河流　　　　　　　　　　　　　　　　罗瑜权　著

责任编辑　薛　雪
封面设计　圣立文化
责任印制　岳建宁

黄河出版传媒集团
阳　光　出　版　社　出版发行

出　版　人　薛文斌
地　　　址　宁夏银川市北京东路139号出版大厦（750001）
网　　　址　http://ssp.yrpubm.com
网上书店　http://shop129132959.taobao.com
电子信箱　yangguangchubanshe@163.com
发行电话　0951-5047283
经　　　销　全国新华书店
印刷装订　四川金邦印务有限公司
印刷委托书号　（宁）0031162

开　　本　710 mm×1000 mm　1/16
印　　张　15
字　　数　230千字
版　　次　2025年1月第1版
印　　次　2025年1月第1次印刷
书　　号　ISBN 978-7-5525-7552-1
定　　价　76.00元

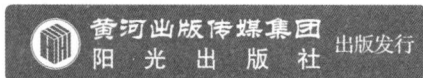

序

穿越河流的灵魂

雨　田

因为写作，我和罗瑜权打交道有20多年。说真的，我还是第一次这么集中读到他的散文，过去只知道他写过长篇纪实文学《铁血英雄》，报告文学《丰碑，忠诚警魂铸就》《巍巍丰碑》《打拐刑警》《村里来了警察书记》等作品。罗瑜权是个多面手，他的杂文随笔也写得漂亮，但他的散文最吸人眼球。我常常在《人民日报》（海外版）、《人民公安报》"剑兰"周刊、《四川日报》"原上草"副刊、《中外文艺》、《啄木鸟》、《四川文学》等报刊上，读到他厚道的具有文学魅力的文字。

罗瑜权自己选编的这部散文集《站立的河流》，共分"静观蜀道""羌山听风""涪江泛舟"三辑。我集中几天的时间，把整部书稿细读了两遍。我读懂了他对古蜀道、羌山和涪江的依恋情结，现实中的梦想和记忆的花环。我认为这确实是他的心血之作，其中多篇作品分量不轻，情真意切，读后令人感慨万千，现实生活确实比我们的想象更为精彩！

对于有着数千年文明，受外来文化影响较迟的中华文化来说，本民族的优秀传统，我个人认为是不能丢的，我们应该大张旗鼓地继承和发扬。从《静看翠云廊》《站在葭萌关口》《金牛古道访古》《司马相如和长卿石室》《细雨骑驴入剑门》等文章，可见罗瑜权的古典文学功底是很深厚的。他的这些散文有短有长，其写作手法流露出来的"典故"却明显地带有"古典主义"的文风。他独特的语言表达和对题材的拓展，让我们觉得更有可读性，可以说他的这些写作是一种有历史源头性的写作，更是历史发展轨迹一角的写照。

我们常说的乡愁，实际是对一种事物的思慕之情。这种思慕之情往往是由时间、空间单方面或者是双方共同引发的。换句话说，乡愁源自对差异性的感悟与怀想。罗瑜权的《寻找散落乡间的人文碎片》这篇散文，以独特的视角审视乡间的变化，挖掘乡愁的丰富内涵。作品沿着历史时间轴线，以自己的所见、所闻、所思作为切入点，由浅入深、以小见大，纵情抒写乡间的万物生长、欣欣向荣。其实不仅是历史的、文化的、逻辑的，更是情感的。由此可见，情感的底色与情感化的想象力，甚至弥补了他不在历史现场种种经验和体验的欠缺。他的《怀念一棵树》《银杏树·黄连树》《母亲的谚语》《父亲河，母亲河》有着乡间的过去、现在与未来，新与旧岁月里的生生息息、更迭不休，但本质的根脉却从未断裂过。就是因为有一种深植骨血的基因，一直在乡人乡事的铺陈中存续和脉动，那就是博大的情怀、淳朴善爱、向上向美。

文学艺术的生命是火焰。从本质上讲，我个人主张作家的创作不要去设定固有的模式和条条框框，我认为作家的写作应该是绝对自由的。

读完罗瑜权《站立的河流》整部书稿后，我看到一个在大时代里坚持自己的人，一个努力把自己的生活过得更有意义的普通人的追求，而这种追求正是他在特定历史环境中，在真实的、开放的整个历程中，经历了成长、成熟和变化的个人。他从一个文学青年到中年的整个人生，就是一个时代普通中国人的真切命运和真实生活的忠实写照。他的《清悠悠的咂酒，清悠悠的河》《白云深处有人家》《小镇的冬天》《春风引路入羌寨》《山外青山》这些作品的真实描摹，带有一种"人类学"式的观察和记录的意味，只不过这是他深入现实生活的真实记录。从《关内警察》《春到羊角村》《禹穴沟的老人》中，我们看到了这个时代"基层"社会的一些面貌。这个"基层"社会中人与人的关系、"基层"人们的生活形态，都被描述得异常细腻。偶尔的一些风趣和几笔诗意，让这个"基层"有了更多独特的意趣。可以说，罗瑜权就是深入这时代"基层"的见证者。

对一个作家来说，具有先天的资质固然重要，但后天的努力以及生活阅历的丰富与否，同样很重要。罗瑜权天资聪颖，他青年时代热爱文学，并对许多名篇名著有所阅读，这是难得的。

读了罗瑜权的《走在芙蓉溪畔》《巴郎山看云海》《在沱牌小镇》《不冻的野鸭》《春来鸟鸣》《山村的色彩》，我发现他的抒情散文写得颇有个性，也最值得品读。其情感的表达，往往于平静的抒写中凸显一种强烈的个性。有些具有他个性特征的文字真的耐读，回味咀嚼才能品出他独特个性的意境。

我无意去评说罗瑜权散文作品的长短。但我对他散文作品中鲜明的主题、鲜活的语言、自然得体的承启以及具有明显价值取向的哲理性印象很深。《草地牧歌》《高川的奇迹》等文章，均能体现罗瑜权的审美取向与价值观。他的《流淌的红色》《初心永恒》等文章有一种令人"沉思"的思想穿透力，让读者非常自然地对他言说的愿望具有一种共鸣感和认同感。可以说，罗瑜权是一位接地气、富有时代精神的难得的作家。

最后我想说，罗瑜权的不少散文是信手拈来的。他写生活，写人生，写人间真情，真实而又优雅地反映"生活实录"，其笔墨轻盈飘逸，情感自然流畅，读之快意，实属美的享受。我个人觉得他的这部散文集《站立的河流》耐人寻味。也许我说了不算，广大的读者们才是最有发言权的。

是为序也！

2024年6月22日写于沈家村

雨田 当代诗人、评论家，中国诗歌学会理事，中国作家协会会员，绵阳市作家协会副主席，出版诗集《秋天里的独白》《最后的花朵与纯洁的诗》《雪地中的回忆》《雨田长诗选集》《乌鸦帝国》《纪念：乌鸦与雪》《东南西北风》和散文集《大地的时光之痕》等。

目

CONTENTS

录

第二辑　　羌山听风

第三辑　　涪江泛舟

第一辑 静观蜀道

这条路，安静得让人难以想象。喧嚣的世界，竟还有这样一个静寂的地方，可以坐下来，安安静静望望天，看看美好的大自然。

静看翠云廊

　　这条路，安静得让人难以想象。喧嚣的世界，竟还有这样一个静寂的地方，可以坐下来，安安静静望望天，看看美好的大自然。

　　翠云廊是古蜀道重要的一段，从广元昭化到梓潼，蜿蜒300余里。沿途山不高，山上的古柏却很茂盛，铁干虬枝，高拂云天，形态万千，逶迤莽苍，任何生物在它面前都显得那样渺小。据考证，翠云廊的名称出自清代康熙年间，剑州知州乔钵在一首诗中写道："剑门路，崎岖凹凸石头路。两行古柏植何人？三百里程十万树。翠云廊，苍烟护，苔花荫雨湿衣裳，回柯垂叶凉风度。"

　　翠云廊，林峦叠翠，荫郁苍莽，绵延数百里，川陕公路从中穿越。我早年在广元工作，经常有机会经过川陕公路到翠云廊。那个时候，川陕公路是陕西、甘肃、青海到成都的一条主干道，人来人往，车辆如梭，沿途客店生意兴隆。川陕公路建于1934年10月，1937年全线开通，是当时四川人北上出川的唯一通道。自四川成都经绵阳、梓潼、剑阁至广元北上陕西，公路在棋盘关以南属四川境，棋盘关以北属陕西境。

　　20多年前，我在绵阳工作，时常走这条路回老家苍溪，也经常在大庙山、五连、柳沟一线停足小憩。翠云廊，成了旅途中的驿站。对于翠云廊上绚烂的景致，千年的松柏，沿途的一山一水、一草一木，都有逝不去的情怀。

　　在记忆深处，这段路虽然路窄、弯多、山高、坡险，但沿途依山傍水，风景优美，还穿过了不少历史名胜古迹，主要以三国蜀汉为主。从绵阳市的蒋琬墓、富乐山，到梓潼县境内的卧龙山、诸葛寨、孔明泉、关圣殿、魏延祠、瓦口关、御马岗；从剑阁县的剑门关、姜维墓、演武场，到昭化古城的葭萌关、费祎墓、牛头山、鲍三娘墓；从广元市的千佛崖、朝天区的筹笔驿，到阆中市的张飞庙、张飞墓，这些文物古迹，保存完好，至今还能一览无遗。这些遗迹，大多被列入全国重点文物保护单位名录。

翠云廊也留下了许多文人的墨迹。唐代著名诗人李商隐在唐大中七年（公元853年）为剑南东川节度使书记时，游览了川西北不少名胜古迹，触景生情写下了诗篇："长廊郁翠柏，斜阳照五津。景阳仍风雨，苍茫古栈云。剑南关山阻，何意沉香亭。由来争战地，龙须雨霖霖。"

行走在翠云长廊，你可以看到，青石板铺就的古道基本完整，不少地方还留有马蹄驼印。路的两边，一株株老态龙钟的古柏，静默挺拔，树根常常扎入大地，树干向着阳光努力伸展。虽然树干扭曲，有些老化，布满皱纹，但树冠却仍浓绿如云，彼此相接，荫护着树下同样写满沧桑的古蜀道。

前几天，在绵阳遇到一位在老挝的大学援教归国的老师，说她的老挝学生要来绵阳，问需要带学生到哪些地方看看。同行几个朋友都说一定要去大庙山，要去翠云廊，要学学中国的书法和古筝。翠云廊，在绵阳人的心目中已经成为一个符号，一个代表。

世事轮回，今日的翠云长廊隐在群山偏僻的一隅，不远处，就是车辆如梭的川陕高速公路、宝成铁路和西成高铁，时代与荣光都已不再属于它，但这又何妨，它依旧静静地立在那里，听着故土乡事，看尽天下变迁。

［2018年8月7日《人民日报》（海外版）"旅游天地"，收录于四川省作家协会选编《2018年四川散文精选》］

站在葭萌关口

　　已经很多年了，一直想再去昭化古城看看。昭化古城对于我，不仅仅是一个沉睡多年的美梦，也是内心深处一种由来已久的期盼与渴望；不仅仅是一个普通的地名，而且融进了我对她的一份向往，一款深情。

　　去年10月，受广元市作家协会之邀，周末到广元领一个读书征文奖，于是多年后有了机会，再次到昭化古城目睹其芳容。周五，我们到了广元，住在广元东坝一家宾馆。次日一早，我们吃了一碗广元特色蒸凉面和豆浆稀饭，便匆匆上路。离开广元城一路向南，经过宝轮镇，很快便到达了目的地。这天，天空下着小雨，走时匆忙，未备雨具，我们在古城接待站门口买了一把小伞，踏着薄薄的轻雾，随着全国各地来的游客进入景区。

　　昭化，古称葭萌，位于川蜀之北，秦岭以南，地处金牛古驿道与嘉陵江、白龙江水道交汇处，至今已有4000余年的历史和2244年连续建县史，是国家重点风景名胜区剑门蜀道风景名胜区、全国重点文物保护单位（剑门蜀道遗址群）的重要组成部分，是迄今为止国内唯一一座保存完好的三国古城，曾获全国环境优美乡镇、中国历史文化名镇等殊荣。古城风貌依旧，历史文化底蕴丰厚，是中国古代最早的县治地之一，素有"巴蜀第一县，蜀国第二都"之称。

　　昭化古城，四面环山，三面临水，北枕秦陇，西凭剑阁，南通阆巴，山清水秀，人杰地灵，古遗址、遗迹众多，民风古朴典雅。而且周边关隘森列，占据"东来广元有桔柏渡以拒之，西出剑阁有天雄关以镇之，南下苍阆有梅岭关以间之，北渡阴平有白水关以守之"的独特地势，成为"关""城"一体的水陆要冲，被誉为"全蜀咽喉，川北锁钥"，是古代重兵布控的军事要地，也是川北政治、经济和文化中心。

古城主要以三国文化著称于世，有"蜀道三国重镇，世外千年古城"之称。在漫长的历史长河中，许多文人雅士、墨客骚人留下了无数的传世之作，不同时期、不同朝代的英雄人物在这里上演了一幕幕动人心魄的历史话剧。从刘备入主葭萌（公元211年）到蜀汉灭亡（公元263年）短短的52年，将昭化推向了一个难以逾越的历史高度。刘备曾以葭萌为根据地，积蓄力量，为建立蜀汉政权作准备。史载，刘备、张飞、黄忠、费祎、庞统、马超、魏延、霍峻等众多三国英雄人物，曾在昭化运筹帷幄、厉兵秣马、跃马扬戈。这里有大量的三国蜀汉遗迹，主要有葭萌古关、费祎墓、战胜坝、天雄关、牛头山、姜维井、桔柏古渡、关索城、鲍三娘墓等。除了三国文化，昭化古城物产丰富，交通发达，嘉陵江、白龙江、清江三条江河汇集于此，加上蜀道金牛道穿城而过，古城一度成为重要的商业文化水码头。在川北有句流传久远的民谣："到了昭化，不想爹妈。"正是对昭化人杰地灵、物产丰盛的赞美。

昭化古城不大，和很多古镇古城一样，十字道路，青石板路，两旁是低矮的青砖黛瓦古建筑，整个装修风格和装饰物品都是古色古香的。进入东门后，我沿着太守街，从右到左，经过贞节牌坊、考棚、昭化县委旧址、文庙、城隍庙、昭化农民教育馆，到孝友牌坊、龙门书院、八卦井、战胜坝、敬侯祠、古汉城墙遗址。一个人在小雨中的古城行走，一个人沉浸在历史的长河中慢慢思考。我喜欢这样的旅行，我不希望自己被外界的喧嚣更多地打扰。在昭化古城，我像一个刚入学堂的孩子，奋不顾身地，一头扑进历史的怀抱中……在人到半百的时候，我更加懂得如何按自己的方式活，更加喜欢自己一个人独立思考，不被外界左右。而在这个下雨的秋天，我与昭化古城一见倾心。

昭化这个地名，很早很早在我记忆中就有一定的印象。记得很小的时候，父亲是嘉陵江上的一个船工，经常有机会到广元，也经常在我们面前提到"昭化"这个地名。每年冬天，父亲都会在昭化买一些钢炭带回家，供全家人取暖。我参加工作后，第一个工作地便是广元。早年我在广元服兵役的时候，曾经到过昭化古城，那时，古城还原汁原味，没有维修，没有现代的商业化气息。那时古城保存有旧城门、旧城墙，我在古城内行走，看到纯朴的老乡沿街盘坐卖着自己编的竹器，卖着本地盛产的水果。20年前，因工作调动，我离开了广元，一直没有机会再到昭化。这次到昭化，也许是了一个心愿，也许是想看一下古城多年后的变迁，也许是想在忙碌的工作后散散步，散散心。

沿着古城，一个人慢慢走，慢慢看。昭化的美，用厚重一词，也不足以表达我对她的赞美。站在葭萌关口，瞭望远方，一阵微风吹过，吹落一片片淡黄的叶子，也吹开我的思绪。我仿佛看到一幅波澜壮阔的三国画面展现在我的眼前，炮火连天，烽烟四起，锣鼓声声，战旗挥舞，一代枭雄决战沙场。我从小就喜欢读一些有关三国的历史书籍，上海人民美术出版社出版的《三国演义》连环画40册小人儿书，我至今还好好地收藏在书柜。我也曾在《人民公安报》"剑兰"周刊和《广元日报》"明月峡"副刊发表过《家藏一套小人儿书》的文章。那些多年前就已经烂熟于心的三国时期的名字，此刻，就像一位真人，完完全全地真实展现在我的眼前，让我惊讶，目瞪，乃至口呆。

《三国演义》中各路英雄豪杰，或足智多谋、运筹帷幄，或骁勇善战、所向披靡，或忠心耿耿、义薄云天……精彩纷呈的故事，跃然纸上的人物，都令我百读不厌，百赏不够。而在昭化古城，许多意犹未尽的景致，许多熟知的历史典故，许多传统的民风民俗，我想在短时间，我是舍不得一次就看完、看透的。

秋天时节，川北山区雾蒙蒙，嘉陵江边景色卓然，宛若瑶池仙境；秋雨纷纷，雨雾中昭化古城似真似幻，风姿独特。就要离开古城了，站在嘉陵江边，回头凝望着身旁的古城，还有城墙上隐隐约约的楼亭，猎猎飘扬的战旗，让我每一步的行走，都显得沉重，像是在召唤我放慢行进的步伐，重温历史，追寻乡愁。

（2017年11月24日《晚霞报》"游玩"副刊"我的快乐之旅"专栏）

走在芙蓉溪畔

每个人的生命中都有一条河流，芙蓉溪就是我生命中的那条小溪。它是涪江的一条支流，支流汇入涪江后流入嘉陵江又入长江，然后流向更远的地方。

我第一次知道芙蓉溪，是20世纪80年代中后期，当时我在绵阳市公安干校读书，学校的门前就是芙蓉溪，学校的对面是富乐山。每次放学后，我们三五成群，集结漫步在芙蓉溪边，走过低低的石桥，走上幽幽的富乐山，享受美丽的山水风光。

芙蓉溪发源于江油，蜿蜒于江油、游仙的丘陵大地，在沈家坝注入涪江。河流全长90公里，因古时两岸遍植芙蓉而得名。在隋唐时代，芙蓉溪即绵州城外的风景游乐区，水深波平，清澈似镜，李白杜甫曾经泛舟其上，并吟诗作赋。南宋著名诗人陆游也留有《东津》《冬游芙蓉溪》《游东山》等有关芙蓉溪的诗篇。

前不久，我终于有机会走入芙蓉溪的深处，沿芙蓉溪了解这里的生态建设、水文化建设，领略芙蓉溪自然风光，寻踪芙蓉溪沿线的历史古迹，感受两岸新农村建设。

在绵阳市游仙区新桥镇，我们站在河堤，看那芙蓉溪，溪水平缓，碧波粼粼，几只白鹭飞过水面。溪中，有一座占老的墩子石桥，方方正正的石磴，错落有致，静静站立，如矩形方阵，尽管历经多年的风雨侵蚀、溪水冲击，依然沉稳而坚固。岸边的草木受到水流的滋润，更显葱郁娇嫩。一群小鸭在溪边咀嚼着什么，而几位老翁正悠闲垂钓。溪水那边，农家小院还有古树，倒映在曲曲而下的芙蓉溪水清波中，展示出一种烟水淡淡式的泼墨写意。

在游仙区太平镇有一排文化墙，是由当地的乡土画家陈青松所画。画中包括太平楼由来、十大传统美德等内容，真实地展示了当代农民的精神风貌，反映了乡土文化的历史传承，受到人们的喜爱。

离开太平镇后，我们又来到芙蓉溪下游的沉抗水库。漫步库坝，放眼而望：青山连绵，树影婆娑，蓝天映绿水，一幅恬淡而愉悦的景象。不远处的仙海水利风景区是依托沉抗水库建立的国家级水利风景区，每年举行不少的环湖体育比赛活动，是一个休闲、娱乐、观光的好去处。

清澈的芙蓉溪，从大山深处逶迤而来，像一条碧绿的绸带，飘向巴蜀大地，飘向远方的大海。我们走向哪里，它就流向哪里。真的是这样吗？当然不是，而是它那涓涓的神韵，从我们心间流过，滋养着我们的生命，直到某一天……

［2016年3月23日《人民日报》（海外版）"旅游天地"专栏］

寻找散落乡间的人文碎片

已进季秋，一抹绿色镶嵌在巴山蜀水的边边角角，逐渐由绿变黄变红。在飘飘洒洒的细雨里，我们到全国重点乡镇——绵阳市游仙区魏城镇采风。

魏城镇地处游仙区中心腹地，不仅管辖的村社多，人口多，而且历史悠久。魏城"东通巴汉，南屏成都，西控羌氐，北扼秦陇"，自古便有"剑门锁钥"和"蜀道咽喉"之称，是西蜀到长安、到襄汉的必经之道。据史料记载，早在西魏废帝二年（公元553年）就被置为县郡，其县治持续时间长达730年。传说三国时，蜀国大将魏延曾长期驻守魏城，并在这里操演兵马。诸葛亮死后，魏延被长史杨仪冤杀。冤案真相大白后，朝廷就将将军曾经驻守的这一块地方赐予将军的后人，供其子孙繁衍生息。城以将军之姓为名，叫魏城。

在我知道魏城时，魏城是老绵阳县下的一个区，我经常从绵阳经梓潼、剑阁回老家苍溪，其间就要经过魏城。那时，没有高速公路，只有国道108线，凡是从广元到绵阳的汽车，都要经过剑门关，翻大庙山，过魏城镇。每每经过魏城，从客车上下的旅客就知道，这里是一个人口众多、比较繁华的地方。

在我记忆中，魏城的羊肉特别好吃。前些年，一到冬天，我们经常三五成群，一起从绵阳城区开车到魏城场上吃羊肉。

我真正第一次到魏城，是8年前，"5·12"大地震后，魏城也是重灾区之一，我到魏城派出所采访板房里的抗震救灾民警。

今秋，到魏城采风，再次走进这座古镇，去探寻它的历史渊源，去了解它的自然风貌与风土人情，去见证它的山水和历史变迁，用文字记录发展中的魏城。

早晨9时，我们的车队准时从绵阳科技馆出发，经绵（阳）梓（潼）公路，一路向北，不久就到了一个岔路口。时任游仙区文联主席李健，魏城镇党委原副书记、人大原主席郭光寿老人等，已经在路口迎接我们。

车队在魏城的东北方向乡村小道上颠簸前行，道路两边林木郁郁，草色青青，青黛包翠，偶尔一丝秋风吹过，红黄树叶沙沙作响，瞬间点亮了视线。在金马山的一个拐弯处，远观一座睡佛安详静卧在金牛古道上，惟妙惟肖。听随行当地人介绍说，这是天然奇观，由北山、玉珠山和玉皇观相连，自然而成，为魏城八景之一。

山间飘了一些小雨，在薄雾轻云之中，我们继续前行，不久就到了魏城镇绣山村。绣山村赵渠沟有个石堂院，又名石堂观，坐落在岷峨山下。山中幽静，奇石突兀，有小窦圌山之称。

到石堂院要经过一段石径，直通上山。石径由不规则的青石板修成。这是一条千年的盐道，道路两边的大石上散落着许多带题刻的唐、宋、清代的摩崖造像，记载了这个地方悠久的历史。

石堂院，紧依绝壁奇石而建，是一座悬石与寺庙合一的悬空寺。院内石刻记载，石堂院始建于唐代，清代康熙年间重建，原有院宇10余间，后被拆除，现仅存山泉、部分题刻和摩崖造像。院内共有7块硕大奇石，几乎均呈悬空状，下面有竖立的石条撑起。最有特色的是两块独立的石头，相距仅一米。石头上有不少题刻，其中一处山石上刻有"高松凉泉"四字，阳光下显得更为遒劲有力。

石堂院的两块大石头中间是一座小天桥，天桥下面立有一块绵阳市人民政府1985年3月公布的市级文物保护单位石堂院石刻题记石碑。2012年7月，四川省人民政府公布了四川省第八批省级文物保护单位名单，石堂院石刻题记及摩崖造像被列入其中。

据介绍，石堂院还存有唐元和四年（公元809年）推官沈杞与其兄沈超游石堂院而作的《崔文公魏城灵泉记》题刻，北宋太平兴国六年（公元981年）题刻，南宋绍定年间通判震甫作《冉木放粮记》题刻，明万历二十二年（公元1594年）知州李承露作《飞石亭记》题刻，清光绪年间的《游石塘院记》题刻等。

我们在山林间的野草、乱刺中穿行，寻找散落在石堂院附近的石刻题记，发现一处宋朝诗人章师古的《留题石堂院》石刻："何处足清凉，山南古石堂。溪沙留虎迹，水影上僧房。万景因深僻，无人为发扬。侵苦写涩句，笔冻不成行。"这首诗后来被学者收入《全宋诗》第三十二部。

这些散落石刻上的许多文字，经过时光的浸染，已经风化，布满青苔，成为残碑。仔细地读上面的一些文字，能隐隐约约地感到石堂美景深处山中无人知的凄凉。

石堂院，极为安静，没有磬击声，没有香火味，只有山间草木的清香。站在山头，微风缥缈，静静地远眺一片秋色的沃野，令人怦然心动，诗意萌动，浑然忘我。离开都市，行走山野，在山水间一呼一吸，人便如同这山间的小草，随风舒展，顿时感到心旷神怡，许多都市的烦躁倦意随着山风瞬间消失，让人清爽几分，生活便成了简单的领悟。

离开石堂院，我们沿着一条乡村水泥道路，到了湖光山色的文风塔。文风塔，又名南塔，建于清代光绪年间，是四川省第八批省级文物保护单位。《绵阳县志》记载："文风塔，魏城驿东北里许，光绪五年（公元1879年）己卯九月李蕃倡建砖塔。"据传文风塔是因当地人才很少，只出了一名进士叫叶上林，李蕃为了倡导文风而建。

文风塔由塔基、塔身和塔刹组成，坐东南向西北。塔基由条石砌成，为六面空檐式空腹砖塔，通高25米13层。由于遭雷击，塔顶和塔刹有损，仅剩12层。塔内壁嵌有石刻题记。古塔形如笔颖，高耸挺拔，雄伟壮观。站在塔对面远观，塔身与倒映在魏柳河清澈水面的塔影相互对称，与蓝天白云，与青山绿水，与乡间的水牛、野鸭、白鹭等，构成一幅优美的田园风光画。

一路上，秋雨绵绵，我们在小雨中继续前行，来到了牌坊村唐陈氏贞节牌坊。唐陈氏贞节牌坊是绵阳市最古老的一个牌坊，建于清道光元年（公元1821年）。穿过一段泥泞的小路，我们到了牌坊下，年已古稀的郭光寿老人给我们讲述了一个感人的历史故事。乾隆二十年（公元1755年），魏城有一个陈姓女子被卖与唐家作童养媳，14岁时未婚夫病故，陈氏终身不嫁，侍奉翁姑百年。道光元年（公元1821年），清廷接到下面的情况报告，认为值得光大，敕令投资建立牌坊表扬陈姓女子。

牌坊为四柱三门三重檐，一正楼两边楼的牌式建筑。落地四柱，各有撑鼓，上仅存狮象四个瑞兽。横梁为深浮雕，内容为天官赐福、八仙祝寿、双龙戏珠、双凤朝阳等；华板、立柱等地方，雕刻有琴棋书画、如意、走兽等。牌坊正面内柱有一副隶书对联"心对镜天昭白昼，节磨玉雪苦青春"，另一面有楷书联"井水同心柏舟逊节，粉书竝（并）洁金字连香"。牌坊上面还镌刻有绵阳第一个进士叶上林和文士孙文焕的题词，具有一定的史料价值。

百善孝为先。中国自古以来都提倡孝道，唐陈氏贞节牌坊的故事至今流传，也是中华民族的传统美德发扬光大的一个缩影。

魏城镇历史文化悠久，文物古迹众多，有四川省级文物保护单位4处。一路上，我们马不停蹄，还参观了位于玉林山顶的省级文物保护单位北山院摩崖造像及刻经，省级文物保护单位圣水寺摩崖造像和圣泉禅院、玉皇观等文物古迹。魏城镇圣水寺摩崖造像中的水月观音造像，是四川省仅存、全国罕见的唐代水月观音造像，堪称国宝级的佛教艺术雕刻。

魏城不仅山清水秀，文物古迹众多，交通也十分便捷。国道108线公路穿境而过，水源丰沛，魏柳河流经全镇。魏城的名特小吃多，有捞饭杂拌汤、东乡饼子、魏城羊肉、豌豆凉粉、红脚蒜苗、荣发大枣等，受到无数旅游和摄影爱好者的青睐。

行走在烟雨迷蒙的魏城小山村，我们一路用透视的眼睛穿越历史，看到并记住这片热土，不要让它在时间的长河里被湮没，不要让它被历史遗忘。

近年来，魏城镇党委和政府通过文化搭台、经济唱戏，全镇精神家园建设、特色文化产业发展取得显著成效，生态农业、生态文化和生态旅游多点开花，硕果累累，先后获全国重点镇、全国文明村镇、全国小城镇建设示范镇、国家级优秀传统村落（绣山村）、四川省百镇建设行动示范镇、四川省文化艺术之乡等荣誉称号。

（2017年第3期《中外文艺》）

司马相如和长卿石室

　　读书，不仅可以坐下来安静地"捧书静读"，而且可以在旅行中慢读、细读。西汉大辞赋家司马相如就是如此。

　　四川梓潼有个"长卿石室"，也就是司马相如读书台。司马相如长期居住在成都，供职在长安，为何梓潼川北这个小县有他的读书台呢?

　　夏至前夕，应邀来到梓潼县长卿镇，走进了长卿石室所在地长卿山。

　　长卿山位于梓潼县城南部潼江南岸，山不高，而有名，由于西汉文豪、辞赋家司马相如曾在长卿山读书于台，有长卿石室至今保存。长卿山的西麓山塆，就是"两弹城"旧址。出"两弹城"旧址左拐不远，有条岔路，进入上右山。一段土路，道路崎岖，山形曲折，两边松柏苍翠，郁郁葱葱，鸟鸣声声。尽管夏天炎热，但行走在长卿山上却感到特别凉快。行在半山腰处，有一座古庙，风轻雅静，正门上写着"长卿山"三个大字，四周是苍劲挺拔的古柏林，有"鸳鸯柏""姐妹树"，山下是金牛古道，一看就是翠云廊的延伸。随行的友人告诉我，这座山就是长卿山，庙内有长卿石室，也就是司马相如读书台。

　　古庙历经沧桑，除石室保存外，其他早毁无余。近几年，附近群众集资，新修了殿宇，大殿称"相如堂"，中厅称"相如亭"。亭内石穴石墙上刻有"长卿石室"四个大字，大字前有一司马相如的雕像，石室纵深有一两米，高六七米，可容纳案几。《舆地纪胜》记载："长卿山，旧名神山，明皇过梓潼，望山上有石窟，近臣奏云，汉司马相如读书之窟，遂敕名长卿山。志云，山上有长卿寺，下有汉侍御李业石阙。"

司马相如，字长卿，少名犬子，长居成都，因仰慕战国时的名相蔺相如而改名。西汉大辞赋家，中国文化史文学史上杰出的代表，一首辞藻华丽的《子虚赋》，奠定了他在汉赋文学上的崇高地位，被尊为汉赋鼻祖，人称"赋圣"。他与卓文君的爱情故事也广为流传。鲁迅在《汉文学史纲要》中评述："武帝时文人，赋莫若司马相如，文莫若司马迁。"

司马相如一生三次到长安，五次过梓潼，三次登上长卿山。步入林间小道，但见松柏千嶂，野花飘香，层林冠盖，郁郁葱葱。北眺七曲山，苍翠如画。鸟瞰县城，历历在目。山下潼水潺潺，小舟点点。一幅清新、飘逸的画卷，认为是个读书、赏景的好地方，于是决定留宿于山腰古刹一个石穴内夜读。这个石穴就是"长卿石室"。

到了唐代，唐明皇幸蜀，到了梓潼，遥见山上有处石窟，一问才知是司马相如读书之窟，遂赐名为"长卿山"。其后，不少官宦及文人墨客登临拜谒。唐代诗人李商隐在《梓潼望长卿山至巴西复怀谯秀》中写道："梓潼不见马相如，更欲南行问酒垆。行到巴西觅谯秀，巴西惟是有寒芜。"北宋著名词人晏几道和明代兵部尚书金献民等人，也曾为长卿山题写诗词。

有了长卿山的命名后，也就有了长卿镇、长卿村名称的来历。

在登长卿山的路上，我在想，人的一生，一定是在不断的求学中前进的。只有不断学习上进的人，才能走上美好的人生之路。海涅说过："春天不播种，夏天就不会生长，秋天就不能收割，冬天就不能品尝。"司马相如之所以一生有如此大的成就，与他不放松读书、勤学苦练，密不可分。

读书的方式多种多样。有在室内读的，也有在野外读的；有在河畔读的，也有在山间读的；有在柳下读的，也有在石室读的……我曾在中国美术家协会网上看到明代著名画家吴伟的作品《树下读书图》，画中一位中年文士耕牧之余在山间树下休憩，展卷读书，自得其乐。正如司马相如在石室读书一样，我想，在空旷山野间，他们专心致志、气定神闲地捧卷阅读，与山水融为一体，是和书籍、大自然相依相伴的结果。我也在想，不管什么方式，只要长期坚持读书，一定会寻找到精神的归宿、心灵的家园。

其实，梓潼就是一个文风盛行的地方。在中国尚文崇德的历史中，有"北孔子，南文昌"之说。七曲山大庙旧称文昌宫，始建于晋，历经数代修缮，荟萃元明清古建筑风格。七曲山大庙被著名建筑学家梁思成誉为"古建筑博物馆"，其结构谨严，布局有序，廊腰缦回，曲折自然，雕梁画栋，莫不精工，为蜀中少有的古建筑群。发源于文昌祖庭的洞经音乐走出庙堂，根植民间，不断吸收各地各民族的音乐营养，发展成为一种古老的民俗音乐。

如今，在长卿山南麓有全国重点文物保护单位汉侍御史李业阙，四川省省级文物保护单位清代贞孝节烈总坊；东面有汉代边孝先卧游亭及唐宋石刻与唐代寺庙西岩寺；北麓陡峭绝壁，崖顶翠柏苍松，山下潼水潺漫，为梓潼八景之一的"西岩烟雨"；西麓山垮处为红色教育基地"两弹城"。站在长卿山，可以全观梓潼县城，北望七曲山大庙，东览崇文塔景区，潼江之水自北而来蜿蜒南下，风景秀丽。

在梓潼，每年农历正月初八，男女老幼相约登长卿山，成为一种重要的民俗活动。1999年，梓潼县决定将这天定为"登高节"，组织开展全民健身活动，四面八方的游客纷纷来到长卿山，登高瞰景，寻幽览胜，思古怀乡。

（2022年8月14日《绵阳日报》"西蜀"副刊，绵阳市委机关刊物《绵阳通讯》转载）

怀念一棵树

在相当长一段时间，我怀念一棵树。那棵树长在一座叫鱼泉山的山上，山很小，甚至在网络上也查不到它的一点信息，只有村上的老百姓知道它的名字。那棵树长在一座叫鱼泉寺的寺庙后面，相互依偎，彼此温暖，也无从考据，在这山上，是先有树，还是先有寺。

我知道那棵树，是在一个夏天，参加一次采风活动。那天，我们从绵阳城区出发，经过一段丘陵地带，先到了村委会。村委会在一座小院内，院墙上有个牌匾，是住房和城乡建设部授予的"中国传统村落"。在山村，看到这个牌匾，心里就有了更多的好奇。

离开村委会，我们到了古寺。寺庙不大，坐落在半山腰，寺庙前面是一大块滑坡的山坡。森林覆盖的山地，突然有了创伤，裂开一个伤口，在山村也显得特别显眼。山坡下，工人们正在忙碌，抓紧浇筑水泥，砌码堡坎，加固山体。站在寺庙门口，看到下面的场面，还以为在搭桥修路。

在进寺庙前，听说这座寺庙是全国重点文物保护单位，想必寺庙也有它的特色之处和镇宝之物。

随着村支书，我们进入寺庙。寺庙始建于明正统元年（公元1436年），至今已有580多年的历史。一路上，我很好奇寺庙名称的来源。寺内人告诉我，寺庙正殿大雄殿前有一长方形石池，池边正上方雕刻一石螭首，螭首内有水道与山泉相通，引泉水注入。相传"寺有泉池不涸，有鱼游泳自如"，故得寺名。这一传说，寺内的碑文也有印证。碑文记载："鱼泉寺古名刹也。旧因山中有泉，常见锦鳞出跃故名。"

这只是一个传说。我问过老乡，是先有寺名，还是先有山名，是因寺取的山名，还是山因寺而改名，老乡没有正面回答，只说山叫鱼泉山，寺叫鱼泉寺。

鱼泉寺依山而建，坐南朝北，建造在层层条石垒砌而成的高台之上，三面青山相护，前瞰魏柳河与雍家场。寺庙横向排列布局，由并列的两个四合院组成。其西院为主体部分，院前二层楼阁，即灵官楼。东院为祖师殿、方丈房及一般僧舍。明末清初，寺遭兵燹。康熙、乾隆年间，寺僧增建了观音殿、地藏殿和前殿，并续构两廊及前灵官楼。但历经战火，数代修缮，现有的鱼泉寺仅存正殿大雄殿。

走进鱼泉寺，逶迤石梯，木墙青瓦，青石地板，木檐斗拱，清代石碑，一件件遗存的文物古迹，充满了古色古香的时代色彩。寺内大殿柱子、梁枋用材硕大，斗拱完好，梁枋和斗拱上的彩绘、设色及明代题记，具有浓郁的明清建筑风格和地方特征。

寺庙除了独特的建筑布局外，壁画也是一大特色。

鱼泉寺现存建筑的前经墙和室内墙壁上，保存了大量的壁画，计有数十幅。山门阁楼内侧外墙上的壁画，以"劝人行善"为主题，线条流畅，人物神态栩栩如生。在大雄殿及两侧建筑的墙体上，绘有以佛教故事为主的壁画，多黑白色调，也有少量彩绘。由于时代久远，多数壁画破损严重，有的脱落，有的画面模糊不清。听说，当地政府在修缮寺庙中发现壁画破损，就多方采取措施严加保护。

鱼泉寺周围山峦环抱，林木荫翳，清流激荡，环境幽静。寺庙后面有棵高大的古树，叫无患子，属于落叶乔木，树皮灰褐，树枝嫩绿。这种树在四川各地的寺庙、庭院和村边常见，喜光耐阴，耐寒能力强，对土壤也要求不高，根深结实，生长较快，寿命较长。树下有许多坚硬的果子，那天参加采风的人拾了很多，有人说这是做手链的好材料。

在水土不太肥沃的小山上，长着这样一棵参天的大树；我知道，它一定很孤独，它的身上一定被赋予了很多神奇的传说。百年不死，千年不倒，枝叶繁密茂盛，一定经受了不少风雪的考验。在风雪中不低头，不屈服，伸腰立枝，活像一把张开的绿绒大伞，风一吹，轻轻摇曳，树叶在风中飞舞。

在贫困落后的山村，太需要有一棵树了。不仅是遮阴的问题，树能涵养水源，保持水土，人类需要氧气，树正好可以产氧。可以说，没有了树就没有了人类。一棵树有时候比水重要，水关乎人的生命，树却关系到人的心灵。人是从树上下来的，人应该像树一样在荒原中长大，像树一样笔挺修直，像树一样长成有用之才。

一棵树就是乡愁，承载着记忆和梦想，看到树就想到了快乐的童年，看到树也就想到了故乡。一棵树也是支柱，躯干挺拔，根蜷大地，滋土一方，充满盎然的生机，荫庇子孙。

在这棵大树面前，我和它保持一定的距离。在我面前，这棵矗立的大树，像一个顶天立地的巨人，又像一个威武的哨兵，守护着香火不断的寺庙，见证着山村的变迁。

古树参天，枝繁叶茂，遒劲挺拔，长年累月随着山势向前倾斜扩展，威胁着下面寺庙的安全。我怀疑我有焦虑症，站在寺庙旁边，很担心这棵古树轰然倒下，压垮了寺庙。旁边的村上人看出我的忧虑，对我说，不用担心，古树不会倒的。前几年，为了保护寺庙和古树的安全，乡上一位老干部多次向有关部门反映，引起重视，随后拨款保护，从山顶生根加固，几根铁绳拉住古树，不让它向前倾斜。

离开寺庙，我们上山，寂静的山野，静得只能听到沓沓的脚步声。山上树木茂盛，负氧离子多，行走在空旷的山间，连呼吸也变得舒畅轻柔了。

经过一段蜿蜒的青石小路，来到一个叫鱼泉的亭台，亭内有口八角井，井水清澈，常有鱼儿出现，亭旁有座高大的龙王塑像。当地随行人员说，这口井从来没有干涸过，一年四季惠泽周围百姓。

鱼泉寺四周草木茂盛，绿树遮蔽，古朴清幽，是夏天避暑纳凉的好地方。站在山上，视野开阔，山村美景尽收眼底。远眺群山环抱，层峦叠嶂；近看连绵起伏的麦地在阳光下泛着金黄，错落有致的民居散落乡间，构成一幅美丽的乡村画卷。

鱼泉寺门前立有两座石碑，记录的算是寺内大事。2002年12月，鱼泉寺被四川省人民政府公布为第六批古建筑省级文物保护单位；2013年3月，鱼泉寺被国务院公布为第七批全国重点文物保护单位。

在鱼泉山下离鱼泉寺不远处，一户农家院旁有个禅师碑屋，建于乾隆二十七年（公元1762年）孟秋，是鱼泉寺最如禅师暮年为己所建。碑屋坐南向北，条石砌墙，穿斗青瓦，屋内立有"传临济正宗第三十五世鱼泉堂最如昌大和尚之塔"的石碑。由于碑屋年久失修，无人打理，已渐渐没落乡间。

散落于鱼泉寺四周的古迹还比较多。1935年4月，红四方面军12师34团曾经过此地，如今寺庙后山还保存有红军纪念碑。离寺庙不远还有金龙桥、雍家老宅等。尽管这些古迹地点偏僻，但仍吸引着一些游客前往。

（2021年第5期《河南文学》）

银杏树·黄连树

　　当地人把银杏树称为"白果树"，白果即银杏树的果实。白果是一种中药材，有祛痰止咳、抗菌止浊、降血压、降胆固醇、抗衰老、保护肝脏等作用。

　　这是一棵我见过的最大的银杏树，躯干矗立，根蜷大地，枝繁叶茂，高耸入云。像一个严阵以待的战士一样，威武挺拔，站在路边，守护着山村的一草一木，静观着乡土的发展变迁，保护着百姓的子子孙孙。

　　这棵树位于四川省梓潼县仁和镇新华村一条小溪旁，树径有5米，要10多个壮汉才能合围抱拢，树冠高二三十米。听当地76岁的村民杨发祥说，他爷爷的爷爷小时候看到的它，就是一棵硕大的树，树龄应有上千年。

　　银杏树生长较慢，寿命极长，因此又有人把它称为"公孙树"，意为"公公种树，孙子得果"。千年银杏历史久远，当地流传着许多与之相关的传说。村民们将古树奉为神树，逢年过节，都会来到树下烧香祈福，祝愿国家安泰、家人安康。

　　这棵树对于现在成都经商办企业的梁先生来说，有特别的情结。梁先生是仁和镇里仁村人，10多岁就离开家乡到部队当兵，一走就是40多年。小时候，梁先生在镇上读书，经常穿过树旁的一条小路，也经常看到这棵树风里雨里护佑百姓，荫庇子孙，滋土一方。

　　这是一棵奇特的树，在银杏树的中间，还长着一棵20多米高的黄连树，树形高大，古朴而沧桑。这棵连体树，不管严冬酷暑，还是风吹雨打，他们总是紧紧相依，相互拥抱，相互守候，宛若一对情侣，永不分离。一到夏天，树叶一黄一绿，一深一浅，生机盎然。到了秋天，黄灿灿的银杏叶把整棵树装扮得高贵漂亮。秋风拂过，片片树叶飘飘悠悠落下，像蝴蝶翩翩飞舞，给大地铺上了一层厚厚的地毯。

一棵树，就是乡愁，就是梦里的眺望，承载着记忆和梦想。看到树就想到了快乐的童年，看到树也就想到了故乡。

我知道，在偏僻的山村长着这样一棵参天的大树，一定很孤独，也很坚强。百年不死，千年不倒，依然屹立，枝繁叶茂，一定历经了风霜雨雪的考验。我也知道，在干旱缺水的山村，太需要一棵树了。不仅可以遮阴避阳，树还能涵养水源，保持水土，还能给人们提供充足的氧气，让人们健康成长。

阳光透过树叶间的空隙倾泻而下，照到哪里，哪里就显得更加明丽。几个村民背着刚采摘的沃柑从树下穿过，一条致富大道由此向他们打开。

离古树不远处有一个沃柑产业园，园里传来一股股沁人心脾的果香，沃柑缀满枝头，几个村民喜笑颜开采摘着。已入夏天，还有大量新鲜的沃柑上市，我有些不解，问身边的当地朋友。他们对我说，仁和镇是果蔬之乡，有6500多亩沃柑，是全县最大的沃柑基地。沃柑属于春橘，是晚熟型的杂柑品种，属高糖水果，外皮艳丽、果皮薄、口感清甜，具有口感甜柔、低酸爽口的特性，有很高的营养价值。由于在3月前后上市，能够与其他品种错开，因此价格好，果农收入也高。

仁和镇是一个历史悠久、自然资源丰富的乡镇，辖区有蒲家大院、弥江桥、弥江寺、戏楼、三清观等文物和古迹。蒲家大院建于清光绪十三年（公元1887年），是一座百年乡村民宅，全木结构的四合院整体呈"四星捧月"，建筑恢宏大气，木雕、石雕匠心独运，具有浓郁的川北民居文化特色，浓缩了一段历史岁月，记载了蒲氏家族的兴衰。

离蒲家大院不远，就是弥江寺。弥江寺位于鸡鸣三县（梓潼、盐亭、剑阁）之地仁和镇大新村，寺庙不大，庭院中长着一株十分茂盛的紫荆树，寺内有一座保存完好的戏楼。绵阳的古戏楼已经不多，我曾在江油青林口、三台郪江和游仙东宣、马鞍寺看到过，大多数戏楼被冷落和损坏。

弥江寺前过公路便是弥江，江上有座小桥，叫弥江桥，是绵阳市文物保护单位。弥江桥建于乾隆五十四年（公元1789年），为两墩三孔木梁架廊桥，由桥墩、桥台、桥面和桥楼组成，桥面用木板铺成，布局紧凑，结构严谨，保存完好。桥的周围古柏掩映，流水潺潺，曲径通幽，有"小桥流水人家"的感觉。

弥江桥也是红军长征走过的地方，西侧是烈士牺牲地。古老的弥江桥，见证了红军当年在这里建立村苏维埃政府，开展"打土豪，分田地"的土地革命，见证了红军战士宁死不屈、矢志不渝的坚定信念和无畏精神。

这天，在大新村，我们还有幸见到了"大新花灯"传承人赵海全。他送给我一本由县政协编纂的图书《非遗之梓潼大新花灯》，图文并茂，全面系统地介绍了大新花灯。

大新花灯起源于民国初年仁和镇大新村，是一种极具地方特色的民间灯舞，以灯为主要道具，"灯阵"为主要表演形式，"耍灯"为主要表现手段，参演人数多者90余人。表演时，青、黄二龙和各类花灯在锣鼓声中，边舞边走。每年正月十五和文昌祭祀活动中都会表演。2009年3月，大新花灯被四川省人民政府公布列入第二批省级非物质文化遗产保护名录。

在路上，听大新村一位村干部说，新中国成立后，大新花灯表演活动一度中断。如今，众多熟悉表演程序和道具制作的传人已辞世，一些文献资料流失，大新花灯高度濒危，已经没有人愿意参加表演了。为了拯救这一非遗文化，县上高度重视，组织人员抢救编写资料，建立传习所，组织展演、巡演，进校园、进社区，做好传承保护。

这天，在仁和采风，有来自省城和市里媒体的编辑和作家10多人。晚饭后，按常理会安排我们到镇上宾馆住宿，没想到安排我们到里仁村农家。里仁村离镇上有10多分钟的山路车程。

路上，我还在想，农家住得下这么多人吗？会不会安排拼床，几个人挤在一起？以前到乡村采风有过这样的经历，我不能确定，也不好意思问。

到了里仁村一农家楼房，三楼一底，砖混结构，前面有小院，小院的正对面是深谷和大山。在山村，像这样的小楼很多，一幢幢漂亮的小楼，点缀在青山绿水之间。平日里，许多小楼都空着，楼房的主人好多都进了城市，去了很远的地方。偶尔有留下的，不是老人，就是小孩。小楼旁边的银杏、香樟、松柏却耐得住寂寞，无论主人去了何方，它们都像一个士兵一样忠实地站立在原地，守护着院落，守护着土地，守护着山山水水一草一木。

这晚，主人梁家很是热情，又端水果，又上茶水。小憩后，梁先生将部分人安排到他家的房间，又将剩下的人带到邻居家中，条件也同样较好。

梁先生说，在他们村上，家家户户都相处较好，像亲人一样。哪家有困难，有需要，大家都互相帮衬，有力出力，有钱出钱。全村人和睦相处，从来没有发生过纷争。

当晚，我被安排在梁家邻居家住宿，邻居家中只有两位老人。

次日清晨，只见两位老人对着庭院前的果树和丰收在望的麦田闲坐，听着山间的鸟叫，闻着山野的花香，温煦的阳光打在他们的银发上。我走出房间，深吸了一口气，清新的空气里有丝丝清香，这是麦子的气息，是草木与大地的芬芳。顺着农家小院，我走了几圈，扭了两下脖子，做了几下扩胸运动，舒展了一下身子。

里仁村处在两座小山之间，山峦竞秀。山村的早晨，从朦胧的雾霭中醒来，淡淡的雾霭在山间慢慢聚拢，像轻纱一般挂在半山腰。农家的炊烟也从树梢头袅袅升起，由浓渐淡，随风消散。

我与两位老人拉起了家常。老人说，他们一家六口，四个孩子全都迁到了城里就业安家。我问他们，为啥不进城与孩子们住在一起呢？他们说，不习惯，还是山村好，空气清新，果蔬新鲜，左邻右舍和睦相处，比在城市生活幸福呢！

我知道，他们已经离不开这片山水，他们的根在这里。

仁和镇党委书记贾志林说，仁和镇镇名寓意为"以仁见义，和睦相处"。这几年，仁和镇大力加强乡村文明建设，做好脱贫攻坚和乡村振兴工作，在发展产业的同时，注重改善民生，创建四川省安全社区，新建了"仁园"和"和园"，让老百姓看到身边的发展变化，过上美好的生活。

　　在仁和镇采风，我看到了树与树、树与人、人与人之间相互依存，和谐相处的美好画面。

　　离开仁和镇时，不知从路边哪里传来动听的歌声："好大一棵树，绿色的祝福，你的胸怀在蓝天，深情藏沃土……"

（2024年第5期《贡嘎山》）

金牛古道访古

金牛古道，又名石牛道，是两千多年前巴蜀通往中原的一条重要道路。它南起成都，过绵阳，经广元，然后出川，穿秦岭，出斜谷，直通八百里秦川。

四川省梓潼县是金牛古道的重要途经地，境内文物古迹众多，现存有全国重点文物保护单位七曲山大庙、李业阙和卧龙山千佛岩石窟。牛年前夕，我们沿着金牛古道，循踪访古，寻访蜀道的历史文化渊源。

在梓潼行走，我的脚步是沉重的，每走一步都生怕惊扰古人。我沿着清幽的金牛古道，在崎岖的山间，缓步而行，一路行走，一路震撼，仿佛徜徉在历史的长河中。

五丁开山的传说

成都有条五丁路，有座五丁桥。在梓潼，我发现除了有条五丁路，还有座五丁祠，还有许多山名地名和纪念物与"五丁"有关，比如五妇岭、石牛镇、大帽山。

传说，战国中后期，秦惠王见蜀国国力衰退，蜀王荒淫无道，便欲伐蜀，但苦于蜀国地势险要，崇山阻隔，无路可通。秦惠王心生一计，请人凿刻了五个巨大的石牛，每头牛还像模像样地安排专门的饲养人员，又派人在石牛屁股后面摆上一堆金子，谎称石牛是金牛，每天能拉一堆金子。贪婪的蜀王听到消息，想要得到这些所谓的金牛，便托人向秦王索求，秦王马上答应了。但是石牛很重，怎么搬运？当时蜀国有五个大力士，力大无比，被称作五丁力士。蜀王就叫他们去开山辟路，把金牛拉回成都。五丁力士好不容易开出一条金牛道，拉回这些所谓的金牛，回到成都才发现它们不过是石牛，方知上当。蜀王狠狠地骂了秦国国君言而无信，并命人把这些石牛运回秦国。秦王听说金牛道已打通，十分高兴，但又十分忌讳五丁力士，不敢马上进攻蜀国。于是又生一计，托人带信给蜀王：金牛是没有，但有五位美女，比金子还珍贵，如果蜀王想要的话，愿意奉送。

好色的蜀王不知这是秦王的美人计，听后欣喜若狂，再次叫五丁力士到秦国把五位美女接过来。五丁力士带着五位美女返回蜀国，经过梓潼，忽然看到一条大蛇正向一个山洞钻去。五丁力士中的一位，赶紧跑过去抓住它的尾巴，一个劲地往外拉，企图把蛇杀死，为民除害。但蛇很大，一人拖不动，于是五人齐上。这时蛇头已进入洞内，蛇尾巴正在洞口。他们几人联合用手去拖蛇的尾巴。过了一段时间，巨蛇才一点点地从山洞里被拖了出来，五丁力士十分高兴。忽然妖风作怪，只听到一声巨响，地动山摇，大山崩塌，刹那间五个壮士和五个美女都被压在五座山下，化为血泥。

蜀王听到消息，悲痛欲绝，做梦也想得到这五位美女。他亲自登临五座山进行悼念，并命名五座山为"五妇岭"。当地百姓敬爱五丁力士，称五座山为"五丁山"。秦王听说五丁壮士已死，蜀道已通，知道进攻蜀国的时机成熟，不由得心花怒放，便派大军从金牛道攻蜀，很快灭蜀。

这就是"五丁开山"和"五丁擘蛇"的传说。这条拖送石牛的道路，就是古金牛道。这个传说，便是唐代诗人李白《蜀道难》中"地崩山摧壮士死，然后天梯石栈相钩连"的典故。还传说五丁除去挡道巨蟒，地崩山摧壮士死，金牛惊遁至梓邑城南三十里四堆山一洞口，化为巨石蹲踞如牛，这也是梓潼县石牛镇名称的由来。

石牛镇，又名石牛堡，是从绵阳城区方向进入梓潼县的第一个乡镇。这个传说，在《华阳国志》《史记》和《梓潼县志》中都有所记载，在《小七曲山碑记》上也有佐证：传秦惠王欲并蜀，作石牛屎金以引道，蜀王遣五丁迎妇而开山，后山崩，压五丁及五妇，唯石牛犹存，故其场为石牛……

在梓潼县玛瑙镇境内有座山，叫兜鍪山，又名大茅山、大帽山。相传五丁开道，遗有兜鍪（古代武士头上所戴之帽），故名兜鍪山，民间称为大帽山。

七曲大庙山

一个暖阳的午后，我在时任梓潼县公安局政治处副主任李丹的陪同下，来到了水观音五丁祠。李丹是土生土长的本地人，他的老家梓潼县宏仁乡与水观音景区相隔一条小河，他从小就经常到大庙山赶庙会，吃片粉，听当地老人讲一些民间故事和传说，对故土有着深深的眷恋。

其实，在很早的时候，我经常从绵阳返回老家苍溪，要从梓潼经过，便经常路过大庙山。我很清楚翻过大庙山就是翠云廊，就是剑门关。每次经过大庙山时，由于时间的关系，都是匆匆而过，没有过多的停留，也没有真正走进这片土地，这也一直是我心中的一个"结"，有点遗憾。这次行走金牛古道，总算是了却一个心愿。

深秋，梓潼的山水最为壮美，连绵的群山犹如铺上了一幅硕大无比的画卷，集合了秋景所有的颜色，令人眼花缭乱，目不暇接。红的是枫叶，黄的是银杏，青山绿水，峰峦叠翠。我相信，凡是深秋到过"两弹城"旧址，到过大庙山的人，心灵都会受到震撼。长时间在都市生活的我，看到这样的美景，一次又一次激动，百看不厌，喜悦兴奋。

大庙山，被道教誉为"天下第九座名山"，现是国家AAAA级旅游景区、全国重点文物保护单位、国家森林公园，位于梓潼县城北约9公里处，作为文昌帝君的发祥地，又被称为帝乡。天宝十五载（公元756年），唐玄宗幸蜀途经此山时，侍臣中有人留下了"细雨霏微七曲旋，郎当有声哀玉环"的诗句，从此"七曲"之名便名扬天下。大庙山景区内生长着中国最大的纯古柏林，景观特色以古蜀道、古皇柏、古建筑、古文化为主体，是一个集自然与人文景观于一体的旅游度假胜地。

水观音，距离大庙山仅3公里，与大庙山统称为七曲山景区。水观音内建有观音庙，相传文昌张亚子为救父母，在二郎神的帮助下，三箭射穿白杨洞，借得涪江之水淹许州，将其父母救出。此时，观音菩萨见大水将要淹及百姓，便把滔滔洪水收进了宝瓶。张亚子救出父母之后见水退去，才知道是观音菩萨施的法术，后人便在此地建有观音庙，以报观音之恩德。

水观音内建筑样式各异，高低错落有致，青山古柏，翠云蜀道，红墙黄瓦，蓝天碧云，黛色如画，是一处别具特色的旅游去处。景区内有一送险亭，意思是古蜀道穿越七曲山后，蜀中险阻殆尽，沿途趋近平缓。

在水观音的五妇岭上，有一道巍峨壮观、据险壁立的三国文化遗址，这就是传说桓侯张飞大战张郃的瓦口关。《三国演义辞典》载："瓦口关在四川梓潼县城北，这里山峦起伏，是古驿道一隘口。"瓦口关据险耸峙，条石砌成墙，青砖筒瓦，巍峨壮观。从墙脚到箭楼高15米，关上建有桓侯庙，彩塑张飞像，"豹头环眼，燕颔虎须，声若巨雷，势如奔马"，再现了张飞的威武神态。

在水观音内的五丁祠堂下，有一棵上千年的夫妻树，两根大树情深意浓地相互缠绕在一起。夫妻树下立有一石碑，碑上刻有"剑泉"二字。

站在亭台，依栏远望，美好山川尽收眼前。巍峨的大庙山面临潼水，水光山景，交相辉映，十分壮观。

卧龙山诸葛石寨

到梓潼县城，要经过长卿镇。长卿镇向左拐有个岔路，经过"两弹城"旧址，进入一段崎岖的山路。道路虽然不宽阔，但路况平坦，都是水泥路。坐在车上，极目远眺，是一座接一座的小山丘，这就是典型的四川丘陵地带。不久，便到达一个新建的牌坊，上面写有"卧龙山"三个字，四周青松翠柏环绕，这就是诸葛亮北征时囤粮练兵的地方，也叫诸葛寨。

诸葛寨，又名牛头山寨。卧龙山相邻的一座山峰叫牛头山，在山的顶峰有一大片山寨，该山寨地势险要，四周石墙至今保存完好。传说三国时期，诸葛亮北上伐魏在此安营扎寨时，曾赞美此山犹如南阳卧龙岗，故名卧龙山。梓潼县的许多文物古迹都与山有关，比如大庙山、卧龙山、牛头山。沿着我们来的路再向前行，就是现在的卧龙乡。

这天，我们到达卧龙山，周围没有一个人，只有寨门孤立地站在那里，仿佛向世人述说它的昨天。

卧龙山，亦名葛山、亮山。《舆地纪胜》载："葛山，亦名亮山，昔诸葛北伐，尝营此山，因名。"《蜀中名胜记》二十六卷亦载："梓潼西南二十里葛山，又名卧龙，相传武侯伐魏，驻兵于此。"

我们沿着卧龙山盘山而上，抬眼望，半山腰上有一座两层的楼阁，掩隐在苍翠的山林间。当地人称之为孔明殿，殿前有大松柏，殿内有武侯像和孔明泉。殿联："此是武侯故垒，浩然正气联北斗；恰与乔墓对峙，奕世忠贞泽西蜀。"孔明泉周围还有饮马池、拴马桩、跑马场、点将台等三国遗址，都与诸葛亮在此练兵有关。

出孔明殿，我们上牛头山，不远就是诸葛寨遗址。诸葛寨，山形椭圆，四面陡峭，寨顶较平。诸葛寨曾有四门，现仅存东门和西门。东门周围杂草丛生，石头门柱有3米多高，横梁有"长生门"石刻大字，门联为："羽扇纶巾，当日曾驱司马；名区胜迹，至今尚赖卧龙。"西门现在只能看到基石，早已经看不到门柱和梁石。尽管如此，置身在古遗址之地，站在山头，似乎看见了旌旗猎猎，马蹄声碎，诸葛亮镇定自若、胸有成竹地指挥着队伍，也恍惚听见了穿越时空的历史回声。

诸葛寨南端为葛山寺，原寺规模宏大，有三重十八殿，明末毁于兵火，清光绪年间重建，只有两重五殿，比原有规模要小得多。寺背倚崖，崖上古柏葱葱。寺内有一唐贞观八年（公元634年）刻的《阿弥陀佛并五十二菩萨传》石碑，有唐僖宗中和四年（公元884年）的造像碑记，梁大同年间碑及张献忠"兵祸"碑记等，这些珍贵的文物已有1000多年的历史。1956年，卧龙山诸葛寨被四川省人民政府公布为省级文物保护单位。

梓潼的三国遗迹也不少。除了诸葛亮屯兵积粮的诸葛寨，还有关帝庙、魏延祠，有刘备驻兵扎营的御马岗、张飞演武的练兵场，也有传说中张飞大战张郃的瓦口关和张飞植柏表道的翠云廊等。

关帝庙，坐落在七曲大庙山魁星楼北面，为纪念"五虎上将"三国蜀汉之首、义勇双全的名将关羽修建，由皋门、拜殿、关圣殿组成。关圣殿仍保留明代的建筑特色，皋门、拜殿为清代乾隆时所修，既古朴典雅，又雄伟壮丽。关圣殿高1.5米，正中为通体镏金的关羽坐像，像高5米，宽3米，头戴冕旒，金脸长须，身穿绣龙袍，衣纹流畅自然，腰束玉带，手执牙笏，神情威严，一副帝王模样。这尊泥塑关羽坐像造型古朴庄严，是川内现存关羽造像上佳之作。

关羽出生于山西运城常平村，从小练就一身武艺。东汉中平五年（公元188年）与刘备、张飞结拜，寝则同床，恩如兄弟。关羽后居蜀汉"五虎上将"之首，一生"随先主周旋，不避艰险"，辅佐刘备复兴汉业。他作战勇猛，胆略过人，屡建战功，威震华夏。他曾经被曹操俘虏，但不为官位、金钱所动，在报答曹操不杀之恩后毅然"挂印封金"，追随刘备而去，在历史上被当作"忠义"的化身。

东汉建安二十四年（公元219年）冬，关羽大意失荆州，败走麦城，被孙权部下杀害，时年60岁。孙权将关羽首级献给曹操，曹操刻沉香木为躯，厚葬于洛阳，孙权也只好以侯礼将关羽身躯葬于当阳。这就是人们所说的关羽"头定洛阳，身困当阳"。

隋朝以后，人们尊崇关公一生对国忠、为人仁、处世义、作战勇的品格，不断为其加封，统治者也大力推崇，甚至三教九流都十分崇拜。关羽成为关帝，受到人们顶礼膜拜。

魏延是三国蜀汉名将，深受刘备器重。刘备攻下汉中后，将其破格提拔为镇远将军，领汉中太守，镇守汉中，成为独当一方的大将。

诸葛寨遗址至今还保存着魏延祠，路旁有"魏延祠"石碑兀立。

魏延祠四周松柏掩映，环境清幽，祠前有条小河。传说建兴九年（公元231年），诸葛亮第四次率军北伐时，大军驻屯于卧龙山诸葛寨，令魏延率本部兵马驻今魏家河南井冈坪，成掎角之势以作策应。

据说，当时天气酷热难耐，魏延发现一片山林有大群的鸟不断聚集，决定在那里驻屯。由于有鸟粪接连不断地落下，官兵们只有在离开树林一点的地方烧饭。可是，却没找到水源。大群的麻雀聚集在魏延部队的上空，感到吃惊的士兵们计划轰走麻雀。魏延也看到了大群的麻雀，但是，他在其中发现了一只白麻雀，并被这只白麻雀所吸引。他追着这只白麻雀到了一处岩石场，忽然，白麻雀奇迹般地在岩石的裂口里消失了。魏延感到十分惊奇，试着推动岩石，不料，岩石轰然崩塌，泉水喷涌而出。原来，岩石下是一股地下水。官兵们找到了烧饭、洗浴的水源，当地久受干旱之苦的农民们也感到非常开心，他们把这条地下水称作"魏延河"。据说，当时魏延经常身着战袍，牵着战马，手持大刀在河边饮马巡视。后来，人们为怀念魏延驻兵之史迹，在魏延河边建了魏家河庙，并在河上建了一座小桥，取名为"将军桥"。

魏延祠殿宇巍巍，正中塑有魏延像，端庄威武，颇具大将风度。现在的魏延祠是1995年重建的。由于魏延祠地处山间，交通不便，游人很少，在山野中看起来有些荒凉、落魄。但在梓潼县这个地方，能够保存魏延祠堂，对"生有反骨"而遭"夷灭三族"的魏延来说，亦是一种难得的纪念。

在卧龙山山顶，有始凿于唐贞观八年（公元634年）的千佛岩石窟。这些石窟造像保存完好，雕刻精细，充分反映了初唐时期造像艺术的高超水平。尤其是阿弥陀佛并五十二菩萨龛，是同类题材中年代最早的，十分珍贵。

卧龙山千佛崖石窟刻于一墩东西长5.5米、南北宽5.2米、高3.2米的长方体大石的四面壁上，东、西、北三面凿三龛。南面为石造像，未凿龛，总共1003龛，造像千余尊，故名千佛岩。现存有3窟40余龛，大小佛像，368尊。千佛岩摩崖造像，大者高约两米，小者不足3厘米。北壁一龛高约两米，释迦牟尼端坐正中莲台，神态自然，肃穆中微带笑意；两侧侍立的文殊菩萨，造型生动，顾盼含情；金刚力士怒目怒睁，肘肌隆起，威猛非常。

千佛岩摩崖造像是唐代石窟艺术中的精品，对中国晚期石窟与佛教艺术的研究有着重要的史学和艺术价值。1956年，卧龙山千佛岩石窟被列为四川省省级文物保护单位。1980年7月，经重新认定再次被公布为四川省省级文物保护单位。2006年5月，被国务院公布为第六批全国重点文物保护单位。

告别卧龙山，望着渐渐远去的群山，心里感慨万分，既为秀美的山色所倾倒，也为古蜀道留下的历史沉淀所感叹。

李业阙

进入梓潼县城，沿途就会看到两处相隔很近的古石建筑。当地的朋友告诉我，这是汉阙。汉阙是汉代石阙的简称，是中国古代建筑的"活化石"，距今已有近2000年的历史，堪称国宝级文物。

梓潼的汉阙比较多，在全国尚存的二十四阙中，梓潼的4处汉阙就占了1/6。除李业阙外，还有杨公阙、贾公阙、无名阙。梓潼是汉代郡治所在地，居住的达官贵人较多，因而留有的汉阙多。梓潼汉阙多为前汉墓阙，由于建造年代较早，风化剥落严重。在发现的梓潼汉阙中，最著名的是李业阙。李业阙在梓潼县城南郊两公里处，建成于东汉建武十二年（公元36年），是目前中国发现的年代最早的汉阙。

在梓潼县长卿镇长卿村石马坝西侧，穿过几个农家小院，行走一段乡间小路，就会看到一个小土坝上立有三块醒目的石碑，第一块石碑上刻着"全国重点文物保护单位"。不远处一个亭内，竖立有几块石碑，这就是李业阙。

李业阙为独石刻成，顶为后世所配，形似碑碣，高2.5米、宽约1米，由红砂石凿成，呈下大上小的方柱形。阙身正中阴刻隶书"汉侍御史李公之阙"八字，字迹清晰。历经2000年岁月沧桑，李业阙至今还有残迹可寻，其下刻清道光末年题记，记述当时知县周树棠发现此阙残身及移至李节士祠安置的经过。

李业，又称李巨游，梓潼县人，西汉元始年举人。汉平帝元始年间（公元1—5年），益州刺史举荐李业，李业被任命为郎官。王莽取代汉室自立为帝后，李业托病辞官还家，闭门谢客，以示不愿同流合污。广汉郡太守刘咸慕其名声，强行召其为官。李业以病相辞，激怒刘咸，将他下狱，欲诛杀他，幸得说客劝解，刘咸才释放了李业。王莽也念其贤名，召李业任酒官，李业仍以病相辞，隐居故里。公孙述占据益州称帝后，仰慕李业贤名，欲征聘为博士，李业还是托病不从。公孙述十分恼怒，派尹融持毒药逼李业从命。公孙述对尹融交代道：如李业答应，则授公侯之职；如不答应，则赐他毒药。李业面对威逼利诱，毫不动摇，反问尹融："君子见危授命，何乃诱以高位重饵哉？"又叹道，"名可成不可毁，身可杀不可辱也。"于是饮毒酒而死。汉光武帝刘秀灭公孙述统一四川后，为表彰李业的高尚节操，在梓潼建立墓阙。

李业阙后竖有碑刻4座，其中两座的纪年已难辨识，另一座明嘉靖十一年（公元1532年）的《读李节士传》石碑记载："炎祚无光孺子幽，井蛙窃号据梁州。直将正气扶风化，肯变初心附国仇。就死不贻冠冕愧，偷生羞对室家谋。潼川滚滚光如练，应共芳名万古流。"

1914年5月20日，法国著名作家维克多·谢阁兰（Victor Segalen，1878—1919）接受了一个关于中国古代石刻艺术及汉代丧葬古籍的考古任务，从北京出发，历经河南、陕西等多省，到达四川省梓潼县，对李业阙进行了考察，并留下珍贵的图片。

李业阙不仅是研究汉代建筑的珍贵史料，而且是研究汉代社会生活和书法、雕刻艺术的重要实物，对研究中国的汉阙历史文化有非常重要的意义。1956年8月，李业阙被公布为四川省省级文物保护单位。2006年5月，李业阙被国务院公布为第六批全国重点文物保护单位。

尽管过去了2000多年，但是李业宁死不屈，"三拒"的节操和骨气，至今仍在民间广为流传，受到当地百姓的敬佩。

贞孝节烈总坊

梓潼贞孝节烈总坊，离李业阙不到百米，建于清光绪二十八年（公元1902年），坐北朝南，跨金牛古蜀道。牌坊，一种中国特有的门洞式建筑，《现代汉语词典》里的解释是"形状像牌楼的构筑物，旧时多用来表彰忠孝节义的人物"。千百年来，牌坊繁衍发展，不仅遍及华夏城乡，而且远涉重洋，屹立于异国他乡的许多地方，被视为中华文化的典型标志之一。

牌坊，历史源远流长，就其建造意图来说，可分为四类。一是功德牌坊，为某人记功记德；二是贞节道德牌坊，多表彰节妇烈女；三类是标志科举成就的，多为家族牌坊，为光宗耀祖之用；四类为标志坊，多立于村镇入口与街上，作为空间段落的分隔。单就贞节牌坊而言，一般一座牌坊表彰一人，但梓潼县这座牌坊，却记载了139位节烈妇女的名字。

贞孝节烈总坊，是一座四柱三门三重檐的石牌坊，通高9.58米，面宽8.12米，用4根立柱、9条整石横梁、近百块石板、数十块檐石镶嵌而成，材质主要为本地的青白砂石杂黄砂岩，结构牢固，造型别致，雕刻精细，古朴雄伟，是一座不可多得的艺术珍品。2007年6月，被公布为四川省文物保护单位。

这座牌坊是中国少见的带有集体表彰性质的总坊之一，牌坊正上方从右至左依次写着139位妇女的名字。她们或夫死守节、伺候公婆，或善待姑嫂、抚养子女，经过朝廷认可而成为当时社会标榜的楷模、学习的榜样。139人中，除了已嫁为人妇而忠孝守节的，还有一些未婚妇女。

每一个名字背后都有一个情感交织的动人故事。牌坊上第一位妇女为清朝的白吴氏。据咸丰版《梓潼县志》介绍：白吴氏为浙江进士吴邦瑞长女，梓潼举人白良玉继妻。通书史，随夫任高平令。夫病逝，年二十八。后缟素万里，教子成才，苦节四十五年。白吴氏成为当时的楷模，于是政府便下令建牌坊表彰她。

牌坊正门的檐下和石坊之间镶嵌着竖匾"皇恩旌表"四个字，在南北正面分别雕刻有造型独特的龙凤相对应。牌坊除了记录节烈人物，还刻有"董永卖身"等传统二十四孝图。二十四孝图配有诗文，设计精巧，布局合理，雕刻精细，是一座非常厚重的晚清牌坊建筑。贞孝节烈总坊，不仅建筑结构自成一格，别具风采，而且集雕刻、绘画、匾联文辞和书法等多种艺术于一身，熔古人的社会生活理念、封建礼教、封建传统道德观念、古代的民风民俗于一炉，反映了当时最高的工艺水平。

行走在梓潼，这里许多历史和传统文化超出了我的想象，不经意间徜徉在历史的长河中……

一座山，一条河，一座桥，一块石碑，一座亭台楼阁，以及这里的一草一木，都在述说着一个个美丽的传说和悠久的故事。

（2019年第2期《中国地名》）

贺敬之与梓潼的缘分

　　最早知道贺敬之的名字，是读他的诗歌《回延安》。被称为"延安老人"的贺敬之是当代著名诗人、剧作家，出生在山东峄县（今枣庄市台儿庄）贺窑村的一个贫苦农家。"敬之"这个名字，是从《论语》中的一句话"晏平仲善与人交，久而敬之"而来。

　　贺敬之年少时由于战争，曾在绵阳市梓潼县读书，与绵阳有段难忘的渊源。

　　贺敬之小学毕业后投考就读滋阳简师。日本侵华战争全面爆发后，随着形势日益恶化，滋阳简师被迫南迁，贺敬之失学回家。想读书的贺敬之不甘于在家乡等待，联合同学一起踏上了南寻之路。一路艰辛，一路涉险，终于来到位于湖北均县的母校。

　　流亡的学校，救亡的民族呼声，热血沸腾的青年学生，进步的思潮运动……如同咆哮着的汪洋大海，充斥在均县那偏僻的山区。少年贺敬之心中激荡着国难、乡愁，他学会了许多的救亡歌曲，在歌声中逐渐成长。

　　1938年底，贺敬之随着流亡的师生由湖北均县步行经过陕南，绕道进入四川。这时学校改名国立六中，校部设在绵阳，也就是现在的绵阳南山中学，贺敬之所就读的一分校在梓潼县城内。贺敬之在梓潼县城经历了两年的学生生活。当时学校左为潼江，右为长卿山，风景优美。几乎每天晚饭后，贺敬之和同学都会到江边散步。走着走着，贺敬之便诗兴大发，腹成口诵。那时，贺敬之还经常把自己新写的诗歌朗诵给同学们听，让大家品评，或把诗稿拿到同学中间传阅，互相切磋，总是博得一阵喝彩。

贺敬之在梓潼求学时已逐渐成熟，更加积极地参加救亡活动。他和同学办了"挺进读书会"，还发起创办了《五丁》壁报。他如饥似渴地读了许多进步的政治、哲学书籍，也读了不少中外进步的小说和诗歌作品。进步的书刊，革命的诗歌，渐渐成为贺敬之生活中的"主食"。文学创作的兴趣爱好，也奠定了贺敬之一生从事文学创作的基石。

1993年10月，贺敬之回到学习生活过的国立六中一分校（今梓潼中学校校址）时，因故地重游，触景生情地写出了"蜀木新林立，鲁人旧基存。欣欣后来者，卓卓胜前人"的赞颂诗句，落款"赠梓潼中学，贺敬之"，并钤盖了私章。

当重游七曲山大庙时，他又写下了"夜笼大庙传火种，依稀晓雾离梓潼。北上少年今白发，万里常思送险亭"的诗句。"送险亭"是川陕道出川入川坡去平来的分界线，北上坡来之险峻，南下一马平川，故谓险去夷来之意，取名"送险亭"。"万里常思送险亭"，寓意贺敬之一是想念梓潼，二是追忆当时革命处境非常危险，形势所迫需要离开梓潼北上延安，追寻革命理想。

再说1940年4月的一天下午，贺敬之在学校办墙报、学写诗时认识的一位校友李方立从重庆来到梓潼，找到贺敬之及其他两位同学，四人相约到延安投考鲁迅艺术学院。

第二天清早，四人便踏上征程，到了延安。贺敬之携带自己在奔赴延安的路上所写的组诗《跃进》，意气风发地赶考鲁迅艺术学院，被录取为鲁艺文学系学员。

鲁艺文学系名家荟萃，周扬、周立波、何其芳等著名作家和诗人的课，都是贺敬之难得的精神食粮，何其芳更是自己步入文学之门的恩师。

贺敬之在延安生活了6年，由热血少年成长为有坚定信念、超群学识的青年知识分子。1945年抗日战争胜利后，贺敬之才离开延安。

1956年3月，贺敬之回延安参加西北五省青年工人造林大会。青年大会要举行一个联欢晚会，让贺敬之出个节目。他答应了大家，表示将用信天游的方式写几句诗，抒发一下感情，后来便有了《回延安》。《回延安》在《延河》杂志发表后，一时传遍大江南北。

　　"心口呀莫要这么厉害地跳，

　　灰尘呀莫把我眼睛挡住了……

　　手抓黄土我不放，

　　紧紧儿贴在心窝上。

　　几回回梦里回延安，

　　双手搂定宝塔山。

　　千声万声呼唤你，

　　——母亲延安就在这里！"

　　语言朴实无华，感情真挚动人，《回延安》成为那个火红时代的强音，感染过千千万万读者。在诗里，贺敬之酣畅地抒发自己对延安母亲炽热的赤子情，也是诗人在中国的现代诗坛留下的浓墨重彩的一笔。

　　1945年，贺敬之与丁毅一起创作了蜚声中外的歌剧《白毛女》，这部作品成为中国新歌剧发展的里程碑。他创作的《南泥湾》《桂林山水歌》《西去列车的窗口》《三门峡　梳妆台》《十年颂歌》《雷锋之歌》等诗歌作品，都是人们耳熟能详的经典之作，紧贴时代的脉搏，随着祖国的前进步伐而生，影响了新中国的几代人。贺敬之是从延安成长起来的文学大家，是中国当代文学史上的标志性人物。他的作品随着抗日战争的风烟和延安的烽火而诞生，伴着共和国的脚步而成熟。他似乎注定为文学创作而生，成为时代的歌者。

　　贺敬之的夫人柯岩是诗集《"小迷糊"阿姨》《周总理，你在哪里》、报告文学集《癌症≠死亡》、被改编成同名电视连续剧的长篇小说《寻找回来的世界》等许多著名文学作品的作者，同样是一位优秀的当代文学大家。这对文坛伉俪在相伴半个世纪的岁月中，共同走过崎岖不平的人生路，创作了脍炙人口的文学作品，也写就了一段温馨飘香的文坛佳话。

西武当山

苍溪县位于四川盆地北缘，大巴山南麓，嘉陵江之滨，历史上有"川北淳邑""小邹鲁"美称。辖区主要旅游景点有国家AAAA级旅游景区苍溪红军渡风景区（红四方面军出发地）和中国·西武当山风景名胜区等。

西武当山，位于四川省苍溪县城东部嘉陵江边，是历史上著名的道教活动场所。我们从苍溪县城出发向东，沿着滨江大道步行，不久就到了西武当山脚下。沿着青石板路和石梯便道向上缓缓而行，一阵山风吹来，哔哔作响，周围松竹舞动，如轻音乐般，让人清爽舒适。此时上山的人极少，山上显得极为清静。一路向上攀登，走过净心亭，到达真武宫。真武宫是一座四合院式的道观，进入宫观正门后，中间是一个很大的广场，正对门是真武殿、文昌宫、慈航殿三个大殿。真武宫一年四季，法事频繁，香火不断，到宫里进香的人很多。宫观门右边有一开阔平坝，许多游客在此喝"坝坝茶"，打牌聊天，晒晒太阳，感受一种恬静的山野生活。

据《苍溪县志》记载："武当山在县东二里……以当嘉陵江。东下之冲……盖县治之锁钥也。"因此，前人认为此山是道教信奉的太阴水神玄武立于嘉陵江东下之冲口，故将此山取名为"武当山"。传说明成祖朱棣发动"靖难之役"时，曾得到真武大帝的帮助，并最终夺取了皇权，因此他登基后，下令全国各地都要供奉真武大帝。各地道观根据与湖北武当山的相对位置，分别以武当命名宫观所在之山。这样，就有诸如北武当、南武当、西武当之类的武当山出现。苍溪武当山因地处西部，故称"西武当"。

西武当山以前是荒山，现在建设成景区，占地5000余亩，由红军渡红军文化旅游区、西武当山道教文化旅游区和嘉陵江杜里坝水上休闲旅游区3部分组成，有红军渡纪念园、武当山森林公园、中华百家姓氏追踪园、相思书法碑林园和乡土树种博览园5个主题园区。整个景区是县城居民和游客生态休闲旅游的最佳去处。一到假日，大家三五成群，相约在一起，至此休闲娱乐，享受美好田园风光。

苍溪是道教圣地，素有"中国道教之乡"的美誉。苍溪的道教文化，距今已有1860多年的历史了，留下了无数高道大德和专家名流的足迹，孕育和积淀了厚重而深沉的道教文化和旅游资源。苍溪的道教起于云台山云台观，传说苍溪县是东汉时期道教创始人张道陵悟道、传道、试法炼丹及升真之圣地。西武当山，因形似笔架，古称"笔架山"。道教极为兴盛的明朝永乐年间，大兴土木，扩建宫观，将山名改为"武当山"。苍溪置县后，西武当山逐渐发展成为主要的道教场所，成为中国西部正一道主要活动中心。2005年，苍溪县着手复建西武当山真武宫。2006年，中国道教协会常务副会长张继禹为苍溪武当山题写了"西武当山"山名。

西武当山雄塞嘉陵，山势巍峨，突兀挺拔。坐落在西武当山峰之上的仰天楼，是西武当山的标志性建筑，全楼共5层，高近40米，被誉为"千里嘉陵第一楼"。登上楼口，山风呼啸。极目眺望，山清水秀。嘉陵江就在眼前，江水平缓碧绿，绕城而过，江边芦苇青青，风景秀丽。右边老县城高楼林立，对面江南新城拔地而起，新建的嘉陵江三桥已经完工。相信苍溪这座山水城市，在未来必将建设得更加美丽、更加生态、更加宜居。

［2015年8月8日《人民日报》（海外版）"旅游大地"专栏，新华网、凤凰网、央广网等转载］

赶花期

人生总有许多遗憾，比如，错过花期，错过月圆，错过回家的最后一班车。

以至每年春节一过，自己心里总是痒痒的，期盼与花季撞个满怀。

我出生在川北苍溪县，从小就与雪梨有着千丝万缕的联系，不仅经常吃雪梨，还能在春天赏到梨花。我的初中和高中都在苍溪中学读书。苍溪中学有个园艺场，在县城附近，又叫雪梨山，整个山都是梨树。一到春天，千树万树梨花开，满山花海，绚丽夺目。梨花白茫茫一片，精美壮观，夺人眼球，美了山涧，醉了人间。

每年3月，春暖花开，茫茫青山间的梨花和溪水边成片的油菜花次第开放，让人眼花缭乱。梨花，洁白如雪，花蕊整齐，花瓣圆韧，在清风中摇曳着婆娑形影。色如凝脂的梨花挂满树冠，素雅低调，内敛不张扬，不与群花争艳，在春风中静静地散发出淡淡的清气。无数蜜蜂嗡嗡飞来飞去唱着歌采着蜜，彩蝶在花丛中翩翩起舞对花不离不弃，演绎蝶恋花坚贞不渝一生厮守的爱情故事。梨花带雨，繁花似锦，让人心旷神怡。

然而，离开家乡多年，错过不少花期，失去了多次赏景。每年匆匆回到家乡的时候，已看不到美丽的花儿，它们已经凋零，没有等我。一次次，我站在庭院深处，看着春雨中飘落的花瓣，计算着下一个归期。

今年3月，早早就在朋友圈看到四川省第七届乡村文化旅游节在家乡举办的消息，也催促着回家，回家。3月中旬的一天，在苍溪梨文化博览园工作的一个同学在朋友圈发了一个小视频，看到满树即将绽放的梨花，我更加心急如焚，想赶往家乡，饱满我已渐近干涸的视野。我想美丽总是短暂的，就如我们的青春，我不能错过今年的花期，我不能再等一年。

匆匆坐上班车，赶往梨乡，想赶到落花前看到美丽的花儿。但人生总是有些遗憾，尽管我加快了步伐，还是晚了几天。一夜春雨，雨打花落，一些梨花开始萎缩飘零。同行在苍溪工作的同学告诉我仅仅错过了几天，上周梨花开得最好，花色洁白，花瓣饱满圆润，梨园内外到处都是赏花之人，有省内的，也有省外的。我的心情有些失落，没有赶上最佳的赏花季节，但我想花开花落，这是自然规律，也孕育着下一个新的生命诞生。

那天，在到梨博园的路上，我看到了春游的苍溪中学学生，他们是我的学弟学妹，他们正如这梨花，在春风中成长。看到他们，我想到了自己，再也没有青春年少，再也没有如花的季节，他们的青春让我羡慕，让我看到了春天里的另一道风景。

离开家乡的路上，我想我没有遗憾。我没有辜负春光与花期，我看到了更加期盼的春天。

（2016年4月1日《广元晚报·凤凰周刊》"人生百味"专栏）

过年

（一）

冬至，是一年的结尾，也是春节的序幕。

冬至过后，开始数九，便进入了一年中最寒冷的时节。天寒地冻，江河结冰，人们穿上厚厚的棉衣，围着围巾戴着手套，全副武装裹在温暖里。数九寒天，母亲总是对我们几个孩子千叮咛万嘱咐要多穿衣服，马上过年了，不要感冒了。

一过冬至，老家便开始烤火。不管是晴天还是雪天，母亲都会把家中的火盆拾掇出来，掸去上面的灰尘，然后放在厅房中间，烧起一盆火。一家人说说笑笑，围在周围吃着火盆上炖着的热气腾腾的饭菜。整个冬天，火盆上香气四溢，屋子里满是欢笑声。围着火盆，母亲一边做针线活，一边给我们讲了许多她小时候的事和父亲的故事。每年冬天，有火盆相伴，我们都会度过一个美好的冬天。有火盆在，任凭窗外朔风呼啸，心都是暖的，都有家的归宿。

冬天下雪，母亲是喜欢的。我们家住在嘉陵江边，在河坝房屋的后面开垦了一片土地，种植了许多葱、蒜苗、韭菜、白菜、萝卜和豌豆、胡豆，基本上能保证一家人的蔬菜。母亲经常说，下雪好，蔬菜上的虫子都被冻死了，才长得好，才好吃。那个贫瘠的年代，生活艰难，物资匮乏，冬天的主打食物是萝卜、红薯，整个冬天很难吃到肉食，像蒜薹、韭黄、花菜等好一点的蔬菜也难吃到，一般只有过年的时候才能吃上。不像现在，一到冬至，满城尽是羊肉汤，到处都是

"喜羊羊"。

不过那时经常能吃到鱼。嘉陵江边鱼多，经常吃鱼不足为奇。但那时吃鱼，除了加些盐、葱、姜等作料外，没有什么油荤，吃起来也没有现在烹饪的鱼的好吃。

到了年关，从母亲的语气和表情，总是能感觉到似乎有些不喜欢过年。大人怕过年，主要是愁钱，一到过年就得花钱置年货，还得给孩子准备新衣服。但无忧无虑的小孩却喜欢过年，盼望过年。一到过年，就有肉吃，就有瓜子吃，还有油炸的果子吃，当然还少不了新衣服，少不了压岁钱，少不了放烟花爆竹和看街边演出。每年进入腊月，小孩们就会在墙头年画的日历上算着，什么时候该过年了。看到母亲开始炸果子，煮腊肉，买年货，就知道年快到了。

有一年，腊月二十九，看到许多别人家孩子已经买了烟花爆竹，我们也按捺不住找大人要钱。过年了，母亲的脸上出现了笑容，没有了过多的顾虑。总是会给我们拿一些零钱去买爆竹，只是对我们说："别把钱弄丢了。"我经常拿到钱后，就欣喜若狂地冲出家门，跑到日杂公司烟花爆竹专卖点。看到不少人在购买烟花爆竹，上前询问价格后，并不便宜，品种也只有"地老鼠"和鞭炮。看到条件好的家庭给孩子买了许多，我的心被刺得很痛，退到一边，只能等他们走后，才怯生生地买了两盒摔炮和三百响的鞭炮，然后赶快回家。就这么一点点爆竹，也让我高兴了一晚上。回到家后，小心翼翼地把鞭炮拆开，到了大年夜三十，一个一个地放，舍不得一下放完。如果一下放完了，在过大年的时候，只能羡慕地看着别家的孩子放鞭炮。

过年的时候，小孩是最高兴的。那时寒假作业不多，做完作业后，一条街的孩子们都聚在一起躲猫猫，划甘蔗，溜滑轮，玩到尽兴的时候才回到家中。

春节最重要的环节是吃年夜饭。一家子围坐在一起，团团圆圆，是母亲最高兴的时候。多年来，我们一家人都是在大年三十的中午吃团年饭。这顿饭是全家一年中最丰盛的饭，能做的菜肴基本全部端上桌面，除了红烧肉、粉蒸肉、夹沙肉、蒜薹肉丝、韭黄肉丝、蒸糯米、香肠腊肉、油炸年糕、香碗等多种花样，还有凉菜、卤菜、炖菜，我那时最爱吃的就是凉拌粉丝和红枣蒸糯米，特别是红枣蒸糯米，是母亲的拿手菜。除了猪肉以外，鸡、鸭、鱼样样都有。鱼是一定不能少的，有红烧鱼、清蒸鱼，象征家里年年有"鱼"（余）。每年的团年饭至少也有10多道菜。大年三十上午，大家都各自忙活着，不停准备。一到中午12点，穿着新衣服的小孩在房外放过鞭炮后，团年饭准点开始。一家人围着一张大圆桌吃饭，给长辈敬酒，给小孩发压岁钱，给年轻人送上祝福，欢声笑语，其乐融融，特别热闹和喜庆。

吃完团年饭，收拾完桌上的碗筷后，按家庭的传统和习惯，老人在家休息，其余的人带上祭品上山扫墓，祭拜已经过世的老人，希望逝去的亲人像在世一样，一起享受新年团圆喜庆的气氛，同时也提醒晚辈不要忘记逝去的亲人。这些习惯和传统一直延续到我们工作成家有了孩子以后，年年如此，岁岁相同。

之后，我在外读书工作，常年漂泊在外。尽管很忙，但只要有一点可能，我都会带妻儿回老家陪母亲一起过年，吃团年饭。父亲去世后，母亲一人独居。平时，儿女们天南海北，只有在吃团年饭时，一家人才能聚在一起。每当这时候，母亲是最忙碌、最辛苦的。但看到我们吃着热气腾腾的团年饭，一家人笑语欢歌，母亲说，这是她最幸福的时候。

（二）

看过著名演员姜文和刘晓庆主演的电影《芙蓉镇》后，大家一定不会忘记电影中的米豆腐。那是湖南郴州的米豆腐，与它齐名的还有家乡苍溪的米豆腐。苍溪米豆腐与贵州、湖南郴州的米豆腐一起，被称为全国三大有名的米豆腐。

苍溪米豆腐历史悠久，营养丰富，润滑鲜嫩，香脆可口，老少皆宜。尽管在外工作多年，每次回到家乡，我都要购买不少米豆腐带走，这已经成为一种习惯。

年前，回苍溪参加侄女的婚礼，离开苍溪前与妻子商量，到梨乡市场买了一些米豆腐，准备带回家过年食用。登上班车等待出发时，遇到一位中年男人，看到我提在手上的米豆腐，猛然想起，自己差点忘记了一件大事，忙对我说，他的女儿最爱吃苍溪产的米豆腐，让他购买一些带回，问我在哪里买的米豆腐。我告诉他，很近，就在车站附近的梨乡市场，走拢就买，十分方便，也十分便宜，两元钱一个，一次购买10个即可。中年男人对驾驶员解释几句，让其等等后，很快在市场给女儿买了一袋米豆腐。

苍溪米豆腐以当地优质的大米作为主要原料加工而成。其做法是将大碱或者柴灰泡在水里，然后将米装进一个比较透水的口袋，再将口袋放在水里。如果用碱，泡一天时间足矣；如果用柴灰，需两天左右。当然，柴灰泡的米做出来的米豆腐要香一些。也有技术好的，用碱做出来的和用柴灰做的没有多大差别。米泡好后，磨细成糨糊，放在锅里搅。这个过程需要有火，开始火要猛一点，到后来，糨糊开始干的时候，火候就要小一些了。熟透了之后，就开始和，可以和成椭圆体，也可以和成汤圆状，但要比汤圆大。和好之后，就开始蒸。先往锅里倒进几大瓢水，锅里架一层蒸屉，在上面铺上一块湿布，或者均匀抹一层清油，最后把和好的米豆腐放在上面，摆放时要注意间距。然后用猛火蒸，上汽之后，再蒸半个小时，基本上就好了。这时，可用筷子戳一下，看看是否熟透。

蒸好后，统一放置一处，待需要时再取出加工成美食。主要食法有两种。一是切成片炒食，可以只炒米豆腐，也可加入肉片一起炒，可以是咸味，也可以是甜味。炒米豆腐时，加少量的葱、切成小截的青蒜苗和切成片的大蒜，放油后均匀翻炒，香味更浓。二是做蒸菜的时候用来垫碗，主要是办酒席的时候用。做法是先将米豆腐切成菱形，放入作料，上面可以放当地的坨子肉，也可以放酥肉等。不管哪种做法，做出来的米豆腐都润滑鲜嫩，清香爽口。

在苍溪，米豆腐是尽人皆知的美食。人们在大餐后，为了减少油腻，开胃消食，经常炒些米豆腐，与其他小菜一起端上餐桌，吃起来清新爽口，别有一番风味。多年来，苍溪米豆腐一直是当地老百姓逢年过节招待亲朋好友必备的佳肴，成为苍溪一道传统的美食。

（三）

　　"游百病"是家乡四川省苍溪县一年四季中重要的一项民俗活动，而且是春节的延续。苍溪老百姓认为，每年"游百病"过后，才算这年的春节过完。

　　每年正月十六这天，县城民居大门紧锁，男女老少，三五成群，举家出游，万人空巷。人们结伴而行，翻山越岭，登高望远，四处游玩，将人体的各种病痛"丢弃"在山野，祈祷一年四季身体健康，与病魔无缘。

　　据传，苍溪的"游百病"活动始于东晋时期，最初仅限于妇女。妇女多操持家务，养儿育女，因此身体劳累，体质较弱，容易生病。于是，在每年正月十六夜里，妇女出门四处游走，意将家里病邪驱散。天长日久，形成传统风俗。之后不断扩大，形成当地居民自发登高、祈福的健身活动，代代相传，流传至今。

　　当然，这个传说真假无法考究，随着岁月的变迁、历史的演绎，很多地方已淡化了"游百病"风俗，而苍溪"游百病"民俗则世代传承，延续至今。20世纪六七十年代，在我很小的时候，在苍溪县城读书。每年这天，全家便会出游。当时，"游百病"主要是到塔子山、白鹤山、雪梨山、烟丛寺、临江寺等近郊踏青赏景，也有翻山越岭到麻岭水库、杜里坝、五里子的，最远还有步行到阆中的。当时景点少，多是野外郊游。这几年，苍溪县开发了不少旅游景点，人们"游百病"大多流连在滨江花园，漫步在红军渡、梨博园，徜徉于嘉陵江畔，信步于西武当山，在外游走直至日落西山才尽兴而归。

　　苍溪县的"游百病"，与附近阆中、南充、梓潼、达州等地的"登高"踏青活动有所不同，不仅历史渊源长，而且参加人多，无须动员，男女老少全民参与。活动不分场所，山包、地角、河湾、广场，到处都有人在登高、踏青、健身。"游百病"已经成为一种具有地方特色的全民健身品牌活动。近年来，苍溪县大力挖掘"游百病"民俗活动中的全民健身项目，组织各种健身活动，提倡全民参与、健康步行、低碳骑游、环保出游等运动方式，为"游百病"民俗活动赋予新的内涵。

听说，苍溪县已向国家体育总局提交将正月十六"游百病"全民健身活动申报为国家级体育非物质文化遗产保护项目的申报书。想必这项民俗活动，今后能得到更加完整的保护和持续健康发展。

（四）

不知不觉，春节假期就在抢红包、陪老人、吃团年饭中悄悄地过去了。沿着嘉陵江漫步，河堤上的杨柳枝条已经冒出了新芽，美丽的姑娘已经脱下厚厚的冬装，穿上裙子，在花丛中翩翩起舞。我知道，又是一年春天的来临，又是该整理行装出发的时候了。每当这个时候，心里有一种莫名的悲伤和失落。

小时候，家乡很穷，信息闭塞，交通不方便，老盼着离开家乡，离开父母，到很远很远的大城市去看一看。那时，一个人总是无忧无虑，总是想独自在外，身边不再有父亲严厉的目光，更不再有母亲不停的唠叨。那个时候，在我的眼里，外面的世界是那么精彩，那么神秘，那么地吸引人的目光，好想自己一个人到外面世界闯一闯，过自由自在的日子。后来，渐渐地长大了一些，慢慢地开始懂得人生百味。

多年前，我背着行囊第一次离开家乡，在外读书以后，对家乡的心情开始变得复杂起来。特别是工作以后，尽管人生平平淡淡，没有大的起伏，日子一天天地过去，独在异乡的我，尽力想让自己找到一份家的感觉，却掩饰不了内心深处那份思乡的愁绪。夜深人静的时候，一个人站在窗边，仰望星空，常常会回想起家乡的一切。我开始怀念家乡的一草一木，怀念九曲溪畔校园的钟声，怀念雪梨山上盛开的梨花，当然，还有父亲严厉的目光和母亲那烦人的唠叨。那时的我，已经渐渐懂得了家的含义。特别是每年腊月准备回家过春节的时候，都有一种迫不及待的兴奋，一种归心似箭的感觉。这时，我才明白余光中《乡愁》真正的意境和思乡情愫，明白什么叫思念，什么叫牵挂。就这样一年又一年，一边是家乡，一边是眷恋，中间是割不断的思念。

现如今，又要离开家乡，又要带着那份浓浓的离愁，独自踏上那条风雨兼程的寻梦之路。走过老河街的石阶小径，站在熟悉的嘉陵江边，望着远方的山峦，思绪万千。这么些年了，家乡的一切，还是那样让我熟悉，没有大的变化。故园的一草一木都让我感到亲切，嘉陵江还是那样清澈，滨河广场跳舞的大妈还是那样喧闹，刘家小巷还是那样幽深，五星花园和八角井的黄葛树还是那样挺拔，只是苍老了许多。故园留下了我人生最美好最快乐的时光，记载了人生的无忧无虑。多年来，尽管在外漂泊，尽管创业的路是那样艰难，每当我遇到困难的时候，每当我为自己承受着巨大的压力而感到苦闷的时候，家乡总是我内心深处的一处宁静港湾。

又要离开家乡，心情变得特别复杂。我想多看上几眼家乡的一草一木，一山一水，好让他们伴着我，走好以后人生的每一步。

（2016年第5期《剑南文学》和《四川日报》"原上草"副刊，收录于《苍溪味道》）

划甘蔗

俗话说"过年吃甘蔗，一年甜到头"。小时候，一到过年，家家户户都有买甘蔗的习惯，希望全家人在新的一年里红红火火，步步高升，像甘蔗越吃到后面越甜，日子越过越甜蜜。

划甘蔗，是过去四川孩子们爱参与的一个民俗活动。特别是过年前后，街坊邻居小孩子玩得最多的游戏就是划甘蔗。一群小伙伴聚集在一起，买来几根甘蔗，分别站在高台上，手握一把弯刀，将甘蔗立于台下，刀刃压在甘蔗尖上，调整好平衡，举起刀的瞬间迅速将刀劈向甘蔗的顶端，向下划去。运气好的，会把甘蔗一劈两半。运气不好的，只能划下一小片甘蔗皮，大家便将甘蔗皮及以上部位砍下，划归划甘蔗人所有。划甘蔗的人不用出钱就能吃到甘甜的甘蔗。

那时候，小伙伴们划的甘蔗，是那种用来熬制蔗糖的果蔗，皮色青绿，枝节稀疏，糖分充足，肉质清白，味道甘甜，口中一咬，甜蜜成渣。这种甘蔗非常便宜，冬天时只卖几分钱一斤，家家户户都成捆成捆地购买回家。

划甘蔗时，几个人挑一捆都有一人多高的甘蔗，找一个高处，一般在街边、大院内石阶旁。因为甘蔗竖起来有一人多高，为了好用力，第一个划甘蔗的人必须找一个高处站着，如果没有台阶，也没有什么板凳、石鼓之类的，就在脚下垫上几块砖石。

划甘蔗的用刀一般是家里的菜刀，也有砍刀、弹簧刀、双刃刀之类的，不过最好的还是卖甘蔗的小贩手里削皮用的弯刀。这种弯刀也叫篾刀，长长的，厚厚的，刀刃十分锋利，一般用来划竹子，用来划甘蔗自然是小菜一碟。

划甘蔗的刀法很讲究。首先踩在高处，把要划的甘蔗立在地上，根在下，尖在上，右手执刀，将刀尖搁在甘蔗顶端斜口削平处。屏住呼吸，全身凝固，当感觉甘蔗的平衡点已经在自己掌控之中时，飞快提起那把弯刀，凌空绕两圈，划一个刀花，然后看准了，用力一刀向已经倾斜的甘蔗劈下，被削去了甘蔗皮的那一截就是划甘蔗人的。如果技术好的，能从板凳上跳下来，将甘蔗一剖到底，连根劈下，那叫"通吃"。但是，更多的时候只是削去长短不一的一层甘蔗皮。

由此，一个人接一个人地轮流下去，直到一根甘蔗全部被划完。然后，每个人把自己划下来的甘蔗皮放在地上，摆成一排，比拼长短，进行最后胜负的评判。划下来的甘蔗皮长，就算胜出。划下来的甘蔗皮最短的那个人就到小贩那里付甘蔗钱，其他人心安理得地品尝自己赢来的胜利果实。如果输家不服气，大家接着又来，于是新一轮比赛又开始。如此反复，一次接一次，直到把甘蔗划短、划完。

划甘蔗除了心灵手巧、胆大心细，还得掌握一些力学原理。在把放在甘蔗尖上的刀拿开的瞬间，应让那根甘蔗不失重心、不摇晃，保持一定的平衡，这样才能让那把刀坚决有力地一挥而下，一气呵成。否则的话，就是刀锋在甘蔗上，如果重心发生偏移，能划到的甘蔗也少得可怜。

其实，做人做事也是如此，要专注、淡定、从容，注意掌握时机，把握重心，做到胸有成竹。"学"与"做"要做到知行合一，从思想到行动中要一以贯之，一气呵成，这样成功的概率才会大。

（2017年5月26日《晚霞报》"往事"副刊）

母亲的谚语

母亲没有文化，目不识丁，是一个典型的家庭妇女，但母亲的心算能力惊人，这一点当子女的，还有后来进入我们大家庭的女婿、媳妇都很清楚和认可。我们家住在县城上河街，那时没有燃气，家中生活主要靠烧柴和烧煤。有一次，看到拉炭圆的将上百个炭圆拉到家中还没卸完，母亲就一口清地报出了应支付的钱款，准确到分，没有差错。母亲每次买菜、买米面也是如此，很少算错。多年后，我分析母亲有如此能力，可能是长期购物练出来的结果。

母亲还有一个惊人之处是记忆力非常好，这一点我至今佩服。我很小的时候，经常在放学后坐在厨房烧柴、煮饭，也经常在灶前听到母亲一字不漏地背诵《为人民服务》《纪念白求恩》《愚公移山》三篇文章。

母亲一生最大的功劳，是含辛茹苦地把几个孩子拉扯大。在我很小的时候，母亲没有工作，主要靠帮别人缝补衣服、当保姆和在街边卖点开水，换些小钱来买米买面，维持家中生计。

母亲平时不善言谈，但是一位勤劳善良的家庭主妇。家里什么地方只要有点脏，她就会拿起扫帚、拖把和抹布打扫干净。母亲还有一双灵巧的手。有一次，我的裤子破了一处，母亲看到后，叫我换下，赶快拿出针线筐，把破的地方补上。

我们家住在嘉陵江边，父母在河坝房屋的后面开垦了一片荒地，种植了许多蔬菜，养了猪、鸡等畜禽，基本上能保证一家人的需要。那时，家中虽然日子过得紧巴巴的，父母却坚持要孩子都上学读书。

母亲经常说，读书能改变命运，如果你们不想读了，就去工作，就去劳动。

从小父母就对我们家教甚严。我们兄弟姐妹四人都怕父母，有时还恨，有时还争吵，有时甚至还会打架，但后来都不恨了。为什么呢？认真想来，这与父母的正直、善良、勤劳有关。父母对工作忠诚老实，公私分明，刚直不阿。有什么样的父母，当然就有什么样的孩子。我们兄弟姐妹四人成人后不一定都有出息，但都是正直、善良、有孝心的人，都是对工作和家庭认真负责的人。

受父母的影响，我们从小就养成了良好的习惯。比如，晚上要早睡，早晨要早起，要自己叠好被子，吃饭时要人齐了才可以动筷子，同时不能用筷子指着别人，挑菜时只能挑盘中自己面前的菜，不能挑别人面前的。为人要谦和，上学出门、放学回家都要喊人，要打招呼。持家要勤俭节约，要讲卫生，要会做家务事。在外不准骂人，不准打架。做人要踏踏实实，把持做人的基本准则，做一个诚实守信的人。

在家中，母亲有什么看不惯孩子的，就会唠叨个不停。这些唠叨，饱含着她对孩子浓浓的、温馨的爱。

母亲经常教导我们要孝敬长辈，尊老爱幼。母亲在教育孩子方面有许多谚语，或者叫口头禅。比如，她常说"兔子沿山跑，还来归老窝"，这句话的原意是兔子满山跑，还是要回到旧窝里安宿。而母亲主要想对我们说，要有家庭观念，将来不论走出多远，无论在社会哪个角落，都不要忘记了家，不要喜新厌旧，还是要回到家里安顿。又比如，为了孩子安全，她经常会说"日要归家，夜要落户"，每天要求孩子回家，不能在外过夜。她还经常教导我们"兔子靠腿狼靠牙，各有各的谋生法""有多大的脚，穿多大的鞋""让人一寸，得理一尺""有借有还，再借不难"等做人的道理，让我们每个孩子根据各自的情况，好好工作，好好生活，好好做人。

在我长大外出读书和工作以后，常听到母亲对我说："儿行千里母担忧，母行千里儿不愁。"我想这体现了母亲对孩子的牵挂和思念。在我结婚时，母亲说，一个家中"男人是刮刮，女人是屉屉"，意思是男人要在外面工作赚钱，女人要在家中勤俭持家不能败家。

　　母亲一生为家庭操劳，为子女操心，没有出过远门、见过世面，但在那个年代，她却传递给子女许多好的家风和传统习惯。

　　（2023年2月10日《四川日报》"原上草"副刊，收录于四川作家网散文专栏）

父亲河，母亲河

我的家乡四川省苍溪县位于四川盆地北缘，大巴山南麓，嘉陵江之滨，那是一个山清水秀的地方。它是中国雪梨之乡，历史悠远，文化蕴藉，民风淳朴，历史上即享有"川北淳邑""小邹鲁"美称。县城依山傍水，嘉陵江绕城东流，少屏山肃穆南拱。

我从小在嘉陵江边长大。嘉陵江是长江上游的一条支流，因流经陕西凤县东北嘉陵谷而得名。家乡处在嘉陵江中游，河谷狭窄，水流湍急，水力丰富，鱼类繁多。嘉陵江就如同父母一样养育着我，我们彼此熟谙，相互依恋，永不分离。

红军渡

我的家乡属于川陕革命老区。在县城东南有座塔子山，嘉陵江在此拐了一个弯，形成一个回水沱，叫塔山湾。回水沱水很深，水流湍急，听大人说下面有许多大鱼，但我从来没有看到过。塔山湾山上有座白塔，是石塔，好像四川每个县城都有这样的石塔，建在县城最高的地方，远远就能看到。白塔下面的嘉陵江畔有一古渡，叫"红军渡"，是当年红四方面军长征出发的地方。古渡处河面宽阔，对面是杜里坝，现在已建成县城新区。

以前苍溪县城有不少的老红军。县汽车客运站、食品公司下面有条公路，公路上面建有许多小院，撮箕形状的，一幢接一幢，呈一长排，不像现在的小区呈一大片，小院前面还有很大一块菜地，种植新鲜的时令蔬菜。我们把这一长排小院称为"红军大院"，里面住着许多返乡的老红军。有个徐老红军，参军时任营长，当过我父母单位的领导，爱人是哈尔滨人，也在父母单位工作，我去过他家几次。还有个赵老红军，我不知道他为什么没有住进红军大院，而住在县城下河街居民区，我想可能他是战士，或者参加红军的时间不长。住进大院的大多是身经百战的老红军，我从小就在嘉陵江边听他们讲述那段辉煌的革命战斗历史。

在"强渡嘉陵江"战役中，苍溪儿女作出了最大的牺牲和奉献。当时，人口不足28万人的一个山区农业小县，就有3万多名优秀儿女参加了红军，进行了100多场战役。他们大多是苦难的工农民众，也不乏教师、学生、医生、商人中的进步青年，其中25000多人为中国革命献出了宝贵生命，走出了6位中央委员和8位共和国将军，留下了一大批红色革命遗址、遗迹。

听父亲讲，我的爷爷和当时还年幼的父亲，连夜送红军战士渡江。听母亲说，她的两个兄弟一个叫王芝龙，一个叫王芝凤，当年也参加了红军，牺牲在长征的路上，苍溪县红军纪念馆烈士名册上至今留存着他们的名字。

为了缅怀先烈的英雄业绩，家乡建立了红军渡纪念碑，当年曾指挥红军强渡嘉陵江天险的徐向前元帅亲笔题写"红军渡"三个字。红军渡纪念碑雕像的正前面是一位红军指挥员，肩飘披风，昂首直前，右边是一名红军女战士，左边是一名红军小战士，后面一侧是头扎绷带仍坚持战斗的红军伤员，一侧是一名赤卫队队员。五个典型形象组成一条前进线，向对岸冲击。

这座群雕像一只离岸飞驶的木船，又像离弦的急箭，更像是展翅欲飞的雄鹰。它是一首战斗的诗篇，是一首激昂的序曲，是一座用鲜血、用生命凝聚的丰碑。这座丰碑激励革命的后来人，继承先烈的革命传统，牢记使命，乘风破浪，勇往直前。

临江寺

红军"强渡嘉陵江"后继续北上，离开苍溪时，把一艘渡船送给了爷爷。爷爷后来又把这条船传给了父亲。中华人民共和国成立后，建立合作社时，父亲凭借这条船，加入了航运社。早年，一个县城的工业主要是"五社"，即铁业社、搬运社、缝纫社、供销社、航运社。父亲进入航运社，也就意味着转变了身份，脱离农村，成了城里人。

父亲进城工作不久，被分配到离县城很远的嘉陵江航道亭子口水文监测站上班，主要负责监测嘉陵江的水文情况及预报发布工作。这是一个很轻松的工作，查查表，记记数字，工作性质好，待遇也不错。可是父亲后来放弃了这份工作，回到县城，进入了航运公司。母亲说，父亲是为了照顾家庭和几个孩子。

母亲从小也在嘉陵江边长大，与父亲相识于嘉陵江。当时，母亲在嘉陵江边一个叫鸳溪的乡场的面馆做工，父亲当船工时，经常驾船上广元下南充到重庆，也经常经过鸳溪，于是两人有了机会相识。母亲嫁给父亲后，也随父亲到了苍溪县城，成为县航运公司一名职工，主要做一些缝缝补补的工作。

我出生在美丽的嘉陵江畔，从小就跟随父亲穿梭在滔滔的嘉陵江上，喝着江水长大，吃着江中的鱼虾，伴着江上的涛声，吼着川江号子，听着老船工讲述一个又一个川江的故事。那条美丽的大河，流淌着儿时的岁月，流淌着青春的记忆。

父亲到航运公司后，当过一段时间的采购员，主要在县内三川、龙王、桥溪一带采购木材。当时，三川、龙王、桥溪一带山上的树很大，笔直，要两手合拢才能抱住。后来因为大面积的滥伐，森林资源遭到破坏，现在那一片山区已经见不到什么大树了。

20世纪70年代初，父亲到离县城不远的临江寺渡口当了一名船工。临江寺渡口离县城不远，西出县城约5公里。说它小，是就工作人员而言，整个渡口就5名船工。说它老，是因它傍古寺而存在，古寺叫"临江寺"，因而人们也沿袭称古渡为"临江渡"。临江寺号称"嘉陵第一楼"，以前也曾风光过一阵。唐朝"诗圣"杜少陵避梓益之乱，途经苍溪，夜宿在古寺，留有《放船》诗佐证。北宋时期，陆游北上，又在这座古寺留有一首《怀旧》诗。

父亲是渡口的负责人，每天工作很忙，除了吃饭和睡觉，几乎都在渡船上，把农村的人拉进城里，又把城里的物资送到农村。年复一年，总有做不完的工作，干不完的事情。无论刮风还是下雨，总能看到父亲撑着竹竿，拉着船纤，深一脚，浅一步，由下向上，又由上向下放船到对岸。

父亲是位老党员，也是一名治安积极分子。他是一个闲不住的人，只要群众有事找到他，他不吃饭不睡觉都要去做。有一次，我到渡口玩耍，从下午开始天空就一直阴沉沉的，像是要来一场暴风雨。这天，天黑得特早，天上没有一颗星星，夜幕黑得吓人。吃过晚饭后，父亲早早让我上床睡觉。也许是天气不好的缘故，我不像往日那样顽皮，只是望着父亲不停忙碌的身影，慢慢就睡着了。也不知过了多少时间，一个响亮的大雷把我从睡梦中惊醒，我本能地摸了一下身旁，空空的，父亲没有睡在身边。这时，又一声炸雷，随着便是闪电划破长空，我吓得发抖。不久，我听见父亲和另外一位船工沈叔叔走在楼廊上，从他们相互摆谈中，我得知山上有一位村妇临产，是他们刚才冒雨把她送到对岸城里。父亲进屋后，我一下子扑进了他的怀抱，委屈得放声大哭，他一直抚摸着我的头，让我哭个够。不久，我便在父亲的臂弯中酣睡。第二天天亮，我走向屋外，看见外面阳光暖暖的，地面上还是水汪汪的，父亲和其他船工又在船上忙碌着。

还有一次，是一个暑假天，我到渡口玩耍。那个季节，嘉陵江经常发洪水，沿江损失很大。一天掌灯时，父亲摆完渡拉完最后一船人，返回住地的途中，听到河对岸传来一阵"过河，过河！"的吆喝声，很急促。疲惫不已的父亲叫我先回去，他又返回船上。晚上，我百思不解，问父亲："拉一个人过河仅收3分钱，去拉啥？况且已下班了。"父亲说："小孩子，懂啥！别人有急事，才要过河。"

如今，离那些夜晚，离那个古渡，离摆渡的人，已经很远很远了。父亲因病溘逝后，开追悼会那天，远近来了不少的老百姓，有我认识的，也有不认识的，他们都来凭吊我的父亲——一位普普通通的中共党员。

老河街

依水而居，择江筑城。每一座城市，都与一条江或者一条河有着缠绵不绝的故事，一江碧水千百年来也哺育了沿江两岸的人民。

小时候，苍溪县城不大，人口不到万人，县城也仅有河街较为繁华。河街不长，1000多米，分上河街和下河街。听老辈子谈起这条街，唠唠叨叨，似乎几天几夜也说不完、摆不尽它的故事。

河街建在老护城墙上，老城墙是明清时期建起的。河街两旁建筑，多平房和民居，也有城隍老庙和一些街道集体企业。河街上最热闹的又数农贸市场。上河街有西门菜市场，下河街有东门市场。每天一到上午，县城的居民和附近郊乡的农民都云集在这里。有卖鸭的，也有卖鸡的；有卖菜的，也有卖肉的；有干货，也有水产品；有柴米油盐酱醋，也有毛巾、鞋垫、洗衣粉、肥皂等生活必需品。街头还不时出现一些卖打药的吼喊声，和耍把戏玩"西洋镜"的叫卖声。

那时苍溪县城嘉陵江边有两个码头。一个是汽车码头，主要运送嘉陵江两岸的交通运输车辆。还有一个轮船码头，则是嘉陵江上南来北往的船舶停泊的港湾、装卸货物的中心，大大小小的木船穿梭，源源不断的货物流入苍溪，又让苍溪的土特产品从轮船码头出发，逆流而上，运抵广元和陕西的宁强、甘肃的碧口，顺江而下，运达南充和重庆，在重庆汇入长江，输送到全国更遥远的地方。

我的家住在上河街靠汽车码头处，临近街面，离西门市场不远。房屋最早是土屋，1981年嘉陵江发洪水后，改建成砖木结构的平房。

小时候，我不知道父母为什么选择把房子修建在河街上。最早，我家的房址不在河街，离河街较远。后来，父母将原房地基与供销社仓库的地基对换。问父亲，父亲说是为了买菜、买米和用水方便，才换地基建房的。

其实，父母有他们的道理。那时县城无自来水，生活用水都要到嘉陵江边的沙窝子里挑，里面的水清冽可鉴。由于用水困难，洗衣服也只好在河边洗。每日，清凉的嘉陵江在晨曦中朝霞里，迎来了一批又一批浣洗男女。他们呼吸着清新空气，背上背篼，端上脸盆，里面装上换下来的衣服，聚在河边，把衣袖高高挽起，蹬在石板边，在清水里洗去汗迹，褪去疲劳。阵阵欢快的搓揉声、槌衣声和人们的嬉笑声，似一首动听的交响曲回荡在嘉陵江上空。

河街上的女人们一旦会聚在一起，话也特别多。你说东家长，我说西家短，自己的哪样东西又买贵了，哪家两口子昨晚不知为啥又在吵架等。并不时传出一阵阵的笑声，和着那洗衣声，随水漂逝。在河边洗衣服还得早去，若晚了，就没有洗衣服的好地方了。若想洗衣，只好出3分钱买一张渡船票，乘船过河在河对岸找块地方浣洗。

河街的夏夜，也十分热闹。那时没有电视机，也没有收录机，一到傍晚，家家户户男女老少吃过饭后，都搬出木板凳或者竹椅子，坐在街边，一边纳凉，一边摆龙门阵。在这种环境里，我听到了不少有关河街的故事。

历史变迁，社会发展，岁月更替，河街逐渐走向没落，被新修的宽敞的红军路、解放路等大道代替。嘉陵江上也新建了几座大桥，横卧碧波绿水之上。

重回家乡，望着滚滚东去的一碧江水，我知道我的血液里永远流淌着家乡的这条河。无论我在何方，它都让我魂牵梦绕，它是我的父亲河，也是母亲河。

蜀人"虎"记

　　虎年说到虎，让我不由得想起了著名的虎字书法家侯正荣先生。

　　侯正荣先生，生于1932年，四川广元人，号蜀人，与我是同乡。广元撤县建市那年，我参加工作成为警察。通过短暂的入警培训学习后，我被分到广元市公安局预审处实习。市公安局预审处与广元市看守所一起在小西街办公。侯先生家住小西街，每次从单位出来，我们都要经过侯家大院，都会看到"翰墨斋"，也渐渐知道了侯先生和他的书法成就。侯先生是中国书法家协会会员、中国工艺美术学会会员、四川省文史研究馆馆员、广元市政协副主席。他的作品《一笔"虎"》曾获得全国书法大奖。

　　众所周知，虎的动态神情十分微妙，难以捕捉，虎的灵性与情趣极难传达。要想把虎的神韵诉诸笔端，把"虎"字写好，需要精湛的技巧才能达到形神兼备。侯先生在创作"虎"字时，提笔饱蘸墨汁后，先在宣纸上以饱满中锋点出虎头，然后用侧锋刷的一竖旋即上挑，弯钩，最后是悬针竖笔，至中段连连顿笔，顿出个九节鞭似的虎尾来，一气呵成。"虎"字头一点，就有无穷威力，继而用侧锋燥笔，正面用力，如横扫千军……其勇猛精神寓于雄浑形象之中，有非凡的审美感染力量。

　　侯先生的"虎"字名扬中外，可谓一个虎字一片天。1982年，时任美国总统里根访华期间，对中国书法颇有兴趣，尤其对侯先生的一笔"虎"字倍加赞赏，随即以38万美元购买，带回美国，悬挂于白宫内。1984年，侯先生书写的"虎"字又被当成国礼送给了联合国。

其实，侯先生在成名前，也有艰辛的努力和付出。侯正荣5岁上学，先从学于清代贡生张子余，后又师从文化名家谢无量、余中英。他年幼时家道中落，只能以水为墨，以石为纸，潜心苦学"颜筋"、效法"柳骨"。练习书法需要强劲的腕力，他就在笔杆上缠了两斤多重的铜钱，还在手腕上套铁圈。没钱买纸墨，他就用红土碾细在地上写，写了用水冲，冲掉又写。几十年如一日的不懈追求，使侯正荣终成书坛名家，备受关注。

虎，作为十二生肖之一，代表的是吉祥、驱邪、镇魔，凶猛却色彩斑斓，充满了生命的活力，有言曰："虎死不倒威。"虎不仅令人心生敬畏，而且是勇猛、刚健、意志力强的代表。因此，历代写"虎"字的名家辈出，而这也正是写"虎"字的难处。

改革开放后，侯正荣一心想写好"虎"字，认为虎是百兽之王，象征一种内涵丰富的雄风。于是，他上北京，走上海，下广州，在全国各地的动物园里观察东北虎、华南虎、孟加拉虎的种种形态，经常带上汽水、面包，在狮虎山前一蹲就是大半天。1984年的一天，侯正荣终于见到了猛虎扑食的情景：快速奔跑，低头竖尾，前肢腾空，气势凌厉迅猛，如排山倒海。尤其是扑食时那直竖而上的虎尾，坚挺有力，纹路分明，呈明显的九节状。这个难得的瞬间，给了他惊人的启迪。回家以后，他反复琢磨，力图将这一雄姿表现在书法上，在创思审美意象中，达到了与物同化的境界。在这种情况下，一个名扬中外的"虎"字产生。

我最喜欢侯先生书写的"虎"字和"剑"字。侯先生笔下的"虎"字，神形兼备，似有灵性，威中不失仁厚，猛中带着安详，勇中含着温柔，呈现出蓬勃的艺术韵味，使老虎的王者之气跃然纸上，令人赏心悦目。

1982年夏天，时任国务院副总理兼国防部部长的张爱萍将军，在成都为侯先生题词"墨海无涯，任重道远"。

1986年2月，也是虎年，这年春节，侯先生和他的儿子侯逸安一起参加了成都军区组织的春节慰问团，给部队指挥部写了一副对联："国威军威将士威，山亲水亲人民亲。"随后，他便起早贪黑、跋山涉水给将士们写字。在慰问的40多天里，写秃了3支毛笔，用了16千克墨汁和880多张宣纸。

1997年香港回归后，应驻香港部队司令刘镇武将军之邀，侯正荣先生赴香港进行拥军慰问，为驻香港部队书写"利剑雪国耻，香港九七归"，为刘镇武将军书写"剑"字。1999年，侯先生又应邀去澳门，为驻军书写"雪几代国耻，振中华精神"和"威镇之师"。

侯正荣先生生前特别注重利用自身的资源，加强和推动海峡两岸的文化交流和发展。1996年，他去金门书写"昔日厦门看金门，今日金门望厦门，厦门金门蜀道门，山情水情翰墨情"。1997年，陈立夫先生为他题词"仁则荣不仁则辱"。

侯先生一生视名利淡如水，看事业重如山。作为一个四川人，他非常热爱家乡一草一木、一山一水，对四川旅游产业的发展特别关注，长江三峡、九寨沟、皇泽寺等景区都留有他书写的楹联。同时，他在家乡广元捐建了两所"正荣希望小学"。

侯先生艺海泛舟六十余载，苦心孤诣，磨砺精进，给世人留下了许多书法史诗般的佳作。他的许多作品除作为国礼悬挂于联合国大厦、赠送外国政要外，《隆中对》《蜀道难》等作品还被北京图书馆收藏。国内很多地方也都留有侯正荣先生的墨迹。在黄帝陵，他书有"纵横三万里，上下五千年"；在长城老龙头城楼，他挥毫写下"雄襟万里"四个气势磅礴大字；在长城之尾嘉峪关，他在关楼的三道门上连书佳句名联；在天下第一关山海关，他书写"靖边楼"和第一联"雄关名中外，长城壮古今"；在曲阜孔庙、司马光祠等名胜古迹，也能看到他的墨迹。这些都展示了侯氏书法的雄风和拳拳爱国之情。

常言说，虎父无犬子。侯正荣先生在辛勤创作的同时，也注重对其子侯逸安的言传身教。

我与侯逸安老师相识多年，是同行，有相似的人生经历。他是全国公安书法家协会理事、四川省公安文联副主席兼秘书长。

侯逸安自幼随父学习书法，多年来，在书法创作上，不仅传承了侯氏书法的风格，而且吸众家之长，形成独特的风格，用字造型优美，墨色变化丰富，字体雄浑自然、行云流水，深受战友喜欢。无论在部队，还是在警队，侯逸安都像他的父亲一样，坚持到边防一线、到基层所队，开展边疆行、下基层活动，每年春节前夕都送"福"基层，是云南的战士最喜爱的军旅书画家。

前年，我与几个朋友到稻城亚丁旅行。一到景区，就远远地看到景区门口由侯逸安老师书写的"稻城亚丁"几个金光大字，在阳光的照射下，熠熠生辉，格外醒目。

（2023年《剑门关》春季刊）

细雨骑驴入剑门

南宋著名爱国诗人陆游从蜀道上走过，不仅走过子午道、益昌道、金牛道，而且翻越秦岭走过陈仓道、褒斜道、傥骆道；不仅去过渠江、嘉陵江、涪江，而且到过东河、柳沟、潼水、芙蓉溪等溪河。有的地方，他不止去过一次，为了军务甚至去过多次，有时还在梦中游览。

从1170年到1178年，陆游在四川工作、生活了整整八年，足迹遍布巴山蜀水，对这里的一草一木都产生了深厚的情谊。这短短的八年时间，也成为陆游一生中最重要的阶段，是他一生中最高光、最洒脱的岁月，让他魂牵梦萦，终身不忘。他晚年东归回到老家之后，仍然时刻难忘蜀地，甚至将其诗作定名为《剑南诗稿》。

陆游出生在浙江绍兴一个官宦之家，三次科举被黜，一生颠沛，生活艰辛。1170年，陆游得到机会到夔州（今重庆奉节）任通判，人生才有了一个相对安稳的环境。两年后，眼看任期将满，陆游不得不为后路考虑。于是，他想到了赴任夔州前，四川宣抚使王炎给他的邀请信，遂厚着脸皮给王炎写信，希望还能去王炎那里谋一份差事。王炎很快回信，再次邀请他到南郑（今陕西汉中）做左承议郎权四川宣抚使司干办公事兼检法官（即幕府幕僚），协助管理军务，品级为从七品。

当时，陆游工作过的夔州和南郑都属于四川管辖。1172年正月，陆游卸任夔州通判，经过万州后，独自骑马沿陆路前行，赶赴南郑。经过梁山军（今重庆梁平）、邻山（今四川大竹）、邻水、广安、岳池、果州（今四川南充）、阆中、苍溪、葭萌（今四川昭化），穿过金牛道，又经过剑门关、益昌（今四川广元）、嘉川（今四川旺苍）、大安军（今陕西宁强阳平关西擂鼓台），于当年3月17日抵达南郑。军是宋代一级行政区划，地位介于县与府之间。陆游沿途以诗记其行迹，《剑南诗稿》共辑入沿途写下的30首诗。

陆游从夔州出发时，正值初春，巴蜀大地春光明媚，百花争艳。诗人在马上不由得感慨春光易逝，令人愁苦断魂，每至一处都赋诗抒怀。在梁平，陆游写了5首诗，是去南郑途中写诗最多的地方，其中写有一首《畏虎》。

畏　虎

滑路滑如苔，涩路涩若梯。

更堪都梁下，一雪三日泥。

泥深尚云可，委身饿虎蹊。

心寒道上迹，魄碎茆叶低。

常恐不自免，一死均猪鸡。

老马亦甚畏，惂惂不敢嘶。

吾闻虎虽暴，未尝窥汝栖。

孤行暮不止，取祸非排挤。

彼谗实有心，平地生沟溪。

哀哉马新息，薏苡成珠犀。

过了大竹，进入邻水，天色已晚，陆游投宿延福寺，次日清晨，他正做着庄生化蝶的美梦，酣睡之际，忽然听到外面传来鸡鸣声。他赶快起床，骑马上路，写下《邻水延福寺早行》。

邻水延福寺早行

化蝶方酣枕，闻鸡又著鞭。

乱山徐吐日，积水远生烟。

淹泊真衰矣，登临独惘然。

桃花应笑客，无酒到愁边。

北宋末期，作为言官的广安人张庭坚（字才叔）因直言进谏而名留史册。陆游经过广安时，想到张庭坚因直言上书惹恼皇帝，与自己何其相似，心下不觉凄凉悲愤，于是写下《过广安吊张才叔谏议》。

过广安吊张才叔谏议

春风匹马过孤城，欲吊先贤涕已倾。

许国肺肝知激烈，照人眉宇尚峥嵘。

中原成败宁非数，后世忠邪自有评。

叹息知人真未易，流芳遗臭尽书生。

如今的岳池县建有一个陆游广场，广场上有座陆游挂着竹杖的铜塑像，塑像背面为《岳池农家》镂空诗墙。这首诗是陆游经过岳池时写的，当时饱经动荡、屡受挫折的陆游路过岳池，看到如此美好的"世外桃源"，心情得到抚慰，触景生情挥毫写下这首诗。全诗所绘景象和人物自然亲切，表达的感情朴素真挚，表达了诗人对田园生活由衷的赞美以及厌恶官场的思想。

岳池农家

春深农家耕未足，原头叱叱两黄犊。

泥融无块水初浑，雨细有痕秧正绿。

绿秧分时风日美，时平未有差科起。

买花西舍喜成婚，持酒东邻贺生子。

谁言农家不入时，小姑画得城中眉。

一双素手无人识，空村相唤看缲丝。

农家农家乐复乐，不比市朝争夺恶。

宦游所得真几何，我已三年废东作。

陆游在岳池感受了优美的田园风光后，进入果州境内，住进果州驿站。在果州樊亭、柳林酒家等地，陆游骑马踏步、喝酒赏花，写下了《果州驿》《柳林酒家小楼》《海棠歌》《临江仙·离果州作》等诗词，描绘了川北艳丽的春色，同时抒发了诗人的惜春之情，与友人的离别之愁。

果州驿

驿前官路堠累累，叹息何时送我归？
池馆莺花春渐老，窗扉灯火夜相依。
孤鸾怯舞愁窥镜，老马贪行强受鞿。
到处风尘常扑面，岂惟京洛化人衣。

柳林酒家小楼

桃花如烧酒如油，缓辔郊原当出游。
微倦放教成午梦，宿酲留得伴春愁。
远途始悟乾坤大，晚节偏惊岁月遒。
记取清明果州路，半天高柳小青楼。

海棠歌

我初入蜀鬓未霜，南充樊亭看海棠。
当时已谓目未睹，岂知更有碧鸡坊。
碧鸡海棠天下绝，枝枝似染猩猩血。
蜀姬艳妆肯让人，花前顿觉无颜色。
扁舟东下八千里，桃李真成仆奴尔。
若使海棠根可移，扬州芍药应羞死。
风雨春残杜鹃哭，夜夜寒衾梦还蜀。
何从乞得不死方，更看千年未为足。

临江仙·离果州作

鸠雨催成新绿，燕泥收尽残红。春光还与美人同。论心空眷眷，分袂却匆匆。　　只道真情易写，那知怨句难工。水流云散各西东。半廊花院月，一帽柳桥风。

处于嘉陵江中游的阆中古城，至今已有2300余年的历史。古城中现存的大量民居多为明清建筑，青瓦粉墙，鳞次栉比。阆中古城的建城选址、造型布局，是古代"天人合一"的完美示例。保宁醋、张飞牛肉等特产闻名天下。陆游从阆中经过时，写下《南池》《阆中作》等诗。

南 池

二月莺花满阆中，城南搔首立衰翁。

数茎白发愁无那，万顷苍池事已空。

陂复岂惟民食足，渠成终助霸图雄。

眼前碌碌谁知此，漫走丛祠乞岁丰。

阆中作

挽住征衣为濯尘，阆州斋酿绝芳醇。

莺花旧识非生客，山水曾游是故人。

遨乐无时冠巴蜀，语音渐正带咸秦。

平生剩有寻梅债，作意城南看小春。

陆游从阆中到苍溪，游览临江寺，站在送客亭，怀念杜甫，并在《怀旧用昔人蜀道诗韵》中作句："最忆苍溪县，送客一亭绿。"

陆游一生至少3次踏及苍溪的土地，另两次踏及苍溪是1172年秋天，他受命从南郑到阆中检查军中防务，往返都曾经过苍溪。陆游晚年闲居浙江绍兴老家时，还念念不忘山清水秀的苍溪，挥笔写下两首诗。

自春来数梦至阆中苍溪驿五月十四日又梦作两绝句记之
其 一

骑驴夜到苍溪驿，正是猿啼叶落时。

三十五年如电掣，败墙谁护旧题诗。

其 二

亭高败叶秋先霣，城上惊乌半夜啼。

自笑远游心未已，年来频梦到苍溪。

陆游离开苍溪，沿着嘉陵江，一路策马扬鞭，晓行夜宿。经过葭萌，途经倚天似剑、横亘如城的剑门关，鞍马劳顿的陆游写下《剑门关》一诗。

剑门关

剑门天险设，北乡控函秦。

客主固殊势，存亡终在人。

栈云寒欲雨，关柳暗知春。

羁客垂垂老，凭高一怆神。

随后到了嘉川，他被米仓山的山水所感染，无比惊艳，处处都感到好奇、新鲜。一想到马上就要到南郑投身一线，他浑身都充满了力量和快乐，留下了诗文。

嘉川铺遇小雨景物尤奇

一春客路厌风埃，小雨山行亦乐哉！

危栈巧依青嶂出，飞花并下绿岩来。

面前云气翔孤凤，脚底江声转疾雷。

堪笑书生轻性命，每逢险处更徘徊。

诗人没有在遇雨景物尤奇的嘉川铺停留，而是冒雨继续前行。过百丈关，到了灵溪寺。灵溪寺又名广福院，位于今旺苍县东河镇五峰山麓，陆游在此写下一诗。

雨中过临溪古埭

道边相送驿边迎，水隔山遮似有情。

岁晚无聊莫相笑，君方雨立我立行。

从夔州出发，历时两个多月，陆游终于抵达南郑，开始军旅生活。复旦大学教授、博士生导师、当代著名文学史家朱东润先生认为，南郑前线的军旅生涯是陆游人生中"生的高潮与诗的高潮"。

初到南郑，陆游十分兴奋，他看到秦巴山区山川锦绣、土地肥沃、物产丰饶、民气豪壮，认为这是出兵北伐、驱逐金人、收复中原的重要资本。站在当年唐德宗行宫的废墟上，他感慨无限，吟道："落日断云唐阙废，淡烟芳草汉坛平。"他看到汉中在抗金大业中重要的战略地位，向王炎提出自己的抗金进取之策："经略中原必自长安始；取长安必自陇右始。当积粟练兵，有衅则攻，无则守。"（《宋史·陆游传》）

48岁的陆游在南郑披坚执锐，驭马统兵，于大散关（今陕西宝鸡附近）等地进剿讨伐金兵。但是，陆游在南郑所参与执行的任务只是边防部队正常的巡逻和侦察，并没有参加过真正的战斗，也没有在前线亲手杀过敌人。唯一值得他骄傲的事件是在一次巡逻的路上，他亲手杀过一只猛虎，这件事让他自豪了一辈子，到老了还把那只老虎的头骨放在床上作纪念。对这一杀虎壮举，他写过许多首诗回忆，以至于他到底是怎么杀死这只老虎的，后人都搞不清了。有时他说是用箭射死的，"南沮水边秋射虎"；有时又说是用剑刺死的，"挺剑刺乳虎，血溅貂裘殷"；有时又说是用戈刺死的，"奋戈直前虎人立，吼裂苍崖血如注"。不管怎么说，亲手杀死了一只老虎可能确有其事，这大概也是这位诗人唯一一次有战斗色彩的经历。

陆游在南郑期间，曾到过广元朝天。朝天有两座溶洞，一座龙门洞，另一座雪溪洞，被誉称"地下仙宫"。陆游在雪溪洞游览时，题诗一首。

咏雪溪

风雨尚远游，回首始欲愁。

北顾龙门栈，西望黑云头。

危途踏半桥，扶杖俯洪流。

雪溪巴山来，衰翁葱岭留。

雪溪洞也因此而得名。风光秀丽的潜溪河畔参天森林之中有一大石壁，雪溪洞口就在这石壁之下。洞口前是一间开阔的大厅，石桌石礅整齐排列，幽静森严。厅上有两米多高的陆游石像，仪态庄严。厅侧，一条清澈的小溪，从一丈余高的洞门底淙淙地流向大石穴中。洞中石幔、石花、石笋、石柱，拟物状人，鬼斧神工，每一根钟乳，每一片岩壁，都是一件天然的雕塑。

1172年秋天，陆游因公务赴阆中，从南郑出发，西行经三泉（今陕西宁强阳平关），乘舟取嘉陵江水路到利州，再陆行经葭萌、苍溪至阆中。返回途中，路过嘉川，当天夜宿木瓜铺，陆游激情难抑，挥毫写下《木瓜铺短歌》。

木瓜铺短歌

鼓楼坡前木瓜铺，岁晚悲辛利州路。

当车礌礧石如屋，百里夷途无十步。

溪桥缺断水啮沙，崖腹崩颓风拔树。

虎狼妥尾择肉食，狐狸竖毛啼日莫。

冢丘短草声窸窣，往往精灵与人遇。

我生胡为忽在此？正坐一饥忘百虑。

五更出门寒裂面，半夜燎衣泥满裤。

妻孥八月离夔州，寄书未到今何处？

余年有几百忧集，日夜朱颜不如故。

即今台省盛诸贤，细思宁是儒冠误！

陆游的这首七言律诗，记叙了他急如星火地夜走驿路的情景，并且抒发了亲临南郑前线，与沦陷的长安、洛阳等地近在咫尺，却不能收复的无穷感慨。也在那时候，陆游在嘉川铺接到宣抚司公文，得知王炎被召回朝担任枢密使，王炎幕府解散，朝廷否决北伐计划的《平戎策》。想到自己理想落空，收复江山无望，陆游不禁流下伤心的热泪，写下一诗。

嘉川铺得檄遂行中夜次小柏

黄旗传檄趣归程，急服单装破夜行。

肃肃霜飞当十月，离离斗转欲三更。

酒消顿觉衣裳薄，驿近先看炬火迎。

渭水函关元不远，著鞭无日涕空横。

由于朝中投降派的阻挠和破坏，王炎被召回朝廷，幕府也被撤销，陆游由南郑抗金前线被调任成都府路安抚使司参官。

从1172年3月到任，到1172年10月离开，陆游在南郑满打满算不过8个月。但就是这短短的8个月，改变了陆游的一生。

陆游报国无望，只好返回成都。这个时候，已经是10月初，经过三泉、利州，途经葭萌时，陆游站在嘉陵江边，望着滚滚东去的江水，心情悲凉，情绪低沉，填词《清商怨·葭萌驿作》，写出了离开前线夜宿古驿的孤寂心情。

清商怨·葭萌驿作

江头日暮痛饮。乍雪晴犹凛。山驿凄凉，灯昏人独寝。　鸳机新寄断锦。叹往事、不堪重省。梦破南楼，绿云堆一枕。

巍巍剑门关是古蜀道上最为险要的山隘与关口，是扼守川北的天然屏障和入蜀出川的咽喉要道，自古以来就是战略要冲和兵家必争之地。浸润着血雨腥风、闪烁着刀光剑影的剑门关，从古至今为许多文人墨客咏叹吟诵。陆游再到剑门关，走过险峻狭窄的栈道，看着峰如剑插、山若城郭的剑门，心情郁闷，在压抑的心情中，写下了被后人广为称颂赞誉的千古名篇——《剑门道中遇微雨》。

剑门道中遇微雨

衣上征尘杂酒痕，远游无处不消魂。

此身合是诗人未？细雨骑驴入剑门。

这首诗十分动人，是陆游蜀地诗作乃至其全部诗词创作中的一篇精品，也是陆游抒发哀愁、释放悲愤的重要诗篇，鲜明地表达了诗人"报国欲死无战场"的忧郁心绪和黯然心境。

剑门关，是陆游人生事业的分水岭，也是他诗词格调创作的分界线。在离开南郑前，对于陆游来说，自己的主要身份还是一名军人。到了剑门关，"此身合是诗人未"一句，表明他对人生无可奈何的自嘲、自叹。

陆游两次途经奇丽雄险的剑门关，纵笔写下《剑门关》《剑门道中遇微雨》和《剑门城北回望剑关诸峰青入云汉感蜀亡事慨然》三首经典诗篇，抒发表达了诗人"会看金鼓从天下，却用关中作本根"的家国情怀和报国夙愿。风云际会的古老剑门关，铭记和见证了一代爱国诗人"忘家思报国"的拳拳忠心和"为国死封疆"的铮铮铁骨。

几乎是在草成《剑门道中遇微雨》的同时，悲情难抑、诗性酣畅的陆游，远望巍然耸立的剑山和直插云霄的峰峦，不禁回想起千年以前阿斗投降蜀汉亡国之事，感慨不已，奋笔书写了题为《剑门城北回望剑关诸峰青入云汉感蜀亡事慨然》的七言绝句，抒发"中原久丧乱，志士泪横臆"的惆怅和忧伤。

剑门城北回望剑关诸峰青入云汉感蜀亡事慨然

自昔英雄有屈信，危机变化亦逡巡。

阴平穷寇非难御，如此江山坐付人。

离开地势险峻、山峰雄奇的剑门关，经过松柏参天的翠云廊，到了武连，陆游写下《宿武连县驿》。

宿武连县驿

平日功名浪自期，头颅到此不难知。

宦情薄似秋蝉翼，乡思多于春茧丝。

野店风霜做装早，县桥灯火下程迟。

鞭寒熨手戎衣窄，忽忆南山射虎时。

这首诗至今还刻在剑阁县武连镇觉苑寺的石碑上。

过了武连，进入梓潼，陆游站在长卿山上，面对潼江，写下《褐石室有怀长卿》。

褐石室有怀长卿

不逢杨意惜凌云，坐稳空山面石根。

壮志从龙攀武帝，幽怀托凤寄文君。

性因豁达疏常轨，名擅风流作令闻。

终有文翁成蜀化，千秋有室共芳芬。

陆游一路上写了许多诗，有的诗散落民间，无法考究，《褐石室有怀长卿》或许就是其中的一首，至今留在梓潼县长卿山司马石室。

到了绵州魏城，陆游又留下一诗。

绵州魏城县驿有罗江东诗云芳草有情皆碍马好

老夫乘兴忽西游，远跨秦吴万里秋。

尊酒登临遍山寺，歌辞散落满江楼。

孤城木叶萧萧下，古驿滩声虢虢流。

未许诗人夸此地，茂林修竹忆吾州。

进入四川盆地，陆游看到前面一望无垠的平畴田野，河渠纵横，气候宜人，物产丰饶。如此美丽的环境，冲淡了陆游羁旅行役的疲累，顿觉心旷神怡，精神为之一振，于是写下一诗。

东 山

今日之集何佳哉！入关剧饮始此回。

登山正可小天下，跨海何用寻蓬莱。

青山肯为陆子见，妍日似趣梅花开。

有酒如涪绿可爱，一醉直欲空千罍。

驰酥鹅黄出陇右，熊肪玉白黔南来。

眼花耳熟不知夜，但见银烛高花摧。

京华故人死太半，欢极往往潜生哀。

聊将豪纵压忧患，鼓吹动地声如雷。

东山就是今天的绵阳富乐山。陆游到了东山，认为巴蜀山水秀丽令人陶醉，不必劳神费力去寻觅虚幻的仙境。

他在绵州游览时，还写下《行绵州道中》。

行绵州道中

三年客江硖，万死脱鱼鼋。

平地从今始，穷涂敢复论。

园畦棋局整，坡垄海涛翻。

瘦犊应多恨，泥涂伏短辕。

在绵州涪江和芙蓉溪畔，陆游追忆先贤写下两首诗。

东 津

岁暮涪江水归壑，白沙渺然石荦角。

蜀天常燠少雪霜，绿树青林不摇落。

阑干诘曲临官道，烟霭参差望城郭。

打鱼斫脍修故事，豪竹哀丝奉欢乐。

乐莫乐于新相知，美人一笑回春姿。

四方本是丈夫事，安用一生无别离。

涪 州

古垒西偏晓系舟，倚栏搔首思悠悠。

欲营丹灶竟无地，不见荔枝空远游。

官道近江多乱石，人家避水半危楼。

使君不用勤留客，瘴雨蛮云我欲愁。

位于绵阳龟山之巅涪水旁边的越王楼，是与黄鹤楼、滕王阁、岳阳楼齐名的唐代四大名楼之一，是唐太宗李世民第八子越王李贞任绵州刺史时所建，建筑风格宏伟壮观。陆游站在越王楼上，看到湖光山色，于是写下《越王楼》。

越王楼

上尽江边百尺楼，倚栏极目暮江秋。

未甘便作衰翁在，两脚犹堪蹋九州。

同时，陆游在诗《寄答绵州杨齐伯左司》中也提到越王楼。

寄答绵州杨齐伯左司

磊落人为磊落州，滕王阁望越王楼。

欲凭梦去直虚语，赖有诗来宽旅愁。

我老一官书纸尾，君行千骑试遨头。

遥知小寄平生快，春酒如川炙万牛。

陆游赴成都任职途中，在绵州还作了一首诗。

即 事

渭水岐山不出兵，却携琴剑锦官城。

醉来身外穷通小，老去人间毁誉轻。

扪虱雄豪空自许，屠龙工巧竟何成。

雅闻嵥下多区芋，聊试寒炉玉糁羹。

仗剑辞南郑，援琴入锦官，透露着陆游对南郑备战，收复失地政治理想破灭的无奈和悲痛。胸有"屠龙"的良策，可又能怎么样呢？终究无处施展，壮志难酬，悲愤苦闷而已。于是，想起了前辈苏东坡，欲以东坡的旷达聊以自慰。

1172年岁暮，陆游历时两个月走过蜀道，抵达成都。

陆游一生笔耕不辍，诗词文俱有很高成就。其诗语言平易晓畅，章法整饬谨严，兼具李白的雄奇奔放与杜甫的沉郁悲凉，尤以饱含爱国热情对后世影响深远。

第二辑 羌山听风

踏着春风，漫步山谷，数十里的各种花儿竞相开放，满山闹春。站在山上，凝视远望，满山的野花与苍翠的山峦、蜿蜒的小河，连成一体。花美了山，水净了地，大地斑斓，春意盎然，宛如一幅绝妙的自然山水画。

清悠悠的咂酒，清悠悠的河

这是"大雪"节气后的第二天，我和市作协几位老师到小寨子参加"深入生活，扎根人民"主题创作采风活动。我们一早从北川新县城出发，沿着擂禹路，向青片乡方向奔去。

进入擂鼓镇境内，在车内第一个看到的就是吉娜羌寨。层层叠叠的羌族建筑错落有致地矗立在青山上，房屋以灰白色为主体，羌族的山水、白石和牛羊等图案点缀其中，屋顶四角用凸起的白石作为点缀。羌族人崇尚白色，所以羌寨的房屋顶上，都有这种象征圣洁和美好的白石。房子都是一楼一底的楼房，每户羌族人家门口都挂着红灯笼、玉米和辣椒。金黄、火红的颜色，在羌家是丰收和希望的象征。

在车上，听北川的朋友说，我们行车的道路就是山东大道，他们很感谢地震发生后山东人民对北川无私的援建和支持。

这些年，我曾多次到北川，但很少到关内。根据地域来划分，北川全县分为关内和关外。北川人把任（任家坪）禹（禹里）路唐家山隧道作为界线，从曲山镇出发，过了隧道就进入关内。

古驿道

禹里镇，是北川羌族自治县下属的一个乡镇，又叫治城镇，是进入关内的第一站，也是该县的旧县城所在地。境内的大禹故里风景名胜区，1989年3月23日被绵阳市人民政府批准为市级风景名胜区。1992年，时任国家主席杨尚昆为禹里题字"大禹故里"。

大禹是黄帝的玄孙、颛顼的孙子，是一位为中华民族的历史发展作出了巨大贡献的历史人物。他的重大功绩不仅在于治理洪水，发展生产，使人民安居乐业，更重要的是结束了中国原始社会部落联盟的社会组织形态，创造了"国家"这一新型的社会政治形态。

大禹，在中国历史上有不少的轶事典故，其中家喻户晓的有"三过家门而不入"，几乎人人皆知。

大禹故里风景名胜区由禹穴沟、历史文化古镇、石纽山组成。清朝石泉知县余炳虎，曾以《石纽停云》《双江分色》《索桥晓度》《西山叠翠》《奎角连云》《禹穴听泉》《悬崖滴水》《血石流光》8首诗，抒发了自己对大禹故里人文古迹和奇异风光的热爱及赞叹之情。

北川作为大禹出生地，至今仍保留着许多禹迹遗址，也流传着许多关于大禹的传说故事。禹里、马槽等关内地区民间，仍有不少祭祀大禹的习俗。

2009年7月，北川大禹祭祀习俗被列入第二批省非物质文化遗产名录。2012年，66岁的李加碧被评定为"北川大禹祭祀习俗"四川省非遗传承人。

离开禹里镇，便进入两条长长的峡谷。向左边走，进入青片河，也是我们的目的地。向右边走，进入白草河，要经过北川的小坝乡、片口乡和平武的泗耳乡、阿坝州松潘县的白羊乡，区域内的片口竹林沟是大熊猫自然保护区。

在高耸突兀的群山下，我们沿着青片河继续溯流而上。由于山高路险，顺着沿河公路，我们在逶迤的峡谷中穿行。一路蓝天白云，青山绿水，沿途不时可以看见一些具有民族特色的吊脚楼，在山上丛林中显得格外恬然幽静。

沿着峡谷，我们很快就到了墩上乡，进入一个岔口，向右行是马槽乡。墩上乡场口上矗立着一块高6米的千佛山战役纪念碑，碑石陈旧，显得庄严而沧桑，仿佛在向每个过往的人述说着一段枪林弹雨的历史，述说红军血战千佛山粉碎国民党围追堵截的历史性胜利。千佛山战役是红四方面军的一次重要战役。在红军长征史上写下了辉煌的一页。

一到马槽乡，首先看到左边马路上一组很有地方特色的雕像。马槽乡是一个山区小乡，到处是峰峦起伏的大山，怪石突兀的山崖，境内平均海拔在950～3860米。水能资源丰富，青片河穿境而过。山上山下空气清新，气候宜人，有黑水、明头、花桥、坪地四大风景沟，生态旅游度假资源发展潜力巨大。乡内有市级文物保护单位"红四方面军总医院遗址"和颇具特色的清代地主庄园。

马槽乡名字的由来有一个典故。传说大禹家住禹里镇，大禹长至十五六岁的时候，家乡时常发大水，乡邻的生命财产年年都要遭受很大的损失。大禹急为乡人所急，想为乡人所想，立志要控制洪水，牵住洪水的鼻子。为了掌握第一手水文资料，他常常骑马百余公里，甚至几百公里，探察龙门山系的地质情况。龙门山系山高谷深，隐天蔽日，沟长路险，狼嚎猿鸣，他有时接连几个月回不了一趟家。马槽乡的父老乡亲知道大禹是在为乡邻们干大事，就在他往返的必经之地用石头打造了若干马槽，三五公里放一个，里面堆满马饲料，为大禹的马匹提供补给，马槽乡也就由此得名。

如今从马槽乡往禹里镇的古驿道走过，路旁依然立着些大石头，这就是当年的马槽。由于千百年的日晒雨淋，风化露蚀，马槽不见了，但是斑驳的石头仍然承载着历史的记忆，向后人述说着那些动人的故事。

说到马槽乡，不得不提到马槽酒。马槽酒有"北川五粮液"之称，是当地老百姓非常喜爱的一种粮食酒。在马槽乡，马槽酒非物质文化遗产传承人王发李给我们讲述了马槽酒的来历。由于马槽乡独特的地理位置和岩层结构，山泉多为岩间浸出水，水质精良，甘甜可口，富含多种矿物质及微量元素，其海拔和气候条件也非常适合酿酒，自古以来就有民间私酿的传统。

马槽酒是因地名而起的。马槽乡森林茂密，山清水秀，人杰地灵，得天独厚的地理资源非常有利于酿酒。马槽酒现已取得"中国历史文化名酒"证书，被评为"非物质文化遗产代表性项目"。

据《石泉县志》记载，自清代同治年间，就有数间大小酿酒作坊分布在马槽乡境内。民国时期，马槽乡邱姓地主私人酿酒作坊的酒品质上好，但因交通不便酒不易得而十分珍贵，深得前后几任石泉县县长厚爱，称马槽酒玉粒精华，酒中上品，马槽酒乡因此得名。

马槽酒坊位于马槽乡邱家大院旁，与红四方面军总医院遗址为一体。邱家大院是一个土木结构的四合院，整个建筑分为上下两层，共有16间房屋，大门两侧是当时的医生护士办公室，周围是伤员病房，大院正堂主屋则是当时的手术室。1935年5月，红四方面军总医院进驻邱家大院，马槽酒还用于为战士疗伤治病、驱寒提神、强筋壮骨，为千佛山战役提供了医药保障，救治伤员近千人。

原绵阳市作家协会主席、著名作家刘大军老师还给我讲述了不少的红军故事，让我更加全面了解这个云朵里的民族和这片红色的土地。

羌山羌茶

前不久，北川的朋友给我带来两盒新出品的羌山羌茶。他们知道我有喝绿茶的习惯，每年茶叶新出后，都不会忘记我。

关于茶的记忆，还是在很早的时候，我住在嘉陵江边一座小县城的河街上，当工人的父亲在劳累的时候就用茶解渴祛寒。那时家穷，孩子多，生活比较拮据。一到夏天，母亲就会搭一张小长木桌，摆放一些甜开水和凉茶，几分钱一杯，卖给路过的工人和乡民，换些钱补贴家用，供几个孩子读书。当时许多同学的家境较好，母亲的做法一时让我觉得有些丢脸，让我在同学中抬不起头。长大以后，渐渐明白做父母的不易。父母虽然无文化，但是他们明白贫穷不可怕，贫穷无志、无希望才最可怕，他们认为家再穷也不能穷了孩子，一生倾力供我们读书。正是因为有母亲的勤劳和坚持，我们三兄弟才顺利地完成了学业，并在工作和事业中有所作为。

在我的记忆中，小时候，由于经济有限，孩子是不能喝茶的，只有大人能喝。那时，能喝的最好的茶叶应该是"二花"了，也就是二级花茶。参加工作以后，一直在机关工作，喝茶便养成一种习惯，茶一直陪伴着我。回忆人生，与自己经常在一起的物品，我想少不了茶。四川人爱喝"坝坝茶"，一年四季，只要有太阳，人们便三五成群，或家人，或朋友，或同事，约在一起，在阳光下喝茶聊天，其乐融融。

我与北川羌山羌茶是有渊源的。在"5·12"大地震发生前，北川是个山清水秀的地方，我经常到北川，总会到擂鼓镇买一些佛泉茶叶，同时也会给亲朋好友带一些。然而没有想到，这一切却因为一场地震有了改变，我也几年没有喝上好茶。

"5·12"大地震发生后，我第一时间赶到北川参加抢险救灾，目睹北川人的坚强和勇敢，目睹北川公安民警不畏艰险、恪尽职守、无私奉献的英雄壮举。我在北川采写的反映"5·12"大地震的长篇纪实文学《铁血英雄》，获得了"四川省首届优秀公安文学作品奖"和"绵阳市第五届优秀文学作品奖"。我至今不会忘记，在采写的过程中，我与北川公安民警和父老乡亲结下的深厚情谊。

2016年6月，作为公安作家，我参加了全国公安文联组织的重走长征路大型文学采风活动，再到北川，再到羌山，又在羌寨喝到了香气素馨、透人心脾的羌茶。

在采访中，了解到北川茶叶有悠久的历史。据考证，北川羌族自治县，是历史上四川盆地通往西北的重要茶马古道、丝绸之路。因多方因素制约，北川的茶马古道至今尚鲜为人知。据史料记载，北川峡谷是川西北最重要的交通要塞，这条通道早在新石器时代晚期就已经存在。北川是四川重要的名茶产地，盛产的"昌明兽目"是四川的八大名茶之一。早在唐代，北川的茶叶就通过这条茶马古道销往西藏等地。通过北川峡谷，向西北，经过茂县、松潘、平武，可进入青藏高原甚至甘南、蒙古国、中亚细亚和西伯利亚等地区，向东南可到江油，向南经过安州、绵阳可达成都平原。北川是四川西边茶马古道主要通道之一。

中国是茶的故乡，四川是中国最早种茶、饮茶的地区之一。北川种茶也有悠久的历史，据《北川县志》记载，始于唐、宋。北川盛产茶叶，主要因为北川地处山区，有优越的环境条件，茶树虫害少、叶片厚、品位优、无农残。北川苔子茶滋味醇、香气高、回味甘甜，被列为"贡茶"。2015年、2016年，"羌芝灵芽"茶产品分别获得"世界绿茶金奖"和"亚太茶茗大奖赛金奖"，深受消费者的喜爱。

近年来，北川深入挖掘和推广茶文化，通过连续举办多种形式的茶事活动，使北川的茶品牌价值不断攀升。目前，北川茶叶已经形成了"茗香""佛泉""羌山雀舌"等多个名特优茶叶品牌，畅销全国，远销海外。

我有一位东北的作家朋友叫兰亭聆风，她对北川的羌山羌茶情有独钟。在沈阳，她开有北川茶叶专卖店，每年新茶出来后，她都要坐飞机从沈阳到北川擂鼓订购大量的北川茶叶。她建了个微信群，里面多是绵阳和北川的朋友，她将自己的网名也改为"兰亭聆风"（原生态茶茶名）。

品茶，品的是一种心境。茶香满室，杯中茶由淡变浓，浮浮沉沉，聚聚散散，在苦涩与清香中，慢慢感悟。人生亦如茶，先苦后甜，历经风雨，方可见彩虹。人到中年，或许更多的是体会和感悟，滤去浮躁，沉淀下的是从容不迫、不惊不诧、不癫不狂和恬淡的心态。

青片河

流淌在岷山深处的青片河是涪江上游的一条小河，由北川羌族自治县青片乡的上五河和正河组成，两条河流在青片乡境内汇合，故称青片河。青片河全长80.2公里，流经青片、白什、马槽、坝底、墩上、禹里等乡镇，在禹里场镇同白草河汇合后，被称为通口河。后注入北川湔江，再入涪江，最后汇入嘉陵江。我从小在嘉陵江边长大，又长期在涪江边生活工作，青片河便是嘉陵江数支支流中的一支，也是我们母亲河的源头之一。

青片河是条河，也是一个地名。我估计与早年一家大型的国有林场青片河林业局在那里有关。

这是我第二次到青片河。第一次到青片河，是今年夏天参加公安部组织的公安作家重走长征路，我从禹里镇进入关内，到过墩上、坝底、马槽和青片几个地方，马槽乡至今还保留有红四方面军总医院旧址。

青片河尽管是一个山乡小镇，但在历史上也有繁华的时候。在青片河通往西窝羌寨的路上，至今还保留着数栋1980年6月建立的青片河林业局红砖楼房和1984年建成的碧溪口电站。青片河境内的小寨子沟自然保护区，是全国第十一个以保护大熊猫为主要任务的自然保护区，茂密的原始森林中栖息着大熊猫、小熊猫、金丝猴、扭角羚、锦鸡等野生动物，共有国家一、二级野生保护动物51种。听当地老乡说，在地震发生前，这里的游客很多，可以说是络绎不绝。

在青片河，我喜欢在暖阳下沿着流淌的溪水慢慢行走，喜欢站在堆满柴火、挂满玉米的羌寨下，静静地远观雪山，看日出日落，有的是一抹静寂的金黄，没有雾霾，没有喧嚣的噪声。山涧峡谷微风徐徐，令人感到舒适和惬意。

已过"大雪"进入深冬，在青片河，远方的山顶还能看到金黄的阳光，还能看到灰蓝的天空。天色越来越暗，到了黄昏，山腰升起的雾气笼罩着羌山，朦朦胧胧，暮色中的青片河恍如仙境。我曾经在多年前看过好友、摄影家李贫拍摄的一组青片河照片，青山绿水，蓝天白云，峡谷幽深，水流湍急，是一个人们向往生活的地方。

羌族，是一个古老民族。羌族聚居区山高谷深，地势陡峭，到处都是峰峦起伏的大山。羌寨依山而建，一般建在半山腰，羌族因此被称为"云朵上的民族"。

羌山高，多山泉，自然产酒。羌族人喜欢喝酒，也可能与他们居住的环境有关。羌族聚居区地处高山，日照长，雨量小，农作物以苞谷为主。由于其独特的地理位置和岩层结构，山泉多为岩间浸出水，水质甘甜可口，富含多种矿物质及微量元素，其海拔和气候条件非常适合酿酒。人们就用自己种出来的高山玉米做原料，取马槽荞花岩山泉，通过发酵、淀粉糖化、制曲、原料处理、蒸馏取酒、老熟陈酿、勾兑调味等环节，酿造出了原汁原味的玉米原浆，称之为苞谷酒。

这里的苞谷酒是纯天然的粮食酒，没有任何勾兑添加成分，喝一口醇香浓郁，回味悠长，甘甜绵软，唇齿留香。北川最有名的马槽酒，有300多年的历史。常饮马槽酒，可以祛风散寒，治病消毒，活血化瘀。特别是羌乡百姓婚丧嫁娶或庆祝劳作丰收时，马槽酒是必不可少的，全寨子的人不分男女老幼围在篝火旁，把酒唱歌，翩翩起舞。

我曾经到过马槽酒坊，在红四方面军总医院旧址旁边的一个四合院内。从陈旧的设施可以看出这座酒坊的历史，门外的窗户上还挂着一个铺满灰尘的木算盘，进院内的房门上还有一副与酿酒有关的对联，文字模糊。生产作坊不大，只有几百平方，房内有两个大锅并列排着，大锅旁边的地上晒满了苞谷。几个阳刚十足的粗犷、壮实、彪悍男人，赤裸上身，淌着大汗，把满满一大簸箕苞谷抱抬在怀中倒入大锅中。看着他们在热气腾腾的酒坊里辛勤劳作，也仿佛看到他们在喝酒时耿直地喝下一海碗自己酿制的烧酒，痛快、酣畅、豪爽。

咂酒是羌族地区最古老的一种酿造酒，是这里的人们待客的最佳用酒。将青稞煮熟拌上酒曲，封入坛内，发酵7～8天后即可成咂酒饮用。羌族人饮咂酒，不用酒具，而是将酒坛开封，用一根细竹管咂吸。咂饮时以长幼为序，轮流咂饮，并不断地注入凉开水，直到味淡为止。

这里的人们能歌善舞，正如一首羌谚所云："无酒难唱歌，有酒歌儿多，无酒不成席，无歌难待客。"羌族歌声原始古朴，羌族舞蹈豪迈粗犷，羌族喝酒豪爽耿直。喝酒不用酒杯，都用碗。一到吃饭时间，在灯笼和金灿灿苞谷的羌家吊脚楼下，大家围坐在一起，大碗大碗地喝酒，大块大块地吃肉。在西窝羌寨，北川羌歌非遗传承人梁元斌在席间，给我们唱了羌家地道的《敬酒歌》和一些快要消失的民间小调，他的声音浑厚雄壮、旋律悠扬、情感细腻、表现力丰富，表达了对客人到来的欢迎和离别时眷恋之情，将一方山水的自然之情演绎得淋漓尽致。山歌环绕羌寨，赢得满堂喝彩。那天，朴实的歌声深深吸引了我，在我的脑海里久久回荡。

夜宿五龙寨的那天晚上，羌寨吊脚楼上高挂的灯笼透出淡淡的、柔柔的灯光。我想，那灯光一定折射出了许许多多羌家人幸福、温馨、和谐的生活。

"清悠悠的咂酒咧，依呀依索咧……"随着一阵欢快的歌声响起，身披羊皮褂的羌族汉子和身着羌族服装的姑娘都聚集院坝内，围着篝火，合着节拍跳起了欢快的"萨朗"。萨朗是羌族的一种民间歌舞，凡羌家人祝贺丰年、婚嫁、迎宾送客、亲朋欢聚、新房落成，都要喝咂酒，跳萨朗。无论是火塘边，还是寨房的空坝上，山野的草滩上，歌起舞起，有歌必舞，有舞必歌，男女老少，欢天喜地，歌声不绝，舞步不止。

羌族地道的歌舞、纯正的咂酒、奇特的婚俗，能让人领略到古朴、原始的原生态风情。青片乡上五村和马槽乡黑水村刚刚被住建部、文化部、财政部联合公布为第二批中国传统村落，相信今后村落的传统建筑和非物质文化遗产，会得到更多重视、保护、开发。

（2016年12月第五、六合期《中国乡土文学》，有删改）

白云深处有人家

那个叫郭牛的乡村，总在不经意间潜入我的思绪，荡起一圈圈甜美的回想。

郭牛村，位于四川省北川羌族自治县擂鼓镇，海拔1600多米，是一个典型的羌族山村。羌族，被称为"云朵上的民族"。

有关郭牛村的记忆，始于9年前那场大地震。大地震让村民损失惨重，全村95%的房屋都倒塌了，许多家庭失去了亲人，失去了家园，整个村几乎从擂鼓镇西北角消失。记得我曾经看过一部大型话剧《幸存者》，记录了一个叫朱静的女孩一家人在"5·12"大地震后，面对被废墟埋葬的一切，在废墟上挺身而立重新建立起美好家园的故事……话剧中主人公朱静的家，便在擂鼓镇郭牛村三组。

就是这个只有113户352人的小山村，多灾多难，在地震仅仅过去5年后，又遭受"7·9"洪灾。全村基础设施再次受到严重损毁，泥碎路晴通雨阻，村民出行和农产品运输极其困难。

2015年11月，党中央、国务院作出打赢脱贫攻坚战的决定。郭牛村是省级贫困村，脱贫是全村面临的最大任务和困难。参加脱贫攻坚的驻村工作人员，也都知道自己身上责任的重大。

一晃过去两年多了，郭牛村现在情况怎么样？绵阳市文联一位工作人员告诉我，经过两年多脱贫攻坚，郭牛村发生了翻天覆地的变化。

在初夏，我们来到这个白云深处的小山村。

从绵阳开车到擂鼓镇约需一个半小时。这天早晨，我们从绵阳城区出发，到达擂鼓镇后，过一条小沟，沿着一条陡峭的山坡，一直向前。越往上，山越陡，经过一段高低起伏、弯道较多的盘山公路，到达半山腰。半山腰的树林中隐约出现了些许白色的砖瓦房，随行的本地人告诉我们，这便是郭牛村。

郭牛村，背后大山锁拥，林深树密，墨绿幽深。站在山头，便能看见山脚下的擂鼓场镇。极目远眺，对面的大山中隐约能看见几户人家，白墙青瓦的羌风小楼错落有致，点缀在青山绿水之间。一座座大山连绵起伏，层层叠叠，深深浅浅，耸立在绿浪滚滚的林海中，犹如奔腾的巨浪波涛。

进入郭牛村，我最先看到的是白色墙头上两幅文明规范标语。接着，看到村委会下面不远处墙面上写着"脱贫攻坚，郭牛当先"四个红色大字，在阳光的照射下，格外显眼。

驻村扶贫干部说，他们入村后，摸排走访，查清现有贫困户数，注意解放村民的思想，更新观念，找准脱贫致富的方向，制定脱贫目标。紧紧锁定群众增收、基础设施改善、民生兜底"三大支撑"，抓住基础设施建设和产业增收，从养殖、种植业入手，抓住药材、水果、生猪、土鸡等产业，念好"山字经"，一步一个脚印，一个项目接一个项目抓好落实，仅开展脱贫攻坚当年就让全村19户的58人脱贫。

听完村干部的简单介绍后，我们进村入户，实地采风。走过一段泥泞的山径，一位姓姜的老大爷，今年已经73岁，卷着裤腿，背着一把砍刀，与我们同行。他的一个儿子和三个女儿都已长大成人，儿女想让老两口下山一起居住，但是他俩不同意，不愿离开家乡。他说，一是不习惯，二是村上给他老两口购买的农村保险，每月两人能领到2000多元，今年自家产的水果销售收入15000多元，日子越过越好。他感谢政府脱贫攻坚修好了乡道，现在运送水果到山下卖，仅运费一年就节约2000多元。

村民戚国华说，短短一两年时间，村里由于地震和洪灾受损的住房都重新得到修建，许多新楼房拔地而起。村民家家购买了电视、冰箱，村上开通了Wi-Fi，村民过上了幸福生活。

郭牛村在开展脱贫攻坚工作中，坚持扶贫与扶志、扶智相结合，深入推进乡村文明建设，持续开展"文明家庭""文明村民""十星级文明户"等创建，引导贫困群众树立主体意识，发扬自力更生精神。2017年2月，郭牛村一组村民王清美家入选百户绵阳市"五好家庭"，受到绵阳市妇女联合会表彰。

行走在美丽的乡间小道，两旁竹林传出"沙沙沙"的风声，石榴、李子和苹果向我们露出笑意。接踵而来的是销声匿迹已久的蝉鸣。在夏日，我是喜欢听到蝉鸣的，感觉炎炎夏日如果没有蝉鸣，就好像不是夏天一样。在蝉鸣的夏天，行走在美丽的山村，微风拂面，十分惬意。

在蜿蜒曲折的山路上大约走了一小时后，大家都感觉两腿有些疲软，想歇一歇。抬眼前望，正好村委会前面的宣传专栏前有几棵大树，密密麻麻的树叶遮住树干，形成亭亭如盖的树冠，树荫浓密。我们从车上鱼贯而出，兴奋地冲到绿荫下。宣传栏水泥台边有条碎石小路，小路旁是几幢民居和一条小溪，溪水清澈、恬静，唱着山歌，吹着口哨，欢快地流向山下。

在休憩中，一位中年农妇看到我们行走得汗流浃背，手端一个盘子向我们走来，盘子里面装着绿色的黄瓜。农妇说，这些黄瓜都是自家产的，没有农药，很干净，可以放心吃。我尝了一个，口感不错。这年头，能遇到如此热情好客、憨厚质朴的农民，让我很是温暖了一阵子。

夏日，绵阳城区温度超过36摄氏度，酷暑难耐，让人整日心神不定。而乡间，只有20多摄氏度，早晚还得穿两件衣服，空气清新凉爽，散发着一种难以形容的芳香，每吸一口都令人振奋。

在郭牛村，站在空旷的田野，绿意盎然，生机勃勃。放眼望去，一片郁郁葱葱；用鼻子去闻，尽享夏天的芬芳；用耳去听，听见万物生长的激情。

在郭牛村一条水泥路旁，有一个木制专栏，上面写着一首《在幸福的大路上》歌词。

在幸福的大路上

给一缕阳光，四季鲜花绽放。

掬一捧雨露，大地万物生长。

告别了贫穷，我们不再忧伤。

面向未来，我们挺起胸膛。

伸出你的手，触摸幸福的温度。

抬起你的眼，仰望美丽的面庞。

告别了昨天，我们更加坚强。

沐浴阳光，我们走进小康。

这歌词多么贴切，多么富有时代的精神和气息，不正是郭牛村脱贫致富的写照吗？

脱贫攻坚是一项伟大的事业和艰巨的工程，功在当代，泽被后世，利在千秋！

离开郭牛村，我们下午又来到了北川羌族自治县禹里镇三坪村。一路上，看到了脱贫攻坚一年来农村新的发展和变化。我们相信，经过努力，一个新农村定会呈现在我们的眼前。

（2017年第5期《剑南文学》）

小镇的冬天

"圣灯一盏照安州，腊溪桥前水倒流，犀牛望月回头转，浮山挡住铁牛头。"这首童谣中的圣灯是指圣灯山。

前两年，一到初冬季节，妻子和几个好友都要约着到圣灯山打酸枣。今年也不例外，秋天还在秦岭旅行时，几家人就约好再到圣灯山。

已经立冬，天气有了寒意。我们一早就从绵阳城区出发，顺着辽宁大道，驱车到了安昌镇。这天正好安昌镇赶场。赶场是云贵川一带的方言，北方人叫赶集。

安昌镇是以前的安县老县城，已有600多年的历史。现在街道也多由石板铺就，年岁久远，已被踩得通体油光发亮，留下了许多历史的足迹。早起赶场的人们陆续从四面八方向小镇会集，电动车、摩托车、小三轮、农用车络绎不绝地向小镇驶来。小河边、街道上，人们相互问候，有说有笑，各自分享着心里的喜悦。

对于绵阳人来说，最有特色的小吃是米粉，可以说，绵阳人几乎每天都从吃一碗米粉开始。米粉，是中国南方地区非常流行的美食，以大米为原料，经浸泡、磨浆、蒸粉、压条、复蒸、冷却和干燥等工序，制成的条状、丝状米制品，以其独特的风味、嫩滑的口感、适口的嚼劲和丰富的口味搭配，深受人们喜爱。

米粉的品种众多，鲜米粉是其中之一。这天，我们一早就到安昌，主要想吃安昌的鲜米粉。鲜米粉与普通米粉不同，没有加任何添加剂，营养健康。吃完鲜米粉后，大家感到意犹未尽，又到市场上买了几斤干鲜米粉，带回家食用。

走在初冬的小镇街上，风呼呼地刮着，有些寒意。街道两旁树叶零星随风飘下，一片一片地飘曳很远。

安昌镇不大，人也不多，由于县城的迁移，已变得人烟稀少，街道没有了往日的繁华，完全找不到过去的那种喧闹。走过几条小巷，到了一座桥头，桥下有对夫妻在烙饼卖，围了不少人。饼由白面揉和，慢火烘烤，外表斑黄，酥软适口。我吃了一个，带着热气，味道纯正，感觉不错。

小镇的早场，十分热闹。赶场的人很多，除了本镇居民外，还有附近乡镇赶来的人。市场上物品丰富，样样齐全，还有天麻、沙参、腊肉、香肠、豆腐干、拐枣等本地特产销售。我顺着桥两边的河街在人流中转了几圈，沿街摆满了各种时令蔬菜、水果和土特产，到处都是要价还价的叫喊声，卖东西的人淳朴的脸上带着微笑，热情地介绍自己的产品。问了一下价格，蔬菜、水果、水产、肉禽、山货都很便宜。八月橘，一元一斤，皮薄无籽，微甜微酸，买了几斤，也正好解决了路上口渴之忧。

在街上，看到有位老人在卖冬天烤火的"烘笼"，这个东西现在已经很少人使用，小时候在川北老家经常看到有人用。桥头有位太婆，头发皆白，静站一旁，面前放着一个竹背篓，背篓上平放着几把半米长的捆成小把稻秆。有人问价，一元一把，也有人买。我不知道这一小把一小把的稻秆用来做什么，以为是熏什么东西用的，冬天四川有熏制腊制品的习惯。后来听当地人说，那些稻秆是用来晾晒红豆腐的，也可以晒豆腐干，将榨干的鲜豆腐切成小方块，以不挨着的间距，平摆在稻秆上，干燥不潮湿。风干后的豆腐干，质地柔韧耐嚼，越嚼越香。我一下明了，为什么北川、安州这边制作的豆腐干以及红豆腐特别好吃，除了山泉之外，还有传统做法上的讲究。

女人一到市场，这里就是她们的天下，特别是到了这种物品丰盛，价格便宜，没有打农药，没有使用添加剂的原生态小镇，她们一定不会错过购物的机会。看到几个女人购得欢，我们几个男人转了几圈市场后，便去攀登不远处的圣灯山。

圣灯山，山不高，海拔1295米，峰林独特，行走山上，尽览美景。我们随着盘山路蜿蜒上山，越往上走，海拔升高，天气也变得更加寒冷。一个多小时，我们就到山顶，山上树木苍翠，空气清新。

山顶有一座颓废简陋的寺庙，寺庙背后是葱茏青山，薄雾缭绕。进入殿宇，两边放着破旧的桌椅板凳，神像下有供果和香火，没有人影，猜想这里时常有人上山供奉。进入寺庙院内，竖立着一根长长的不锈钢管，顶端挂有一盏马灯，想必与圣灯山的名字有关。马灯入夜会亮起来，夜行中的人一定看得清楚，由此也能分清家的方向。

走到最上一个殿，殿门口有一根断裂的大石柱横在门前，石柱上标示道光年间，可以推算寺庙的历史年份。听说，唐朝的时候圣灯山上就有寺庙，后来经过战乱，几经损坏，几经修复。现在的寺庙是附近老乡自发捐款修建的，已没有了往日的荣光。

圣灯山上最有名的是寺庙左侧的两棵银杏树，盘根虬曲，遒劲挺立，气势雄伟，高高地屹立在山上，见证了寺庙的兴衰，静观世态的变迁。

孟冬时节，树上的银杏叶渐渐枯萎，偶尔风起，叶子"沙沙"作响，漫天飞舞，随风飘落，坠入大地的怀抱。寺庙楼台上，寒风中飘落下来的银杏叶铺满一地，染黄了天空，染黄了大地。坠落在寺庙楼台、瓦片上的银杏叶，与红墙斗拱，苍松翠柏，构成一幅婉约唯美的油画。

离开寺庙，走过一片森林，有一条小路通往不远的另一座山峰。听到对面山涧有人说话，我们大声呼喊，有人回应。原来是对父子，户外运动，爬到山顶。父亲在前，10多岁的儿子在后。儿子一边爬山，一边向父亲询问很多途中遇到的问题，这是什么植物，那个能不能吃，父亲耐心地解答。听当地人说，天气晴朗时，人们经常爬到山顶，一边锻炼身体，一边观赏美景。站在山巅远眺，能观小镇全貌，也能看到北川新县城，特别是春天油菜花开的时候，一眼望去，漫山遍野，十里花海，美不胜收。

由于土质的因素，山上多石少土，没有粮食作物，一路看到的是开着成串细碎花朵的枇杷树。山中居住的人也不多了，仅有的都是老人。我们原路下山，遇到几路登山的人，其中一男两女骑着自行车上山。

下山途中，得知妻子和好友已经上山打酸枣。酸枣属于原始野生植物，圣灯山一带盛产，果小、皮厚、光滑、肉薄、味很酸，当地人认为难吃，多不采摘。其实，酸枣有较高的营养价值和药用价值，《神农本草经》有载，酸枣可以"安五脏，轻身延年"。酸枣仁入药，有养肝宁心、镇定安神之功效，主治神经衰弱、失眠、抑郁、焦虑等症；果实肉薄，但含有丰富的维生素C，可以生食或制作果酱。妻子一般将每年采摘的酸枣煮熔，熬制成果酱食用。

下山后，我们到离西河桥不远的一个河边茶馆喝茶。午后的阳光，透过树隙，斜斜照射到茶座。茶客三三两两，多是本地人，好多是赶场买完东西来的，像我们这种外来人很少。

"来杯绿茶！"

"3元一杯！"

茶刚到，喝茶的朋友争着付钱。人们边泡茶边谈生意，边泡茶边摆龙门阵，东家长，西家短，尽在一杯淡淡的茶香中。

坐在河边喝茶，抬头远望，能看见圣灯山，能看到圣灯山上那棵历经风雨傲然挺立的银杏树。

茶座下面有条小河，是涪江的一条支流，河水清澈，河面不宽，水也不深。河边有人垂钓，也有妇女捣衣，一派温馨自然的感觉。

散场后的小镇又恢复了平静，没有早场的嘈杂和喧闹，也没有刺耳的汽车喇叭声。尽管外面人声鼎沸，车水马龙，但小镇人不受干扰，静守原乡，依保原态，过着悠闲的慢生活。

（2019年第1期《四川作家》副刊）

关内警察

去年7月，我曾到片口派出所采访。片口派出所是个小派出所，位于四川省北川羌族自治县，警力不多，辖区治安状况也不复杂。

北川羌族自治县是"5·12"大地震的重灾区。在北川，有种地域划分方式，将当地分为"关内"和"关外"。以禹里镇为界，自然条件较好的地区称为"关外"，越往里走，多高山峻岭，多峡谷，人烟稀少，交通不便，自然条件恶劣，称为"关内"。片口是关内一个小乡，位于白草河畔。

临行前，有人告诉我，北川正逢雨季，片口四周山势险峻，容易发生山体滑坡、泥石流等自然灾害，劝我别进关内。朋友的担心我是理解的，但想到还有许多警察兄弟在里面，想到在这样恶劣的条件下警察兄弟还要进入关内开展工作，我便打消了心中的顾虑。

车过禹里，路况变坏。碎石山路，蜿蜒曲折，坑洼不平。车辆在河谷底部穿行，沿着白草河逆流而上。一路上，能看到不少从高山滚至公路上的岩石碎片，还有几处山体滑坡的痕迹。经过一处悬崖陡壁，山水不断地从悬崖上流淌，浸湿了山路，我们从中穿过，大家笑称"穿过水帘洞"。

片口派出所靠山，不是很显眼。县公安局工作组人员没有休息就开会，宣读有关决定，点评近期工作。我在派出所周围转了一圈，感受一下初到的印象。

关内的生活是寂寞的，没有什么文娱活动，也没有家人的陪伴。这里的警察兄弟们，因为职责所在，使命所在，甘心扎根在这里。

就像有个民警兄弟说的那样：你不坚守，你不奉献，又怎能换来一方平安。

片口派出所不大，有两个民警，两个辅警。所长闫帅团，老家在河南，已有十年警龄，以前是县公安局巡特警大队副大队长。闫所长是一个有故事的人，从小就想当一名警察，考上四川警察学院时选择的是特警专业，大学毕业后，当了一年辅警，经过公开招考，成为一名人民警察。他在北川工作期间，与自己的心上人，组建了小家庭。尽管现在一家三口分居三地，孩子只能交给老家的老人带着，但是他们相亲相爱，相互支持，克服了许多生活的困难。

派出所另一名警察小唐，成都邛崃人，入警前在成都空军某部服役，在部队时参加过"5·12"大地震抗震救灾。也许是难忘那段经历，小唐下班后，穿在身上的还是那件衣袖印有"成都军区空军"、背上印有"众志成城，抗震救灾，5·12抗震救灾纪念"字样的短袖T恤。在闲聊中，小唐与我说起他和战友在银厂沟参加抢险的日日夜夜。他说，到北川当警察，也有这些情愫在里面。

像小唐这样的人，在北川我遇到了很多。曲山派出所所长贾荣来自绵阳，永昌派出所社区民警温高欢来自成都，县拘留所民警辛培顺来自山东省济宁市。地震发生后，许多战友放弃外面优越的条件，来到灾区参加抢险和援建，干着干着就成了北川人。

晚饭后，我和闫所长、辅警小杨到学校周围村组转转，看一下治安情况。学校是震后修建的，操场宽敞，崭新的教学大楼屹立，校舍明亮，校园绿树成荫，景色优美，远离热闹的场镇，环境非常幽静。校园门口有个校园警务室，标牌很醒目，为这座山乡校园增添了几分安全的气氛。

行走在乡间，一路上，村民不断站在路边和院落向我们打招呼，看得出他们与小杨很熟悉。山区的夏天并不热，山上林木茂盛，环境清幽，气候凉爽宜人。饭后到郊外走走，呼吸植被带来的新鲜空气，既锻炼身体，又开阔视野，还能接触群众，认识群众，这也是关内警察多年的一种生活方式。

再次关注到片口派出所是今年夏天。8月以来，北川遭遇了百年未遇的特大暴雨袭击，十几万人受灾，多个乡镇遭受洪水泥石流冲击。地处关内的片口派出所也在洪灾中被泥石流掩埋，与外界失去联系五天。

听说，危难之中，片口派出所民警奋力投入救援行动。他们冒着被洪水冲走的危险，扶着街边的围墙和树木，避过漩涡和暗流，借助手电筒光线挨家挨户呼喊，营救转移受灾群众，看守被泥石流掩埋的加油站油罐……

8月27日，《新闻联播》头条新闻报道了片口派出所的抗洪事迹。电视画面里，所长闫帅团说："乡亲们遭灾，我们警察必须冲在最前面。他们的平安，就是我们最大的责任……"

好样的，片口派出所！好样的，关内警察兄弟！

（2020年9月18日《人民公安报》"剑兰"周刊，获四川省公安厅、四川党建期刊集团"四川公安警察故事"主题作品征文优秀作品奖）

春到羊角村

　　阳春三月，万物复苏。在这个春暖花开的季节，北川羌山，漫山遍野开满各种花儿，成为美丽春光里的一抹亮丽色彩，吸引着四方游客。

　　坝底乡，属于北川关内地区。2016年，我曾参加公安部组织的"长征路上的坚守"文学采风活动，到过坝底，采访过坝底派出所民警。2018年，参加北川县文联组织的"深入生活、扎根人民"文学采风活动，到青片河，也曾路过坝底。印象中，坝底是地处国道公路边的一个小乡，山清水秀，依山傍水。离坝底北边约10公里的马槽乡，现存红四方面军总医院旧址。南连的原墩上乡，1935年，中国工农红军在境内千佛山与川军对峙73天，现建有一座千佛山战役纪念碑。去年底，北川羌族自治县乡镇行政区划调整，墩上乡、坝底乡合并，组成新的坝底乡。

　　3月初，坝底一夜间成为网红之地。3月6日，《人民日报》官方微博推出《海拔800米的万亩樱花开了》报道。四川北川羌族自治县的禹里镇、坝底乡，海拔800多米的山谷地带，上万亩野樱花正迎春怒放。野樱花盛开的山谷下边，国道347横穿而过，置身其中，犹如沐浴"樱花雪海"，呈现"车在景中行，人在花中游"的画面。

　　微博发布后，引起全国网友关注，很快转发3200多条，2600多人留言，数万人点赞，数十万人阅读。那几天，我不断接到成都、绵阳附近的朋友打来的电话，咨询北川野樱花开放的情况。也许是大家居家的时间太久，孤单寂寞，心情需要放松，情绪需要调整，于是想到了大自然最美的风光。

3月12日，植树节这天，我们从绵阳城区出发，一路向西，到达坝底。随着一条陡峭的盘山公路，到了半山腰的坝底乡羊角村。羊角村位于红军战斗过的千佛山后山，是一个脱贫攻坚产业扶贫帮扶村，现有81户270多人。村委会主任邹国荣是一个"85后"年轻人，他和几个村民早早地在村委会门口等待我们的到来。

踏着春风，漫步山谷，数十里的各种花儿竞相开放，满山闹春。在山涧，白茫茫成片开放的是李花，站在树下，远远望去，恍然让人置身雪海。行走在李树下，迎面而来的一朵朵可爱的花儿洁白无瑕，在枝头迎风招展。山峦起伏间，雪白的花瓣上略带丝丝粉红的野樱花，花朵小巧玲珑，一朵一朵聚集簇拥枝头，舒展绽放。微风一吹，娇嫩的花瓣纷纷扬扬随风漫天飞舞，遍山飘香。野樱花掩映下的农家小院错落有致，干净整洁。

漫步农家小道，一阵阵油菜花香，在希望的田野中弥漫。怒放的油菜花将广阔的田野装扮得格外美丽，犹如花的海洋。黄灿灿的油菜花在和煦春风吹拂下，遍布田野，蝴蝶亲吻着花朵。

站在山上，凝视远望，满山的野花与苍翠的山峦、蜿蜒的小河连成一体。花美了山，水净了地，大地斑斓，春意盎然，宛如一幅绝妙的自然山水画。

突然，在油菜地边，有几树金灿灿的小花挂满枝丫，十分鲜艳，让人眼前一亮。同行人中有人说是蜡梅，又觉时令不对。又有人说还是野樱花，可能品种不同。当地老乡说，都不是，那是枣皮花。枣皮是一种珍贵中药材山茱萸的俗称，被誉为"红衣仙子"。每年开春以后，金灿灿的枣皮花竞相开放，甚是好看。

在农家竹林小径，我们碰巧遇到几位从成都过来的客人。其中一位老家在羊角村，本人在北川县城经商多年，开过一家"黔江麻鱼"餐馆，后转到成都发展。他和几位朋友商量，在成都市中心城区开了三家连锁餐馆，主要经营土鸡和鱼类产品。于是他想到了家乡，带上朋友来到羌山进行考察，准备在家乡投资兴办几个养鸡场，把家乡的农产品带到关外，销往都市。

在羊角村田间，我们遇见坝底派出所所长曹恒带着几个民警辅警，正在村上开展入户调查，鼓励村民抓好春耕生产。

一路上，我一直在想：羊角村的村名是什么意思？邹国荣告诉我，羊角花是羌族人民对杜鹃花的别称。羊角村，也就是杜鹃花盛开的地方。

春到羌山，花儿绽放，这是春的讯息，也是生命轮回的精彩注解。在这个不寻常的春天，我们徜徉在花海中，领悟春的神韵，享受人间美好的幸福生活。

（2020年4月4日《绵阳晚报》"轻悦读"副刊，收录于四川省委宣传部编《生命至上：四川战疫丛书·文艺卷》）

夜宿任家坪

　　曲山镇，系原北川县城所在地。震后坚韧的北川人，并没有因此而消沉，他们着手重建，有了新的希望。

　　任家坪是曲山镇的一个村，距离"5·12"汶川特大地震纪念馆和北川老县城地震遗址只有200多米。地震发生不久，我带着人民公安报社和中央电视台3位记者到北川采访。当时，任家坪是北川中学校址所在地，绵阳市抗震救灾指挥部也设在那里，我们在任家坪采访了全国优秀共产党员、全国公安系统二级英雄模范、北川羌族自治县公安局原副局长李跃进，北川羌族自治县公安局政工科原科长何天华等。

　　新的曲山镇在任家坪废墟上重建。曲山派出所未建成前，一直在帐篷和简易的活动板房临时办公，条件极为艰苦。任家坪地处山口，一到冬天，山风阵阵，不仅吹得路边树枝乱颤，板房即使关严了门窗，也被吹得哗哗作响。更可怕的是旁边不远就是原北川中学校址，再向前就是老县城遗址，心理这一关也是对每一个人的考验，特别是晚上一个人睡在板房，总有些恐惧，心事重重。

　　贾荣说，那一段时间日子特别难过，度日如年。贾荣原是绵阳市公安局特巡警支队民警，地震发生后，主动向组织申请调到北川工作。他知道这次地震让北川警力损失不少，工作更加繁忙，警力正需要补充，他也明白此时到北川工作意味着什么，条件艰苦不说，还得和家人分居两地。

　　贾荣刚到曲山时，曲山镇一片荒凉，到处是断壁残垣。不远处的老县城内，除了偶尔能看到流浪猫狗的影子，再无生机。每次走到望乡台，望着山下的一片废墟，望着遇难者家属伤心的场景，贾荣心情格外沉重。

望乡台位于景家山半山腰，原名为"三道拐"，能远眺北川老县城全貌。路边面向老县城一侧建起了简易祭台，很多居民在这里燃香、献花，祭奠他们地震中遇难的亲人。

几年过去，贾荣不怕了，习惯了。贾荣说，从起初的那份害怕，到现在的习惯，调整心态的唯一方法，就是每当走进废墟，就对着废墟说上一句："兄弟姐妹们，我来看你了。"久而久之，心头的害怕完全消逝了。

在板房工作生活，条件较差，冬冷夏热，遇到暴雨和泥石流更是危险。贾荣说，最难忘的是2010年8月，任家坪、老县城遭遇泥石流。当天，大雨倾盆，雨泻如注，老县城内一片汪洋，愤怒的湔江水暴跳飞纵，从北川老县城遗址穿城流过，河道两边塞满泥沙和巨石。洪水不止一次洗劫北川老县城遗址，原来进入老县城是一条沟，现在砌成了一个堡坎。

为保护遗址不被泥石流和洪水吞噬，这天从早上9点到下午2点，贾荣和同事们全部投入抢险。他们扛了不计其数的沙袋，站在水中，堵住了洪水流向。在过腰的水里，他们一站就是几个小时，而山上的泥石流随时都有可能飞泻而下。此刻，贾荣和同事们无一退缩，直到下午武警战士被调遣来一同抢险，最后，他们终于共同完成了保护遗址的使命。

"抢险只是累人，最恼火的是洪水过后，派出所会停水停电，生活出现问题。"贾荣说，一停水停电，派出所就面临着三餐没着落的困境。贾荣和同事们只好饿着肚皮，四处去借水、借发电机。"毕竟，人是铁，饭是钢，一顿不吃饿得慌。"贾荣笑着说。

震后头几年，问题多，困难也多，都需要派出所民警去一个个解决、克服。

记得在震后一周年前夕，我到擂鼓镇采访后，又到曲山派出所采访，晚上就住在派出所板房。第二天省上要在此举行四川省纪念"5·12"特大地震一周年活动，正在做准备工作，老县城封城，任何人都不允许进城，包括本地居民。

当时曲山派出所所长周启均，副所长刘江、贾荣，民警陈诚、代文军、白国等人周末都在派出所上班，20个四川警察学院的援助学生也住在派出所板房内。晚上在板房内简餐后，我们一起谈了一些工作。11时左右，我想到灾民安置点板房区看一看，于是与刚到派出所工作不久的新民警陈诚，一起到任家坪板房区巡查。

5月羌山的夜晚很安，很宁，天上的星星稀稀疏疏的，安然地闪着亮光。夜深，站在垭口，风很大，路边的树枝随风舞动，一阵一阵的，也给静寂的夏夜带来清寒的色调。我在一个旷野处站了许久，望着景家山，什么也看不到，漆黑一片。又望着眼前的小镇，街上的灯光灰暗，一闪一闪的，无精打采，白天较为繁华的任家坪已经进入梦乡。板房区内有两个烧烤店还在营业，周围有几个年轻人正在消费，大家脸上也看不到笑容。到了曲山镇政府那条街，一些重建工程还在加班修建。

与我同行的新民警陈诚，只有21岁，是绵阳市涪城区人，家中独子。2007年从四川警察学院治安管理系毕业后，到绵阳市公安局特巡警支队当过一年辅警。2009年参加全市公开招警考试，成绩排在男生前30名。他本来可以选择条件较好的游仙区或者江油市工作，地震发生后，他与特巡警支队的大哥哥大姐姐一起到北川老县城参加抢险救援，目睹了许多感人的场面，就发誓以后一定要到北川当警察，帮助灾区恢复重建。在选择入警单位时，他第一志愿选择了北川羌族自治县公安局，并被分配到曲山派出所工作。

返回派出所后，我与陈诚住在一间板房内，相互有了一些交流。晚上，外面的雨下得很大，滴答滴答地下了一个晚上。我躺在铁架床上迷迷糊糊的，睡不着觉，想了许多。

柳儿和她的警察父亲

柳儿，是个北川女孩。地震那年，她在北川县城读小学五年级。柳儿的父亲是个警察；母亲是县人民医院的医生，在地震中不幸去世。

知道母亲去世后，柳儿一直不愿相信。

地震发生后，父亲把她从北川县城带到绵阳城区生活。一天，我们几个朋友在青年广场附近吃饭，柳儿坐在一旁一言不发。吃饭的时候，她在桌旁边又拉了一把椅子，椅子没有人坐。数了数人数，椅子是够的，我们不明白柳儿为什么要再拉一把椅子。

柳儿的父亲把椅子拉开，不一会儿，柳儿又把椅子拉到旁边，还是一言不发。

我们终于明了，这把椅子是柳儿为她妈妈准备的。在她心里一直认为妈妈没有离开她，一直在她的身边。

我与柳儿的父亲何天华震后第一次见面，是在北川中学遗址前市公安局抗震救灾北川指挥部。当时我在市公安局宣传处工作，何天华是县公安局政工科科长，负责宣传工作。也许是从事思想政治工作的缘故，每次见面，他总是在说战友，很少谈自己和家庭。在地震中，他失去了许多亲人，可是他不顾家庭和个人安危，一直奋战在一线抢救群众。

地震发生时，何天华正在县委礼堂参加青年创业表彰会，当主持人刚说完"大家静一静，准备开会"，礼堂便开始地动山摇，晃得何天华站不住、坐不稳。他很快反应过来，发生地震了。随后，震感越来越强，危险越来越大，求生的本能让台下的所有人纷纷离开座位，朝门外飞奔而去。此时，何天华第一个反应就是跑向旁边坐着的两个准备演出的学生。他双手并用，一手抱着一个孩子，往礼堂后侧的门口跑去。

礼堂一下就乱了。他知道这么多人员同时撤离，稍有不慎，就会发生踩踏危险。于是，他高呼："大家不要惊慌！"到了门口，他被挤倒在地上，跪在地上，使劲将两个哭泣的孩子举过头顶，顺着人流推出门口。人越涌越多，他起不了身，就跪着艰难地爬出礼堂。

刚一出来，他看到很多人都跑出来了，担心礼堂里还有人，于是又扒开残垣断壁回到礼堂，呼喊："里面还有人没有？"直到确定没人，他才撤离现场，又忙着转移县城受灾群众。

"爸爸，爸爸！"他突然听到有个稚嫩的声音在叫喊。这时，他才发现自己的女儿也在疏散的人群中。他告诉女儿："闺女，爸爸要抢险救援，你先跟着老师走吧。"他把女儿托付给老师，自己又投入了抢险救援的人流中……

地震发生后，何天华一直没有离开北川县城。我们几次提出采访他，都被他拒绝。他说："多写一下其他警察。他们许多人在地震中失去了亲人，还救出了不少的群众，他们是英雄！"

随着时间的推移，他的事迹先后被《法治日报》《人民公安报》等媒体报道。由于在抗震救灾和灾后重建中表现勇敢、事迹突出，他被调到新的领导岗位。

这几年，我们又有几次见面。一次在桂溪，市委政法委召开全市农村社会治安防控体系建设现场经验交流会，我去准备会议材料，他负责分管联系桂溪派出所工作，我们有了接触。去年，他负责分管的永昌派出所又被公安部评为全国一百个首批"枫桥式公安派出所"。

13年了，震后的北川发生了翻天覆地的变化，柳儿也长大了。去年6月，柳儿收到北京大学硕士研究生的录取通知书。

人生又是一个新的起点。祝贺柳儿，也祝贺涅槃重生的北川。

春风引路入羌寨

春风引路，马槽花开。追随春风，我们来到四川省北川羌族自治县马槽乡。

马槽乡的地理位置特殊，地处涪江支流青片河中游，是个人口只有两千多人的小乡。乡场在谷底，旁边有条汩汩流淌的小溪，溪水清澈，翻腾滚流，这就是青片河，四周是高耸的青山。长久以来，马槽乡就在峡谷中发展。

我曾4次到过马槽乡，有的是到小寨子采风或者到茂县旅游，经过时短暂停留。2016年，全国公安文联组织公安作家重走长征路，开展"长征路上的坚守"文学采风活动，也曾到过马槽乡，其境内有红四面军总医院旧址。

1935年，中国工农红军第四方面军西渡嘉陵江，向川甘边发展以扩大根据地。1935年5月1日，千佛山战役打响，红军和北川人民与敌人展开了浴血奋战，几乎每天都有成百上千战士受伤，红四方面军就将马槽乡的邱家大院作为红四方面军临时总医院。

邱家大院共有16间房屋，大门两侧的门房是医生办公室，院内的正屋是手术室，其余的房间都是病房。走进红四方面军总医院旧址，仿佛又回到了那战火连天的岁月。一件件简陋的医疗旧物，一张张印迹斑斑的桌椅病床，讲述着一个个感天动地、撼人心魄的革命故事，展示出一幅红四方面军抗击国民党反动军阀、带领北川人民翻身求解放的革命画卷。红军战士不怕艰难困苦，不怕流血牺牲，用鲜血和生命、信仰和决心，写下了人类历史上彪炳史册的壮丽诗篇。

在千佛山战役中，北川羌族自治县马槽乡、墩上乡、禹里乡的乡民都给红军提供了极大的支持。当地乡民自发组织了担架队，每天往返于马槽乡与千佛山之间。当时物资紧缺，乡民们便用竹篾制作担架；为了让受伤的红军战士在担架上可以舒服些，乡民们还把自家的棉被铺在上面。马槽乡的妇女还组织了洗衣队、采药队，帮忙换洗衣服、上山采草药。有的群众还长期给红军医院挑柴送粮，为伤病员理发、送信。

由于北川地区交通闭塞，物资运输困难，红四方面军总医院的药物出现了紧缺，尤其是麻醉药非常少，难以满足手术需要。当红军伤员知道这个情况后，都会主动把麻醉药让给更需要的同志，许多伤员做手术时，都是忍着剧痛硬扛。为了减少伤员在手术时的痛苦，红四方面军总医院里的一位女医生和小护士走乡串户，寻访当地羌族老人，找麻醉药的土方。后来，她们从羌族人用花椒及洋金花给女孩穿耳洞的习俗中得到启发，判定花椒及洋金花有止痛、麻醉的作用。这位女医生和小护士把花椒及洋金花进行提炼后，在自己身上做试验。试验成功后，大批麻药制成并投入使用，在手术中减轻了伤员的痛苦。

红军在马槽乡传播革命思想，宣传党的政策方针。在千佛山战役期间，红军在马槽乡境内的麻柳湾、花桥也有过两次战斗。马槽乡有个红星村，就是因红军命名，如今在马槽乡许多地方都能看到红军标语、红军石、红军井、红军洞。红四方面军总医院旧址陈列了30余块红军石刻标语，图片资料、文字资料5万多字，实物50余件。2012年，红四方面军总医院旧址被列为省级文物保护单位，并被列为爱国主义教育基地。

千佛山战役结束后，红四方面军沿着北川峡谷，继续北上，开始了爬雪山、过草地。

我们沿着峡谷，重走长征路。到了墩上乡，山脚下一座巨大的纪念碑映入眼帘。纪念碑由砖石砌成，正面镌刻着"千佛山战役纪念碑"几个大字，侧面是表现千佛山战役的塑像。

这一次到马槽乡采风，与前几次不同，我是第一次到黑水羌寨，第一次晚上留宿羌山，第一次到红军小学。

2012年10月，中国工农红军北川"八一"红军小学授旗授牌仪式在马槽乡小学举行，这是全国红军小学建设工程第77所红军小学。在"八一"红军小学，唐金平老师讲述了一生扎根山区教书育人的故事。2017年12月，唐老师在"我推荐、我评议身边好人"活动中，被四川省精神文明建设办公室评为"四川好人"。

离开马槽乡场，顺着青片河溯流而上，跨过一座大桥，沿着一段曲曲折折的山路，我们来到黑水村。黑水村深藏在风光旖旎的大山里，碉楼、民俗、肥沃的土地、四季的时光，都被大山紧紧搂入怀抱之中。整个村寨的居住者都是羌族人，是一个典型的羌族居住区，又被称为黑水羌寨。阳春三月，黑水羌寨，春风徐徐，百花盛开，万紫千红，犹如人间仙境。在村上活动中心，我们听八旬老人唐胜云讲述了黑水羌寨的来历，和当年红军在马槽乡的战斗故事。

黑水村内至今保存着许多完整的羌族民俗文化，其中羌笛、羌族皮鼓舞被四川省列为非物质文化遗产保护项目。独特的民族风俗以及历史积淀，让该村在高山峡谷之中显得有些神秘。黑水村有个文化大舞台，每逢重大节日，村民们都要举办隆重的活动，庆丰收、送祝福、祈求平安。2013年8月，黑水村被住房城乡建设部、文化部、财政部列入第二批中国传统村落名单。2017年4月，黑水村被国家民委列入第二批中国少数民族特色村寨之列。

站在高山，凌空俯瞰，黄灿灿的油菜花中碉楼耸立，四周吊脚楼围绕。山里人在这种自然条件下，过着慢时光生活。如今，黑水村办起了乡村旅游，每年春天，油菜花盛开时，各地游人纷纷慕名前来，领略风光，感受乡愁。

跟随乡村干部，我们走进黑水羌寨。一位残疾羌族老人家里，吊脚楼的屋檐下堆满了码放整齐的干柴，火塘的四周挂满了老腊肉，屋内储存的粮食丰足，田地里的蔬菜长势喜人。老人说，她有四个孩子，都在身边，现在的乡村医疗也能得到保障，晚年生活十分幸福。在羌寨，遇到一位正在喂鸡的羌族大嫂，她有两个孩子，一个考上大学，现已毕业在成都工作，还有一个孩子在身边。她家主要靠养猪、养鸡和种植天麻等药材，每年人均收入两万多元，日子一天比一天好。

晚上，我们夜宿"明水山庄"。山庄在羌山半腰，由一所废弃的村小改造而成。山庄老板叫陈建清，今年68岁，已经退休。她是成都知青，身上也有许多传奇的故事。1971年，陈大姐主动响应"知识青年到农村去"的号召，下乡到北川当知青。到北川后，没有想到，山区的条件十分差，整个北川县城只有一家小旅馆，交通路况也不好，返回一次成都十分困难。陈大姐被分到马槽乡明头村当知青，当地的老百姓对知青们十分关心，在生活上给予了不少的关照。两年后，陈大姐返回成都市房管局工作。2003年，陈大姐退休后，看到孩子没有什么需要照顾的，想到自己的晚年生活，想到自己曾经插队当知青的地方，那里不仅山好水好，人更好。她作出了一个让人不可思议的决定，把户口从成都迁移到北川，当一个真正意义上的北川人。大家都不理解她，可是陈大姐坚持自己的选择。她的儿子到北川考察后，也支持妈妈的决定。陈大姐返北川后，投入资金上百万元，修建"明水山庄"，解决了当地一些村民的就业问题。

羌山的夜晚特别安静。走在乡间的小路上，呼吸着山野的新鲜空气，闻一闻泥土的芳香、油菜的花香，听着蛙鸣，听着流水潺潺，感到心情倍爽，白天的劳累也消除了许多。在山间，我慢慢行走，陶醉在春风之中，它若有若无，轻柔拂面，为春天平添了盎然生机，平添了和谐和宁静。

站在山巅，望着夜空，天上闪烁的星星好像黑色幕上缀着的宝石，一闪一闪。这样的夜晚，城里已经不多见，只有山里才能看到。我喜欢安谧的山村，还有那山间幽雅的情调。面对大山，我张开双臂，深呼吸，尽情地将自己融入自然。那淡淡的清爽、淡淡的舒畅，驱除那淡淡的幽忧。我有时想，等我老了，等我退休后，一定每年抽一两个月时间，到山里羌寨居住。

在马槽乡采访，乡党委书记尚祥光介绍说，马槽乡现有17家私营酒业，马槽酒和北川腊肉是国家级非物质文化遗产，马槽乡有中国最美的传统村落，还有返乡创业人员发展的腌菜产业等，他们小产品做出大产业，振兴乡村经济，带动村民脱贫致富。对于未来，尚书记说，乡上将围绕"红色走廊、马槽酒乡"两个发展思路，将乡村振兴和脱贫巩固与发掘红军长征文化有机统一，依托活动宣传"一星一酒一乡愁"（"一星"指闪闪红星，打造红色走廊；"一酒"指陈酿古酒，打造酒乡小镇；"一乡愁"指传统村落，打造怀旧民宿），重点建设"三沟两园一场镇"。

在我们离开马槽乡时，看到一批"特殊的客人"，他们是来自当地的党政干部。在中国共产党成立100周年之际，他们来到红色羌乡，缅怀革命先烈，聆听红军故事，开展党史学习教育和革命传统教育，在红四方面军总医院旧址纪念碑前，重温入党誓词，接受心灵的洗礼。

（2021年第3期《剑南文学》"庆祝中国共产党成立100周年"专刊）

辛夷花开

人间芳菲三月天，最美羌山辛夷红。

一到春天，北川羌族自治县药王谷的辛夷花开得特别鲜，特别艳，漫山遍野，到处都是红彤彤的一片。红了山，红了地，红了人世间。

我曾到过药王谷3次，每次都有不同的感受。今年我再次到药王谷，山上的花依然开得很艳。

辛夷花，长得和玉兰花差不多，花期比一般的玉兰要晚一些，一般在清明前后开放。辛夷花，又名望春花，望文生义，望春花开望春来，随着春天的翩翩而至，结束冬眠破土而出。春的意义不仅在欣赏，更在于孕育，在于发奋，就像红红的辛夷花海。有道是："空山寂无尘，泉清苔石冷。花开惊春鸟，花落映美人。"

一进药王谷大门，放眼望去，到处都是一株株、一丛丛的辛夷花，无拘无束，尽情地开放，好像整座山都被披上了一件艳丽的锦被。一树树焰火灿放，热闹了山谷的寂寥。

可能是因为不是休息日，上山赏花的人不是特别多。往年一到这个季节，一到周末节假日，漫山遍野，到处都是观花赏景的人。这些游客不仅有来自附近的绵阳、德阳、广元、遂宁的，还有从成都和重庆开车而来的，也有从贵州、云南远道而来的。

药王谷的辛夷花相对比较集中，开花时间要早一点；江油吴家后山的花比较分散，花期更晚一点。

春天的山林特别漂亮，嫩绿的树叶刚刚冒出头，到处都是生机勃勃的景象。在一丛丛绿树之间，一树树粉红、桃红、粉白的辛夷花装点着这个春天，远远看去如诗如画。行走在山间花丛中，有一股淡淡的幽香扑鼻而来，让人有一种心灵被净化的感觉。

春雨之后，山上的空气格外通透，艳丽的辛夷花热闹繁华地挂满了千年辛夷树的枝头。没有了绿叶的陪衬，花朵格外抢眼。山上羌居四周，繁花锦簇，和远山、薄暮层次清楚，展现的是浓浓的春意。

辛夷花不同于梨花、李花、杏花、桃花，它的花苞打在每一根枝条的最末端上，黄褐色，毛茸茸的，形如毛笔，刺空直立。王维在《辛夷坞》诗中写道："木末芙蓉花，山中发红萼。涧户寂无人，纷纷开且落。"诗中的"芙蓉花"，即辛夷，"木末"二字准确地模拟出了辛夷花姿。唐代诗人韩愈在《感春五首》中写道："辛夷高花最先开，青天露坐始此回。"意思是，辛夷花（长得）高，（在春天）最先开，从这次（赏花）开始露天而坐对青天。

药王谷除了辛夷花，还有很多药用植物。我们每到一处，路边都有不少当地村民卖药材和山货，据说辛夷花就是治疗鼻炎的特效药。

"我一直很喜欢辛夷花，听说北川的辛夷花开得很好，我就邀约几个好朋友一起来北川看花！"一位来自德阳的李女士，兴奋地向我们展示她拍的辛夷花的照片和视频，她说这也是她第二次专程来北川看辛夷花。

近年来，北川大力发展旅游产业，2020年，北川羌族自治县成功创建"天府旅游名县"和四川省全域旅游示范县。北川县委、县政府依托特色森林景观资源，聚力打造特色旅游品牌，大力发展生态旅游产业，有力地促进了全县生态旅游发展。辛夷花已成为北川生态旅游的一张响亮名片。

辛夷树下，几个年轻警察和当地居民正在交谈，询问社会治安等情况。路旁的小孩看到警察叔叔，立正后，向警察叔叔敬礼、微笑。

一阵春风，落英满地。小径之上，房前屋后，红红的辛夷花从树间飘落，一朵又一朵，给土地穿上薄薄一层春色。

春到人间，辛夷花开，繁花灿烂，显示着一派好春光！

（2023年3月13日《人民公安报》"剑兰"周刊）

禹穴沟的老人

阳春三月的一个周末，我和朋友来到禹穴沟。到达禹里镇已快中午，午饭后没有休息，我们就到达沟口禹王宫。禹王宫是为纪念大禹治水而建的祠宇，四周松柏环绕。由于受特大洪灾的影响，禹王宫和禹穴街上许多民宿仍在恢复修建之中。

走过一座小桥，有个牌坊，远远地看到"禹穴沟"三个大字。禹穴沟是一道绵长幽深的峡谷，长约3.5公里，是山体长期经自然风化和雨水冲刷而形成的。沟内森林植被保存完好，河床狭窄，蜿蜒曲折，两岸峭拔凌空，奇峰对峙。

"禹穴"其名，最早见载于《史记》，已有两千多年的历史了。禹穴沟以前叫清泗沟，因沟内的金锣岩崖壁上有"禹穴"石刻，传说是唐代大诗人李白题写，因此又称为禹穴沟。

进入禹穴沟，走过一段山梯路，有座木亭，叫金锣亭，可以小憩。坐在亭内，仰望树荫蔽日，俯瞰苔藓铺地，山上野樱花摇曳，耳听鸟语清脆，流水淙淙。山涧很静，没有城市的喧嚣和吵闹，很适合休闲养生和野外步行。

我们在禹穴沟，遇到了禹里派出所所长闫帅团和一名辅警。如今是春季，也是山区火灾高发时期，为了做好森林防火工作，禹里派出所提前做好工作预案，大力开展森林防火宣传，同时严格检查，严防山火发生。

在沟内栈道上，还遇到了从禹里镇赶场返家的村民唐大爷。唐大爷今年72岁，家住禹穴沟内山顶的禹里村三组。

交谈中得知，穿越禹穴沟是唐大爷回家唯一的路，山上居住着他家和他哥哥家两家人。平时以种玉米、土豆为主，还能种些药材。他有一个女儿，已经在外地安家了，不回山上了。

我一边走一边问："你不打算搬出去与女儿一起居住吗？"

"这里好哟，已经住了几十年了，不想出去了。"唐大爷说这些话的时候，我突然想到，这或许就是人们说的乡愁。

在这片土地上生活的时间长了，他成了"大禹通"，边走边给我们介绍哪里是禹母崖，哪里是洗儿池、刳儿坪，哪里有什么民间故事和传说。

沿着沟崖栈道继续前行，过"一炷香"，来到禹母崖，传说这里是禹母和大禹曾经居住的地方。岩穴周围山高石陡，树木茂密葱翠，谷内溪水清澈，四季流水不断，潺潺流淌，清凉而幽静。

走过一座石桥，对面山崖下有一方清澈见底的水池，水池边石碑上刻着"洗儿池"三个红色大字。洗儿池上面一股股清冽的泉水源源不断地倾泻而下，在远处都能听到泉水叮咚的声音。据《四川通志》记载，此处便是禹母生产后给大禹洗澡的地方。

从洗儿池上行百步便是"一线天"，两边巍峨陡峭，两山之间仅隔数米，仅显一线之隔天空。在离一线天不远的山崖上有一石刻，"禹穴"两个字由于长期被雨水冲刷，磨损严重，已经模糊不清。

唐大爷又指着对面的一块山石对我说："那块山石是不是像一个龙头？以前小溪的这边也有一块石头像龙头，与对面龙石遥遥呼应。打从前些年开发景区修路后，这边的龙石不得不取消，现在不存在了，就只剩下对面那块龙石了，有些可惜呀！"唐大爷边说边摇头。

过了一线天，山路更加陡峭，我们就此分离。站在栈道上，我看着唐大爷的背影，目送他远远地走向山里。

（2023年3月31日《四川农村日报》"蒲公英"副刊）

羌山飞翔的"燕子"

第一次知道"燕子警官"史海燕，是在汶川地震后不久。"史海燕很勇敢。地震发生后，她冒着危险，克服恐惧，身着沾满血迹和泥土的警服，硬是翻山越岭走了近50里的山路，当晚把20多名小学生和30个伤员从北川灾区安全带到了江油。然后不顾个人安危，又连夜带着援助药品、食物，只身重返陈家坝，再次投入抗震救灾中……"从她的同事口中，我得知了她在地震中的事迹。

当时，她是四川省北川羌族自治县公安局陈家坝派出所的一名户籍民警。不久，我陪同北京来的记者到陈家坝采访，在帐篷警务室里看到了正在为灾区群众办理户籍身份证明的史海燕。那时，她只有23岁。

再次见到史海燕是在北川县的开坪乡。在陈家坝派出所当了7年民警后，她被调到边远闭塞的开坪乡派出所任所长，也成了北川羌族自治县的第一位女派出所所长。

到开坪乡工作，史海燕说早已做好了吃苦的准备，但条件的艰苦还是超出她的想象。山区小乡，信息闭塞，生活不便，有时还停水停电。最难熬的是夜晚，伸手不见五指，屋外风大，似有各种野兽的鸣咽声，时远时近，吓得人不敢上厕所。更大的困难是一到夏天，进入雨季，山上震后土松，经常掉落石块，危险无处不在。每一次下乡检查，她都要做好断路回不了派出所的准备。

到开坪乡派出所的第二年夏天，一场暴雨突袭北川。从禹里乡到开坪乡，道路被山体塌方和泥石流覆盖，沿山公路中断，通信中断。

新婚休假才6天的史海燕得知汛情后，当即给丈夫说了声"开坪受灾了，我得去看看"，就离家返回受灾一线。

冒着暴雨，她深一脚浅一脚，蹚过泥石流，翻越垮塌的岩石，徒步6小时赶回开坪乡。当晚带着民警挨家挨户敲门转移群众。村民魏东的房屋建在泄洪道旁，民警刚帮他全家转移到安全地带，两米多高的洪水就冲进了他的家门。

一趟又一趟地在雨水和稀泥中穿行，史海燕疲惫不堪。蹚过一处泥石流时，她不慎跌倒摔伤脊柱，仍忍痛战斗。经过一处危房时，她发现房中一家四口尚未转移。年事已高的老太太、患气管炎的中年妇女、两个小女孩，由于行动不便，只能在家等待救援。史海燕背起一个小女孩，搀扶着老太太，向安全地转移。穿过3公里的山路，在临时安置点放下孩子时，她因长时间忍痛负重难以站立，晕倒在地。

在开坪乡派出所工作3年后，由于机构调整，史海燕被调到曲山派出所任指导员。曲山镇是北川老县城地震遗址所在地，地震遗址正式向公众开放后，来的游客、缅怀者逐渐增多，安全问题变得越来越重要。史海燕经常带着同事沿街巡逻，为游人提供服务，也留意可能存在的安全隐患。每次经过原公安局大门时，看着门前张贴的遇难同事照片，她总会停住脚步，凝视许久，在心里给他们讲讲家乡的变化，聊聊工作和生活。

曲山派出所辖区情况复杂，为了尽快熟悉情况，史海燕和民警挨村挨户走访。"你们好，我是派出所的民警，大家以后就叫我'燕子'吧。"史海燕喜欢这样作自我介绍。不到半年时间，她走遍了辖区11个村寨，群众也都知道派出所来了个"燕子警官"。

石椅羌寨是汶川地震灾后重建村。村子因山上有一座天然形成的双人石椅而得名，又因村民以羌族居多，被称为石椅羌寨。经过10多年的灾后重建，全村男女老幼重新建设起了美好家园，也依托当地独特的地理优势和自然环境，因地制宜，探索出了一条具有羌族特色的乡村振兴之路。

史海燕在石椅村走访时，发现不少村民经营农家乐，外来游客多，村里文化活动多，社会治安防控体系建设急需加强。于是，她带着民警逐户走访，摸清治安防控薄弱环节和问题，绘制辖区平面图、住户分布图，试点建设农村治安防控网，实现群众快速报警及救援力量的快速救援。对此，史海燕在自己的日记里总结了一句话："下村入户，走下去的是脚步，访回来的是心声；俯下去的是身板，树起来的是公安形象。"她还写道："我想能为北川人民做点事情，也是人生价值的体现。我想，那些离开的同事也是这样想的……"

史海燕在曲山派出所工作7年后，被调入县局任工会主席，后任出入境管理大队大队长。由于工作成绩突出，她先后成为首届四川"最美人民警察"特别奖获得者、四川省三八红旗手。从民警到所长、指导员，再到工会主席、大队长，史海燕一路成长，不变的是她对党的忠诚，对人民的热爱，对工作的认真负责。

乡村振兴，平安稳定是底色。史海燕入警18年，莽莽羌山留下了她最坚实的步伐，她就像"燕子"一样飞翔在羌山，见证了北川的发展变迁和羌族群众生活的改善。

（2023年5月12日《人民公安报》"剑兰"周刊）

阿坝的深秋

一年四季中，我最爱秋天。秋天，不冷不热，秋高气爽，很适合户外健身运动和旅行。去年的秋天，我早与家人商量好，到阿坝旅行。到阿坝旅行的原因有二。一是阿坝的秋天很美，天空很蓝，阳光很暖，气候宜人，正宜旅行。有人把这个季节到阿坝旅行称为"中国秋天旅游最美的线路"。二是阿坝是"5·12"汶川大地震的震中，我一直想找个机会去那边看看。

我曾经3次到过阿坝，这与我在绵阳工作生活多年有关。绵阳市下属的北川、平武两县，就与阿坝的茂县、松潘接壤，从路途上说，两地相邻，交通方便。

这次再到阿坝，算是第4次，时间却相差了10年。一到秋天，我就秋心荡漾，急于成行。由于阿坝属于高原地带，我有高血压，家人担心我"高反"，提前为我准备了葡萄糖、红景天等防治"高反"的药物。

羌城过羌年

茂县是我们进入阿坝的第一站。茂县位于阿坝藏族羌族自治州东南部的青藏高原东南边缘，地跨岷江和涪江上游高山河谷地带，是全国最大的羌族聚居县。

我们到达茂县的这天，是农历十月初一，正好是羌族的羌历年。羌历年，羌语称"日麦节""日美吉"，意思为"羌历新年""过小年""丰收节"等，是羌族一年中庆丰收、送祝福、祈平安的最为隆重的节日。羌历年时间为每年农历十月初一，一般为3~5天，有的村寨要过到十月初十。过羌历年的地方主要有北川羌族自治县、茂县、松潘、汶川、理县以及其他羌族聚居区。过年期间，羌族聚居区的村民人人着盛装，会聚在山寨坝子中，由老人领唱，众人合唱喜庆歌，羌族小伙儿敲击羊皮鼓，大家载歌载舞，欢跳萨朗、锅庄，畅饮咂酒。

关于羌历年的来历，还有一个美丽的神话故事。相传玉皇大帝的幺女木姐珠，因看上人间羌族小伙子斗安珠，执意要下凡同斗安珠结婚。临行前，父母陪奁了树种、粮种、牲畜等。木姐珠来到人间，很快繁衍了人类，所带的树种也很快长成了森林，粮种给人间带来了五谷丰登。她感念父母恩惠，于是便把丰收的硕果、粮食、牲畜摆在原野，向天祝祈。这一天，正好是农历十月初一。之后，羌族人民就把这一天作为自己的节日。

据羌族作家、四川省羌学会副会长、北川县文广新局副局长张成绪（成绪尔聃）介绍，羌历年起源于对大自然的敬畏、感恩与崇拜。羌历年的传统过法是非常有特色的，节前家家户户清扫房屋，赶制新衣，备办年货，也有选择年节举行婚礼的。年节这天早晨，主人要给辛勤操劳为夺取丰收立下汗马功劳的牛马，以最好的饲料犒赏。

过羌历年期间，无论到哪家，主人都会摆上肥而不腻香滑可口的猪膘肉和洋芋糍粑款待客人，并劝饮咂酒或白酒，热情备至。2007年3月，羌年被四川省人民政府列入四川省第一批非物质文化遗产名录。2008年6月，羌年被列入第二批国家级非物质文化遗产名录。

这天，我们在茂县"中国古羌城"广场，跳萨朗，喝咂酒，真正感受到了羌历年的盛大和隆重。一群群身着盛装的羌族人民，用激越的舞蹈展示了古羌传统文化的魅力，让人感受到节日的喜庆和羌族传统习俗的丰富多彩，更让人沉浸在醇厚浓郁的人情乡情之中。

桃坪羌寨

离开茂县县城，沿着国道213线，我们朝理县方向前行。按照行程安排，当晚我们要住在理县县城，同行的人已经在网上订好了宾馆。

一路上，两边高山深处到处可见很有特色的羌寨，我们如同在画廊中穿行。桃坪羌寨是最有代表性的一个羌寨，距离理县城区40公里，是国家级重点文物保护单位，也是九黄线旅游圈的重要景区。羌寨内，一片黄褐色的石屋顺陡峭的山势逐坡上垒，其间碉堡林立，被称为最神秘的"东方古堡"。桃坪原名"赤溪"，因当地溪水中石头呈红色而得名，后因种桃满山而有现名。桃坪羌寨历史悠久，据史料记载，寨子始建于公元前111年，西汉时即在此设广柔县，桃坪作为县辖隘口和防御重区便已存在，到现在已有两千多年的历史。

桃坪羌寨建筑独特，山寨顺山势修建，民居以石头砌成，住房与碉楼一体。羌寨以古堡为中心，筑成了放射状的8个出口，出口连着甬道构成路网，本寨人进退自如，外人如入迷宫。寨中巷道纵横，寨房相连相通，外墙用卵石、片石相混建构，斑驳有致。有的寨房建有低矮的围墙，保留了远古羌人居"穹庐"的习惯。民居内房间宽阔、梁柱纵横，一般有2～3层，上面作为住房，下面设牛羊圈舍或堆放农具。屋内房顶常垒有一块卵状白色石头"小塔"，是人们供奉的白石神。堡内的地下供水系统也是独一无二的，从高山上引来的泉水，经暗沟流至每家每户，不仅可以调节室内温度，还可做消防设施。

进羌寨大门，正面是一座大禹雕像，雕像背后镌刻着世界自然联盟委员、羌学研究院院长张善云撰写的《桃坪赋》和《桃坪新寨赋》。《桃坪赋》中第一段写道："西羌圣地，神禹故里，宝山之麓，沱水之滨，西汉元鼎六年置广柔县于古城，为固广柔，屯兵赤溪，筑碉楼，建兵营，守城池，扼外侵，数年敌不敢犯，营房遍植桃林，春闹枝头，灼灼流光，众赐雅号，始称桃坪。"在最后写道："桃坪，无石不藏古，无房不藏古，无碉不藏古。好一个生生不息的稀世东方古堡，珍藏着无数天机。桃坪，无处不歌舞，无事不歌舞，无人不歌舞，好一个欣欣向荣的原始西羌古寨，流淌出无限情怀。西羌觅古，史意深邃，古堡探奇，奥妙无穷。"

在桃坪羌寨，许多地方都有明显的羌文化标志。寨门上挂着头顶红布的羊头，这就是羌族的神羊崇拜和挂红礼仪，传达着对贵客登门的崇敬。一条萨朗风情街口，摆放着一个大羊皮鼓，大门口摆放着一个大大的酒杯，这些都反映了羌族的民俗文化和生活。在羌绣广场，还有羌绣的塑像，游客们都站在一边照相合影。碉堡墙上挂着许多苞谷、红辣椒，象征着丰收。通往沙朗广场的路上，立着一排排黄色红边绣着"羌"字的小彩旗，有许多羌民在路边摆摊设点，卖当地的苹果、牦牛肉等土特产。有一位70多岁的羌族老人一边摆摊，一边跳着欢快的羌族舞，并对过往的旅客很热情地微笑着。

漫步桃坪羌寨，我们处处都感受到浓浓的羌文化、羌历史。沙朗广场上羌族人物塑像，展现的是羌族服饰以及乐器羌笛和口弦。桃坪羌寨是世界上保存最完整的，尚有人居住的碉楼与民居融为一体的建筑群，享有"天然空调"美名，其完善的地下水网、四通八达的通道和碉楼合一的迷宫式建筑艺术，真不愧为"羌族建筑艺术活化石"。

桃坪羌寨因其独特的历史文化背景、特殊的地理位置，近年来成为了许多影视的拍摄地，《南行记》《杀生》《幽林越过边界》《走进西部》等影视剧都曾在这里取景拍摄。

到达理县县城，已近黄昏，街上的行人无论男女都穿着冬装。夕阳的余晖，照亮了高山，远处的山峦披上了晚霞的彩衣。我们结束了第一天的旅程。

这晚，我们夜宿在一个家庭宾馆，店老板30岁左右，在电力部门上班。宾馆在城边小河旁，环境清静，干净整洁，室内电视、空调和Wi-Fi齐备。店老板很是热情，看到远方来的客人，又是为我们搬运行李，又是介绍当地的特色小吃，给人一种"家味"的温馨。

杂谷脑河谷

到理县，目的很明确：到米亚罗看红叶。米亚罗，藏语，译为"好玩的坝子"。米亚罗风景区是省级风景名胜区，位于理县境内岷江上游杂谷脑河河谷地带。"杂谷脑"在藏语中是"吉祥"的意思。

第二天早晨起床，理县的天气极好。到底是毫无污染的雪域高原，天空特别澄净、蔚蓝，云彩特别白净、清晰，远远望去，还能看到远方的雪山。

早餐后，我们沿着国道317线杂谷脑河谷而上。然而一路上让我们失望的是，沿途除了偶尔在山上能看到一两棵耀眼的红叶树以外，成片的红叶群已经不见了。在米亚罗小镇，两位从成都过来已经连续3年到米亚罗观赏红叶的老夫妇告诉我们，这3年米亚罗的红叶都很少，要看到红叶，还要深入公路两边的沟内徒步观赏。

我们在米亚罗小镇上简单午餐后继续北上，出小镇不远左拐进入公路边的一条小沟，路边有"米亚罗自然保护区"的标牌。这条小沟外来的旅行车很多，沟内道路狭窄，大车不许开进，游客只能下车步行进入。

进入沟内，越往里走，景色越美。群山连绵，溪水清澈，金黄流丹，姹紫嫣红，风景迷人。尤其是当一阵阵秋风乍起之时，那蓝天白云，那小溪上的五色经幡、远山中的藏式民居、密林中被染成绮丽的金黄色的树叶等自然景观，构成一幅美丽的秋景画卷。随行的几位女士跳下车，一路笑声朗朗，拿出各种颜色的围巾，在阳光下挥舞，醉入山涧，留下美好的时光。

尽管这次到米亚罗没有看到更多的红叶，心中有些遗憾，但米亚罗自然保护区内秋景簇拥处居住的藏族人民，其淳朴的民族习俗及古老的石寨古堡，还有藏族极具特色的服饰，都给我们留下了深深的印象。

出米亚罗自然保护区，沿着河谷上行，经过夹壁土司官寨村，来到马尔康市一个叫马塘的藏族村寨。村寨小溪旁有座吊桥，吊桥边有"阿来旧居"的路标。阿来是当代著名作家、四川省作家协会主席。2000年，年仅41岁的阿来凭借长篇小说《尘埃落定》荣获第五届茅盾文学奖，成为迄今为止茅盾文学奖最年轻的获奖者。

经过刷经寺，我们到达红原县壤口乡的三岔路口。向前直行过查真梁子，可到达红原大草原的腹地；向右翻越雅克夏雪山，可到达黑水县奶子沟。海拔4345米的查真梁子，是长江、黄河流域的分水岭。

我们穿行在红原大草原广漠大地上，天高云淡，空气清新，一尘不染，人的心灵受到一次次冲击和震颤。站在漫无边际的大地上，望着远处的高山蓝天，清澈透明的阳光，可使人的视线延伸得很远很远，直至天边的地平线。看到阳光下满山的牦牛，我总和一些美丽的歌曲联系在一起：蓝蓝的天上白云飘，白云下面马儿跑……

爬雪山，过草地

从理县到红原县壤口乡，车子一直在海拔4000米的高原上行进。过了壤口乡，翻过雅克夏雪山，就主要是下坡路段。这一带是红军爬雪山、过草地经过地，雅克夏雪山是红军翻过的三大雪山之一。一路上，我们看到沿途有不少红军长征遗址和当年写的红色标语。同行的人说，我们这一路也是在爬雪山、过草地，经历新的长征。

翻过雅克夏雪山，进入黑水县地界。黑水藏名为"措曲"，是"生铁之水"之意。黑水也是红军长征路过的主要地方，1935年6月至1936年8月，中国工农红军一、四方面军先后三次进出黑水，历时一年零两个多月，并在县城召开了著名的"芦花会议"。红军在黑水翻越三座大雪山，即达古雪山、昌德雪山和雅克夏雪山。站在山涧，远观是蓝天白云和座座洁白晶莹的雪山，近看是万紫千红、五彩缤纷的彩林和不时出现镶嵌在崇山峻岭中的古老藏寨、磨坊，还有山坡上游弋的牦牛和山羊。

沿着S302公路随着黑水河一路下山，进入奶子沟，便进入八十里彩林的画廊。"奶子"在藏语中是美丽富饶、幸福安宁的意思。八十里彩林风情谷，因身处深谷独享清幽雅静的奶子沟而得名，又以美甲天下的彩林世界而闻名。这里植被丰茂，阳光灿烂，氧气充足，是个天然的大"氧吧"。一路上，蜿蜒流淌的河流两旁重峦叠嶂，河两边的山地上长满了桦树、枫树、白杨、沙棘、海棠等树种。奶子沟的红叶比米亚罗多了许多，一眼望去，满山成片，层林尽染。沟内的潺潺流水，与满山的红叶相互辉映，整个山沟就像一幅立体的五彩缤纷的油画，令人心旷神怡！柔柔的秋风掠过小沟的水面，吹得小树枝哗哗作响，几片红叶在晚霞中跳着快乐的街舞醉入清澈的水面，像小舟在海中漂荡。

阳光，雪山。

红叶，彩林。

溪流，藏寨。

这就是阿坝的秋天，这就是人间的天堂。

当天晚上，我们在黑水县城一家汤锅店，品尝了阿坝美食牦牛肉和羊杂火锅。

雪域高原的夜色特别寂静，夜空中能看到散落天穹的星星。没有污染的清新空气，茂密的山林草甸，清冽的积雪融化成的流水，雪山下宁静、祥和而朴实的石碉，原生态的藏族生活习俗，都透着一种高原上雄浑、苍莽而幽静的神秘气息。这一切是喧嚣、浮躁的内地都市根本无法比拟的。

这天晚上，在宾馆睡了一个好觉，次日早起感到精神充足。我走出室外，沿着小溪行走，寒风迎面，冰凉冰凉，就像这深秋的情一样。几个藏族老人手拿佛珠，一边交谈，一边对着我点头微笑。我走出不远，看到一座小桥，小桥上挂满经幡，小桥对面的藏家已升起炊烟。

随后，我到宾馆对面一个小食店，吃了一碗热气腾腾的牛杂汤。老板说，牛杂汤是当地的特色小吃，味道鲜美，做法简单，在高原上吃了能防寒、保暖、抗饥饿。

色尔古藏寨和叠海松坪沟是我们行程的下一站。色尔古藏寨是黑水县重要的交通隘口，1935年红军长征路过此地并建立了色尔古乡苏维埃政府，是红军革命根据地。在路上，我们看到一个标牌上写有"徐向前指挥所"几个大字。顺着标牌指向，我们进入藏寨。古时，色尔古人为抵御外族的侵犯多群居，由此形成了独特的藏式民居。藏寨依山脊修建，居高临下。碉楼用片石蘸黄泥浆砌墙，一般为三层，底层稍大，逐层斜上，呈台柱形，基础坚固，冬暖夏凉，修建百年而不垮。户间小巷由片石镶嵌，阶梯密布，纵横交错，初临其中，如进八卦。整个藏寨结构严谨，户户相通。一条清澈的溪水与寨楼相通，一旦发生意外，水渠就成了安全通道和打击敌人的重要阵地，形成坚不可摧的防御体系。藏楼远望如欧式古堡，堪称建筑史上的一绝。

松坪沟，位于茂县叠溪镇松坪沟乡，是九环线西线上第一个国家ＡＡＡＡ级旅游景区，也是九环线旅游线路必游景点之一。景区生态环境原始古朴，风景宜人，以雄山、异水、秀林、幽沟、地震遗址、羌族民俗风情为人瞩目。景区有松坪沟、水磨沟、白石海、长海、珍珠瀑布、五彩池、白石羌寨、林海叠翠、水墨烟云等多个景点，素有"三沟九海十四景"之称。

我们从白石羌寨坐景区观光车上山，一直到长海。深秋时分，漫山红叶，高山青松，苍翠葱郁。阳光下的海子，湖面平静如画，其水碧绿，宁静而美丽，青山松树倒映其中，给人以"天光云影共徘徊"的感觉。站在高山上，极目远望，只见金色的阳光洒满海子水面，微风拂过，波光粼粼，四周山峰峭立，林木茂密，山、水、林在幽静中组成了一幅淡雅的水墨画。

我们从长海沿着山沟徒步下山，一个海子接着一个海子留影拍照，一路美景，一路赏秋，饱览山水秀色，仿佛置身仙境之中。

边陲重镇松潘古城

100多年前，英国著名的植物学家欧内斯特·亨利·威尔逊先后5次到中国进行植物考察，4次到达四川西部的松潘。他为松潘的人文风情、自然风光、民族文化所痴迷和陶醉，留下对松潘的爱慕之言："如果命运安排我在中国西部生活的话，我别无所求，只愿能够生活在松潘。"

我们在松潘古城一条小巷，看到一面墙上挂着古城重点地段规划图，上面有两张欧内斯特·亨利·威尔逊在松潘拍摄的放大照片，从照片上还能看到百年前松潘县城的繁华和昌盛。

松潘，古名松州，是四川省历史文化名城，历史上有名的边陲重镇，被称作"川西门户"，自公元前316年秦灭蜀后设立湔氐县，已有两千多年的历史。史载古松州"扼岷岭，控江源，左邻河陇，右达康藏""屏蔽天府，锁阴陲"，故自汉唐以来，此处均设关尉，屯有重兵。松州古城是国家级文物保护单位，如今仍然保持着明代以来的基本格局。古城城开四门，皆是用石条砌成的拱形，青石砌成门墙，显得厚重而古朴。在城的西门，还保存着古城墙、古城门。漫步于古城内的青石路上，两边青瓦木梁的建筑鳞次栉比，城内庙宇的钟声偶然传来，令人心静。

松潘是多民族聚居区，有藏、羌、回、汉族等20多个民族。在松潘古城东门外，至今还有文成公主和松赞干布的塑像。文成公主是中国最昌盛朝代唐朝之宗室公主，因和亲政策远嫁神秘之邦吐蕃即今西藏，离开了繁华的都城长安，西行约3000公里，历经千难万险，来到雪域高原。松州是松赞干布迎娶文成公主的地方，汉藏和亲让汉藏修睦，也让这座古城愈显厚重。

出松潘县城向北行17公里，就是川主寺。川主寺不是一座寺庙，而是一个小镇，隶属于松潘县，是通往九寨沟、黄龙风景区和川西北大草原的必经之地。

川主寺建有红军长征纪念碑碑园，园名由邓小平亲笔题写。红军长征纪念碑高41.3米，重10吨，建在海拔3100米的元宝山顶，由红军战士铜像、碑体、基座组成，被誉为"中华第一金碑"。从山下登到山顶，需要跨越609级台阶，象征红军长征所经过的609次战役。汉白玉的碑座形似雪山，高24米的碑身为三角立柱体，象征红军三大主力紧密团结，坚不可摧。碑顶立着近15米高的红军战士像，双手高举，一手握枪，一手持花，象征红军长征的胜利。红军长征纪念碑在阳光的照耀下，金光闪闪，璀璨夺目。

红军长征纪念碑为何在松潘？带着这一问题，我走访了一位当地朋友。他说，1985年，中央为纪念红军的长征伟绩，弘扬"长征精神"，决定在四川修建一座纪念碑，并指出不是长征路上某个具体事件的纪念碑，而是个"总碑"，具有象征意义。当时选址定在阿坝州，是因为1935年5月至1936年8月，红一、二、四方面军都曾从这里翻越过长征中最艰难的雪山，跨越过最艰苦的草地，举行过重要的会议，进行过激烈的战斗，留下了许多革命遗址。红军长征纪念碑先后被列为全国爱国主义教育示范基地、全国重点文物保护单位、全国民族团结进步教育基地。

过川主寺，到黄龙，要翻越雪宝顶。

雪宝顶，海拔5588米，藏语为"夏旭冬日"，是岷山的最高峰，涪江的发源地。在古冰川和现代冰川的剥蚀及高寒的融冻风化下，雪宝顶四壁陡峭，银光闪烁。雪上冰川，化作山泉溪流，流经绵阳，变为涪江。滚滚涪江，滋养了河流两岸人民，是绵阳的母亲河，也孕育了绵阳璀璨夺目的历史文化和现代文明。

我曾看过中央电视台《远方的家——江河万里行》节目，其中专门介绍了涪江，央视记者走进雪宝顶，探秘涪江源。节目中，几位巡山守护工作人员，不管春夏秋冬，雨雪风霜，都穿梭在没有人烟的大山中，保护生态安全。他们多是本地藏族人，祖祖辈辈生活在这里，在他们的心目中，巍峨矗立的雪宝顶就是神山，养育了他们一代又一代人。

黄龙景区以彩池、雪山、峡谷、森林"四绝"著称于世，是中国唯一的保护完好的高原湿地。这一地区还生存着许多濒临灭绝的动物。黄龙景区已于1992年被联合国教科文组织列为世界自然遗产。

深秋的阿坝，湛蓝的天，金黄的地，这里是心灵的净土，这里是灵魂的天堂。穿行在深秋的阿坝，我不禁为这里的高远和纯净所感动，更为这里的清新和绚丽所震撼。我爱秋天，我爱它的迷人。我爱秋天，我爱它的成熟。在阿坝，我们一路前行，我看到的是阿坝灾后建设的新面貌，看到的是阿坝积极向上的新动力。我相信，在不久的将来，汶马高速、成兰铁路通行后，阿坝的发展将进入快车道，阿坝的人民将更加幸福。

在告别阿坝的那一刻，我突然感到阿坝的深秋不仅五彩缤纷，高远纯净，而且阿坝的人、阿坝的山水，体现出的热情豪迈、坚韧向上、执着奉献等优秀品质，更加让人尊敬和喜爱。

（2017年第2期《草地》）

山外青山

卓吾寨是四川省茂县沙坝镇的一个行政村，距县城约40公里，海拔3000多米。知道卓吾寨这个村庄，是源于王涛，他是茂县公安局一位青年民警。

阳春三月，百花争艳。卓吾寨的李子花也迎来了花季，一树树、一簇簇连接成片的小白花，在羌寨田边地角迎风摇曳，竞相怒放，蕴含着乡村振兴的大文章。

看到眼前这景色，王涛的脸上露出了微笑，他心里清楚自己3年的努力没有白费。

王涛是土生土长的茂县羌族人，他的老家沙坝镇小牛儿村是一个海拔2500至3000米的典型高半山村落。从西华师范大学毕业后，受父母的影响，王涛成为一名大学生"村官"，后被抽调到县国土资源局开展灾后重建工作。2011年5月，王涛进入公安队伍，成为松潘县森林公安局一名派出所民警。一年多后，他被调回家乡茂县工作。在警队工作10多年，让王涛最难忘的是在软乡弱村集中整顿和脱贫攻坚大决战中，两次到精准扶贫第一线工作锻炼的那段经历。

2015年9月，30岁的王涛被茂县公安局派到沙坝镇卓吾寨村任精准扶贫第一书记时，正是脱贫攻坚大决战开始的时候。那时，村寨的人还非常穷，孩子读不了书，有病不敢治，有的家庭甚至连吃饭都有问题。全村的主要收入来源为外出务工和种植传统农作物。到村的第一天，正逢汛期，又遇雨季，村里的道路遭遇泥石流滑坡等自然灾害袭击而中断，王涛不得不徒步前往村子。从警多年，虽然走过不少山路，可像那天走的山路的泥泞坎坷，他还是第一次遇到。

　　爬过一个山岭又一个山岭，来到一个山坳，一行人停下脚步稍作休息后，又继续前行。此时山风已吹干了脸上的汗珠，王涛回头一望，远处青山绿黛，白云飘飘，近处山风阵阵，脚下的路已经走了10余公里，崎岖坎坷的山路又窄又陡。

　　卓吾寨村是一个偏僻闭塞的贫困山村，村里有七八十户人家，大多是老人和儿童。王涛到村后，先去每家每户了解情况，掌握第一手资料。走访中，他按照脱贫攻坚工作要求给每户贫困户建档立卡，把每家的实际情况及贫困原因建立档案，以便更好地开展扶贫工作。

　　王涛到村一个月后，卓吾寨村主产的花椒、脆李等农作物迎来丰收，他一有时间经常到田地里帮助村里的群众干活。让王涛感到诧异的是，全村有很多荒芜的田地。"村里的青壮年跑去打工，留守的大多是老人孩子。老人要照顾娃娃，无更多劳动力耕种，渐渐地就导致每年收入减少。"村支书何富进向王涛说出了留守老人背后的辛酸。

　　何支书接着说："每年收获的农作物，商贩无法把货车开进来收购，汛期时，别说货车，摩托车都进不了村。村民只好人背马驮，运到外面，既耗时又耗力，还没有几个收入。就这样，年轻人再也不想过看天吃饭的日子，纷纷到城里打工。"

　　这一夜，王涛睡得十分不好，想起白天的事，想起那条路，他的心里就忐忑不安。好不容易熬到天亮，他想，路是一个村的大事，得想法子。常言说"要想富，先修路"。只有路通了，才能财通；只有交通方便了，才能实现乡村振兴。

　　天快亮的时候，王涛突然想起县上召开脱贫攻坚推进会时，县领导提到要统筹安排资金，为贫困村安排道路、水利、电力等基础设施建设项目，他仿佛看到了希望。来不及吃早饭，就一路小跑回到县城，向县委和县公安局领导反映卓吾寨村贫困原因和修建村、组道路的事。

　　王涛的情况反映，得到了县公安局党委和三龙乡党委、乡政府的高度重视。经过多次讨论，项目很快落地。当王涛把好消息告诉村里人时，大家都乐坏了，盼望着村、组道路早日修好。

　　没过多久，寨子里因挖掘机轰鸣而沸腾了，老人们纷纷抱着小孩来到村口，一整天一整天地守着挖掘机作业。奋战一个多月，一条幸福大道，呈现在卓吾寨村的山岭上。村民们做梦也没有想到，王书记真的为他们办了一件大好事、大实事，让他们从此走上康庄大道，让羌山变得更有希望。

烈日下，寒风中，王涛在精准扶贫的路上，同贫困群众想在一起、过在一起、干在一起，为脱贫事业无私奉献。

卓吾寨村村民居住分散，绝大部分居住在海拔2500米的高半山区。伍林冰家是卓吾寨村中的贫困户之一，一家五口人均是文盲，父亲年迈，伍林冰和两个女儿在智力方面都存在缺陷。面对困境，伍林冰的妻子余大珍成为家中的顶梁柱。

改变，从一只病山羊开始。有一天，余大珍在山中捡到一只被遗弃的生病的小山羊，也就是这只病山羊，给她家带来生活的转机。余大珍用给人治病的一般方法，给小羊细心治疗，让小羊完全治愈。小羊长大了，繁殖生产，年复一年，如今伍林冰家中的羊圈有了40多只山羊。

一只病羊，成了一个家庭的救命稻草。如今，在政府和爱心人士的帮助下，伍林冰家修建了新的羊圈，农技人员也上门为他们家提供养殖技术指导。

看到村民脱贫致富，王涛喜在心里。

2017年，伍林冰家得到国家暖棚建设政策扶持，前提是修建一间200平方米的暖棚。面对暖棚扶持政策，伍林冰家一筹莫展。王涛了解情况后，带着驻村工作队队员一起，拿着皮尺亲手帮他们踏勘测量，并请来村里的小型挖掘机师傅免费帮助他家挖好地基，修建暖棚。最终伍林冰家的暖棚顺利完工，并享受到国家暖棚建设资金两万余元的补助。

2017年8月，卓吾寨村困难群众陈光富给王涛打来电话："王书记，能不能帮帮我，我女婿谷运全心脏出问题了，需要做搭桥手术，费用要十几万元。我把家里羊都卖了，亲戚朋友能借的都借了，还差一两万元，我都不知道该怎么办了哟！"

王涛接到电话后，忧心忡忡，他不能眼看着村民"因病致贫"。

"陈大爷，你放心，我来想办法，你不要急哈！"挂完电话后，王涛立马向谷运全要来相关病例手术佐证材料，在网上发起捐款。短短3天时间，为谷运全筹集到手术善款15000余元，确保了手术的顺利进行。

　　为了给谷运全治病，陈大爷卖掉了家里的山羊，家中的经济来源少了很多。但王涛发现陈大爷家中有几箱蜂桶，当时卓吾寨村刚好在发展中蜂养殖，为了增加陈大爷一家的经济收入，王涛决定帮助陈大爷销售蜂蜜。他从网上买来玻璃瓶、泡沫盒，利用个人朋友圈和周末休息的时间，一斤两斤地分装、邮寄。这一干就是3年，记不清利用了多少个周末，记不清打了多少次电话，也记不清多少次前往邮局邮寄蜂蜜。3年时间里，王涛帮助陈大爷销售优质土蜂蜜，金额有8万余元，身边的朋友都叫他"蜂蜜书记"。

　　2015年前，卓吾寨村村民人均年收入仅有千元左右，王涛来后，通过精准帮扶、产业扶贫等，村民人均年收入达5000元左右。这翻天覆地的变化，是卓吾寨村村民做梦也想不到的变化。看着眼前这一切，王涛脸上荡漾着笑容。

　　青春奋斗正当时，不负韶华不负己。从2015年5月到2019年3月，王涛3次被下派到脱贫攻坚一线任扶贫干部，在人生履历上写下辉煌一页，将自己最美的年华无私奉献给了脱贫事业。

　　2017年7月，王涛被茂县县委组织部授予"优秀第一书记"称号，被四川省委组织部等部门授予"学雷锋岗位标兵"称号。2021年7月，被茂县县委评为"优秀党员"。

　　有人曾把人一生的每个月都画成格子，一辈子大概能有900格。从2011年4月2023年3月，已在羌山藏寨划去152格的王涛，每一格都有独特的风景。

　　王涛说："虽然每天工作都非常忙碌，没有太多时间陪伴家人，但我选择了这个职业，选择了这项工作，就必须干好，干出一点名堂来。这是我的初心，也是使命。"

第二辑　羌山听风～

走过红军桥

在四川省平武县平南羌族乡，三圣庙成为平武南部、北川北部的一处红色革命中心遗址。

三圣庙外几十米远处的平南场镇上场口，有一座保存完好、造型别致的古廊桥，名为松桥，又名红军桥，建于清咸丰七年（公元1857年），距今已有150多年历史，至今仍在发挥作用。

红军桥为全木结构，长约10米，宽约3米，距河道约8米高，横空跨立河道之上，气势磅礴。桥身巧妙运用原木和木板，远远望去，犹如空中楼阁。

相传在很久以前，平南没有桥，河两边的群众只能涉水而过。一天，一棵巨大的松树突然倒在河两边的石磴上，村民便集资在松木两旁架桥。

1935年，桥楼年久失修，损坏严重，红三十军政治部主任李天焕派红军战士维修桥楼：加瓦盖漏雨之处，加固桥墩，将破烂的木板撤掉换上新桥板。红军还在桥楼的木板、圆柱上写了宣传标语，至今依然可寻。此后，当地群众就把松桥改叫"红军桥"。

红军桥，是当地百姓对红军过平武的一种纪念，记载了红军和当地百姓生生不息的血肉关系。新中国成立后，平武县公安民警沿着红军桥，发扬党的优良传统，传承红军革命精神，写就了警民关系和谐新篇章。

曾福兴，一个在平武公安史上不得不提的名字。这个大山孕育的儿子，淳朴而平凡，却用他的身躯震响了大地。

1993年3月4日，平武县公安局刑警大队指导员曾福兴带领6名战友执行抓捕任务，途中与歹徒不期而遇，穷凶极恶的歹徒突然拉响了两枚捆在腰间的军用手榴弹。为保护战友的生命安全，曾福兴一个箭步冲上前，紧紧地抱住歹徒，用身躯挡住了迸射的弹片。6名战友的生命保住了，而曾福兴却不幸壮烈牺牲，年仅42岁。

曾福兴牺牲后，四川省人民政府追认他为革命烈士，公安部授予他全国公安系统二级英雄模范荣誉称号。曾福兴的孩子长大以后，也继承父亲的遗志，接过父亲的枪，当了一名人民警察。

平武县公安局平通派出所是一个优秀的团队，在汶川大地震中被公安部评为全国公安系统抗震救灾先进集体，涌现了全国公安系统二级英雄模范马生平和全国公安系统抗震救灾先进个人史波等先进人物。在灾难来临时，派出所民警选择的是与人民群众在一起，坚守了自己的岗位。

九环线平武段全长168.7公里，是一条旅游黄金线路，更是一条维系平武、阿坝、甘孜、甘肃等地群众与外界联系的"生命线"。海拔2800米的火溪河二道坪公安交警执勤点位于九环线黄土梁，是绵阳海拔最高的交警执勤点。其管辖范围内有一段长约26公里的山路，全是坡道，很多都是300度的回头弯，冰雪期有150多天，被群众称为"魔鬼路段"。

1985年出生的山东小伙儿胡启飞是二道坪执勤点的第六代教导员，也是在这里时间最长的交警。第一次来到二道坪时，恶劣的气候给胡启飞留下深刻的印象：河沟封冻，只能砍冰取水。一日三餐夹生饭是常事，并且只能白米饭拌干菜、咸菜和冻菜，甚至很多时候一日三餐以方便面充饥。这里的冬夜气温最低可达零下20摄氏度。虽然室内有一台暖风机，但还是抵御不了严寒。第二天早上起床后，床头都结了一层薄薄的冰。

吃夹生饭、喝河沟里的水、天气严寒、被子结冰、想家……初来乍到的胡启飞面对几近残酷的生活条件，也曾想过放弃，但在军营中养成的坚韧性格让他不愿就此服输。他及时调整心态，把部队里培养出的坚强性格带到警营，扎根高寒山区。

每天一大早，胡启飞就和同事起床，为过往行人烧热水，准备好道路安全提示资料和常用药品。"师傅不要疲劳驾驶，请下车休息。""制动发热易失灵，请加水。""前面公路弯多坡陡，请注意安全……"站在路边，交警指挥过往车辆停车接受检查，并一遍又一遍重复着对大家的安全提示。

每当大片雪花飘落或暴雨袭击时，中队民警都知道一场挑战、一场硬战将来临。年年如期而至的自然灾害，他们已经习惯了，沉着应对。2013年2月8日，因突降大雪，道路被冰雪覆盖，又恰逢除夕前夜，开车赶路回家与家人团圆的旅客们被困。正当民警们商量救援方案时，一辆大巴向事故点驶来。胡启飞在距事故点150米处成功拦停大巴，避免了可能引发的交通事故。类似的险情，在火溪河中队辖区经常遇见，特别是在春运和冰雪道路管控期间几乎天天上演。2013年8月13日夜，平武普降暴雨，山洪暴发，九环线彻底中断，被困群众生命告急、滞留旅客安全告急。胡启飞和队员们超负荷运转，交通管制、救援被困车辆、排险疏堵、转移群众，20余小时未能睡眠休息。他们站在最危险的山体下、最泥泞的道路上、群众最需要的地方疏导交通，在繁忙而急促的汽笛声中，人们记住了这些365天挺立于九环线上的最美的平武交警。

2012年的春节让胡启飞十分难忘。那年1月19日下午，他和同事冒着鹅毛大雪徒步巡逻至"五号桥"时，发现积雪厚达50厘米的道路旁边滞留着6辆重型货车。胡启飞维持好现场交通秩序后，返回执勤点准备饭菜和姜糖水送到受困驾驶员手中，并为他们联系到了防滑链等设备。由于风雪太大，胡启飞和民警们连续8天为驾驶员送水送饭。除夕当天，交警和滞留人员组成15人的"团圆家庭"，共进年夜饭，这是二道坪执勤点建立以来最热闹的一次过年。

"再难也要坚守，这是职责所在，信念所在。只要我们在这里，过往群众就有安全感。"火溪河公安交警在近10年时间里，救助车辆和群众数量均过万，"魔鬼路段"无一起重大交通事故和路面刑事案件发生。胡启飞说，群众的一个微笑、一次挥手，都足以令他感到欣慰。

"这些孩子太辛苦了，在外面执勤风雨无阻，脸都冻得红一块、紫一块，有时候半夜都得去救援。"执勤点旁唯一的邻居是一对做路面养护的藏族母子，母亲赵世珍看着和自己孩子一般大小的执勤交警在艰苦的环境中工作，很是心疼。

　　二道坪，经过六代警察的坚守和奉献，经过六代警察的努力和付出，这段"魔鬼路段"被打造成了"温馨之路"。

　　（2016年第18、19期合刊《人民公安》"我们的长征"专栏）

九皇山上听羌歌

算起来，我到过九皇山3次，每次去的感受都不相同。

从绵阳城区出发，到九皇山景区的路程大约有70公里，以前走绵（阳）江（油）快速通道，需要经过江油城区，路上花的时间较长。现在绵九高速通车后，只要半个小时，在桂溪出口下高速，几分钟便可到达九皇山。

从桂溪下高速后，路两边到处可以看到九皇山景区的广告宣传牌，路上有个牌坊，牌坊上写着"九皇山"三个大字。在长长的两山峡谷间，有条绕山而流的小河叫平通河，是涪江的第二大支流，发源于平武、松潘、北川三县交界的六角顶，自北川羌族自治县甘溪乡流入江油市境，南流注入涪江。小河靠公路这边的山，便是九皇山，它高高矗立，远远看着平通河的水注入涪江，向东流去。

九皇山，以前被称为猿王洞，是国家AAAA级旅游景区。2008年"5·12"大地震中，景区毁损严重，几度停摆，后经重建，重新开张，改名为"九皇山"。

说起"九皇山"这个名字，还有一个传说。传说羌人先祖给九个儿子分封属地，第九子的属地就在这一带。第九子带领属下羌民在此建立了美好的家园，民间称之为"九皇山"。

九皇山地处四川省北川羌族自治县桂溪乡境内，海拔2800多米。到九皇山旅行，是一次心灵的洗礼，不仅能看到美丽的自然风景，还能看羌家羌绣，听悠悠羌笛，喝羌茶羌酒，体会千年的民族文化生活。

羌族是一个古老的民族，史称为西羌，主要生活在青海、甘肃、陕西、四川等地。古羌人以养羊为主，是个游牧民族，后来南迁，来到岷江、涪江上游一带定居，转为农耕为主，世代繁衍生息下来。现代羌族主要生活在四川的北川、平武、理县、汶川和茂县一带，其中北川羌族约占全国羌族总人口的三分之一，主要居住在半山腰，被称为"云朵上的民族"。

九皇山景区分为前山和后山，沿途山势陡峭，重峦叠嶂，奇峰入云，景色秀丽。由于山体较高，上九皇山游览，需要坐索道缆车等交通工具，其中主要有三条索道：一是从山下到大门处的云中羌寨索道，二是从前山到后山的羌情园索道，三是从险山总台到猿王洞的洞口索道。

进九皇山景区，会看到景区大门由一个巨大的羊头组成。羌族崇拜羊，羊头是羌族人的图腾。景区内的"西羌酒店"采用羌族独特的民俗风情碉楼风格，同时融入现代建筑艺术，民族气息浓厚。在景区酒店住宿，晚上可以跳锅庄舞，吃烤全羊，体会民族风情，别有一番滋味。

九皇山前山的主要景点是情人桥和猿王洞。情人桥是一座架在高空之中的钢索桥，将两座如情侣般遥相呼应的"雄碉"和"雌碉"紧紧地连在一起。桥长118米，距地面138米，桥面宽88厘米，刚好可容两人并肩通过。情人桥也有一个美好的传说，据说天上的仙子下凡来游玩，其中一位仙子在桥上玩耍，正好外出的猿王看上了这位仙子，便把这座桥取名为"情人桥"。情人桥上有许多红丝带和爱情锁，这些锁是情侣来游玩时锁上的，象征爱情长长久久、永结同心。站在情人桥上，高度悬空，桥下是万丈深壑。考验的是人的心理承受力和胆量。行走在情人桥上，天空白云飘飘，一阵风过，有些仙境般的感觉。"清悠悠的咂酒呢，清悠悠的河……"山上传来一阵羌歌，大家和着唱了起来，给旅途增添了更多的乐趣。

九皇山最著名的景点是猿王洞。猿王洞属于高山溶洞，因为猿王们历代居住在此地，故得此名，被誉为"川西第一溶洞"。猿王洞冬暖夏凉，是夏季避暑的好地方。洞口有许多酒坛，有埋在土里的，也有露在外面的，一进洞就能闻到醉人的酒香。羌族人能歌善舞，到了晚上，他们围着熊熊燃烧的篝火，随着欢快的音乐，把酒唱歌，翩翩起舞，尽情享受丰收的喜悦。

猿王洞中怪石突兀，行走在洞间，一路上会听到清脆的水滴声，如铃铛般悦耳动听。洞中大部分石头是尖塔形的，基本上都是水滴滴流成形的，主要景点有"石林秀色""瑶池洞天""珍珠白玉塔""绝壁石琴"等。洞中有水塘，水塘中有竹筏，在水面上轻轻漂荡。猿王洞历经大自然多年的精心雕琢，形成了鬼斧神工的自然溶洞奇观，在灯光的照射下五彩斑斓、千姿百态，引人驻足。川西北地区由于自然的因素，山区多溶洞，除了猿王洞，附近还有江油的白龙宫、佛爷洞和北川的寻龙山溶洞等，奇秀的自然风光都值得一去。

九皇山后山的主要景点有尔玛古道、天神殿、西羌第一碉、羌族风情园、徒手逮猎场、蔬菜基地、云宝顶滑草（雪）场、鹰嘴岩、箭竹海等。由于路途较远，游客去得较少。

九皇山景区离北川药王谷景区很近，每年春天，站在九皇山可以看到对面药王谷的辛夷花红彤彤一片，满山盛开，迎春绽放，百花争妍。夏天，九皇山上满山绿荫，凉爽宜人。到了秋天，遍山红叶，层林尽染，秋色醉人。进入冬天，羌山上白雪皑皑，许多年轻的家长带着小孩在山上滑雪、堆雪人、打雪仗，玩得不亦乐乎，尽享美好的快乐时光。

西羌九皇山，是一个一年四季都值得去玩的地方。

羌寨警事

羌族，被称为"云朵上的民族"，主要生活在川西高半山或河谷地带。

北川羌族自治县公安局曲山派出所，是北川老县城所在地派出所。石椅村位于北川老县城东边，处在海拔2000余米的石椅山半山腰，山清水秀，树木葱葱，云雾缭绕，被称为"云朵上的羌寨"。羌寨名字源于山上有一块天然形成的巨石，酷似一把椅子，稳坐山间，护佑山川。站在石椅村头，可以俯瞰北川老县城和任家坪。站在高处望去，远处群山如黛，连绵逶迤，是看不到尽头的绿色屏障。

在"5·12"汶川特大地震中，石椅村房屋受损严重。全村男女老幼齐上阵，筑路基、修堡坎、建新房，经过10年的灾后重建，重新建起了美好家园。近年来，石椅村获评"全国文明村镇""中国乡村旅游模范村""天府旅游名村"等称号。

春天又来到了羌山，在春暖花开的季节，我们来到羌寨，感受春的气息。离开曲山镇，一路上山，山路崎岖，陡峭难爬。上到半山腰，远远地看到一座羌寨，这便是我们要到达的石椅村。羌寨门口，穿着盛装的羌民唱着歌、敲着鼓，手捧着咂酒，欢迎着来自远方的客人。每每到了春天，羌山的辛夷花，在湛蓝的大空下，在群山坏抱中，与梅花、桃花、油菜花竞相绽放，次第盛开。花儿和着羌歌，染尽原野，红了一片天，黄了一片地，醉了一片人。

在羌寨，我们遇到了下乡送证的警务室女民警徐镜清。她个子不高，穿着一身警服特有精神，浑身上下透着青春、热情和干练。

去年夏天，根据工作需要，组织安排徐镜清到曲山派出所任教导员，同时兼任石椅警务室社区民警。接到通知后，徐镜清二话不说，立即就到派出所报到，全身心投入乡村警务工作中。到派出所工作后，徐镜清一有时间就到附近的石椅村、卓卓村，了解社情民意、调解矛盾纠纷，听取群众对公安工作和队伍建设的意见。

癸卯兔年春节，对于徐镜清来说，是十分难忘的。从新年开始，她就和派出所的全体民辅警一起，到石椅村参与做好各项安全保卫工作。为了万无一失，多少个夜晚，他们都在羌寨度过。"我们的工作做实一点、做细一点，就能确保羌寨群众度过一个美好、祥和、平安的佳节。"徐镜清说。

徐镜清随身携带的公文包内有一个小本，上面记着村上群众需要急办的事项，哪家有户口问题、谁的身份证需要急办、哪些人急等证明等。"除了担负打击、防范、维护稳定的职责外，我们还要做群众办事的'代理员'。"徐镜清说。

"尔玛人家"客栈老板陈艳是石椅村乡村振兴的带头人，她既是客栈老板，又是村党支部副书记、村监委主任。今年春节，她家投资300多万元新建的"尔玛人家"客栈刚刚落成。陈艳不仅经营客栈，还经营着一个水果种植家庭农场。徐镜清到她家了解家庭经营情况，询问发展经济中还有什么需要解决的问题，征求对公安工作的意见。陈艳一一作答了，又脸带笑容地说："这些年，我们家的发展变化，全靠党的政策好。感谢各级党委、政府对我们灾后重建的支持，也感谢公安机关和公安民警做好坚强的后盾，为乡村振兴保驾护航。"

自打石椅警务室建立以后，羌寨群众便经常第一时间看到警察的身影出现，遇到麻烦的事儿也喜欢找警察。2021年夏天，"云朵羌寨"客栈的景老板就遇到一件烦心事。

盛夏的羌寨格外凉爽，没有城市的喧嚣和闷热，四周绿树环绕，夹带着高负氧离子的空气沁人心脾。城里人都喜欢到羌寨避暑。一天晚上，一位游客自驾到了石椅羌寨。入住不久，游客发现自己价值6万多元的手表不见了。除了客栈，他没有到哪里去，当时客栈除了他，只有老板和服务员。分析来，分析去，游客心想一定是服务员拿了，服务员却坚决否认。双方发生争执，于是报警。

派出所接到报警已经是晚上8时30分。夜晚漆黑，没有路灯，民警在陡峭的砂石崖边路上步行了20分钟才赶到现场，询问起现场情况，众人都说没有看到手表。

民警查询一圈，感觉事情有些蹊跷。随后，调取监控仔细查看，发现游客从房间换衣服出来后就没戴手表，推测可能是放在某处后忘记了。于是，民警便带着游客仔细寻找，最终在床角找到手表，消除了一场误会。游客满意，店家感谢，皆大欢喜。

民警返回派出所时，已是次日凌晨两点多，整个场镇都沉睡了，唯有派出所还亮着灯。

2022年3月的一天，到石椅村进行旅游投资的周某，就将一面印有"公正高效办实事，真诚服务为人民"的锦旗送到曲山派出所。原来周某到石椅村参与民宿修建，工程完工后因为质量问题，与一家客栈老板起了争执，一怒之下便找了几名工人把客栈围住。一时间，周围聚集了众多看热闹的群众。双方在现场你一言我一语，公说公有理，婆说婆有理，吵得不可开交。最后实在没有办法，就报警让派出所民警来解决。时任所长王海涛和民警辛培顺到达现场后，看到这个"热闹"的场面，就第一时间先"降温"，把双方叫到派出所。派出所会议室气氛凝重，民警给双方端上暖暖的茶，从中斡旋，好言相劝。通过耐心工作，请羌族老人出面说理论事，双方终于冰释前嫌，达成和解协议。

经过多年的灾后重建，曲山派出所的民警换了几拨，可是民警为人民服务的心没有变，他们一届接一届、一棒接一棒，扎实做好乡村警务工作。如今，石椅村老百姓的日子越过越好，家家户户都盖起了羌式小楼，办起了农家乐。石椅村在一片废墟上打造了绚丽多彩的美好新家园，实现了乡村旅游业的崛起。

（2023年6月9日《四川法治报》"法苑"副刊）

走进吴家后山

　　清明前后，江油吴家后山成片的辛夷花次第开放，如烟如霞，花开成海，流光溢彩，依山成势，吸引着远近成千上万的游客驱车前往走山野游，观花赏景。

　　吴家后山，又称戴天山，紧邻药王谷景区，处在九环旅游北线，距离绵阳市区70多公里，距离江油城区28公里，因居其地者多姓吴而得名。

　　清明节刚过，我们前往吴家后山采访乡村警务和森林防火工作者。

　　车过大康镇，在乡间小道上穿行。到了大康镇书院村任家桥，一位交警和几个穿红马甲的志愿者把我们的车拦下，向我们进行森林防火知识宣传，发给我们每人一张《森林防火"十不准"》、一张《致赏花朋友告知书》。告知书上向进山游客说明了严格遵守道路管制要求、坚决落实森林防火责任和倡导克己守礼文明赏花等规定。

　　离开任家桥卡点时，一位中年志愿者交给我们每人一个巴掌大的圆形绿色森林防火宣传纸制品，上面写着"森林防火　道路安全　人人有责"十二个字，便于随身携带，时刻警醒注意防火。

　　沿着康吴路上山，道路变成单行道，只能进，不能出。越往上开，道路越来越崎岖，弯道较多，坡陡路窄。几弯几坡后，同行的绵阳电视台记者小唐感到快晕车了。上山途中，我们看到有民警和村民站在路边为过往车辆热情服务。到了山顶，远眺白云下的江油城区，田野中"李白出生地，中国科技城"几个大字十分引人注目。

翻过山头，就到达目的地戴天山村。戴天山警务室是一简易砖瓦房，房内堆放着一些灭火器材，一张木桌上放着许多森林防火宣传资料。据大康派出所副所长卿绿龙介绍，警务室成立于2019年，主要是为乡村旅游经济服务。

吴家后山区域面积25平方公里，常住人口70户280多人。这里是中国最大的辛夷花基地，有古辛夷树6万多株，占地面积7000多亩。每年3月中旬至4月上旬进入盛花期，漫山遍野的辛夷花从低海拔区向高海拔区次第开放，形成60多处艳丽夺目、蔚为壮观的辛夷花海。这些辛夷花朵艳丽怡人，芳香淡雅，孤植或丛植都很美观，树形婀娜，枝繁花茂，成为享誉全国的休闲度假旅游胜地。每年春天，前来观花赏景的车辆超过万台，游客人数四五万人。

吴家后山有一广场，一棵硕大古老的辛夷树前立有江油市人民政府石碑，正面刻着"中国重要农业文化遗产——四川江油辛夷花传统栽培体系，中华人民共和国农业部，二〇一四年三月"，背面是吴家后山的简介。

辛夷花树形高大，每朵花瓣都是9片，所有的花瓣都笔直向上挺立，艳而不妖，更不失素雅之态。站在后山，远远望去，薄雾弥漫于花间，仿若人间仙境。

戴天山是吴家后山的最高峰，海拔2173米，半山腰有道教天池宫。

吴家后山有着完好的植被和生态环境，森林资源、动植物资源和旅游资源极为丰富，夏天平均气温比山下低3至5摄氏度，是避暑胜地。秋天，满山红枫，层林尽染，漫步山间，仿佛置身彩霞之中。冬季，山上银装素裹，白雪晶莹，观雪滑雪，别有一番风味。

少年李白游此甚为陶醉，留下《访戴天山道士不遇》佳作。

访戴天山道士不遇

犬吠水声中，桃花带露浓。

树深时见鹿，溪午不闻钟。

野竹分青霭，飞泉挂碧峰。

无人知所去，愁倚两三松。

近年来，吴家后山由于游客突然增多，给当地的治安形势和安全工作带来压力。每年花季，江油市公安局都要制定翔实的安保工作方案，增加警力，全力做好道路交通安全、治安管理和森林防灭火工作，确保景区游客安全。

这天中午，在山上一家农家乐墙上，我们看到一张陈旧的"大康镇森林防灭火责任明白书"，上面有户主、家庭人员、林地、墓地情况，有责任领导、责任村干部、组长、护林员的名字和电话号码，还有报警电话和"纵火烧山林 法律不容情"的宣传标语。

下午，我们随同森警大队和派出所民警进山巡逻。路上，几个民警对我说，一到旅游旺季，山上的游客多，安全隐患也多。他们经常像这样巡山，有时在山上一走就是一天，中午在路上吃自带的干粮。

森警大队教导员高毅飞告诉我，进吴家后山的另一条路，就是从药王谷进来，沿着"烂房子"再往前走，是北川的陈家坝镇。巡山主要是进行防火宣传、安全检查和群众救助，遇到有困难的游客，及时帮助，热情服务。

这天，离开吴家后山，返回路上，看到路边每隔不远就是显眼的森林防火宣传标语和警示牌"森林防火，人人有责！"

（2024年4月26日《四川农村日报》"蒲公英"副刊）

片口龙事

北川羌族自治县片口乡是一个乡风淳朴、民俗独特的地方。它位于白草河畔，古时是川甘青道小东路的一座重镇，商贾云集，有"小成都"的美誉。

上九会"烧火龙"的习俗，是片口乡古老而传统的民俗活动。

每年春节，人们用篾条扎成龙灯骨架，用麻布把骨架连在一起，用各种颜料画成龙甲做龙皮，用火麻做龙胡子，再画出龙头龙尾。然后在龙灯里面点上一支蜡，每节安插一根木棒，人们拿着木棒舞动，就叫"耍龙灯"。每支队伍都有一个打灯帖的人走在前面，给每家每户贴上灯帖，告知是某某龙灯队伍来拜年，人们就准备好迎接。这样走村串户一直持续到正月初九（即上九会）晚上烧"花儿"。

"花儿"是把金竹锯成筒，将硝、硫黄、木炭面和铁碎用好酒按比例兑好，装在竹筒里，上端用黄泥巴封口，在竹筒下面的节疤上钻一个小眼，放一点引药，到时用香一点就燃，里面就会冲出五颜六色的"花儿"。晚上烧龙灯时，大家都拿出来放，场面十分壮观好看，也伤不到人。

当地有一说法，在上九会的晚上就要去耍龙灯，去烧"花儿"，那么今年就会身体健康，幸福满满。所以，在上九会这天晚上，自发前来看耍龙灯的人很多，都争着抢着去烧"花儿"。烧"花儿"的人越多，耍龙灯的人就越起劲，到最后龙灯烧得只剩一副篾条骨架，大家还舞得起劲，舞得有趣。

当活动结束后，耍龙灯的人就把龙灯扛到原来出灯时的庙里放着，等到正月十五晚上扛出来全部烧毁，下一年腊月又重新扎新的龙灯。这也叫"十五倒灯"。

上九会"烧火龙"是春节的事。而在年中，勤劳聪明的片口老百姓为了祈祷生活幸福美好，又想到了组织"抬狗羞灵官""祭天耍水龙"等民俗活动。

据说很久以前，片口是茂密的原始森林和大草原，四面群山围绕，丰富的动植物资源把这里孕育成了世外桃源。忽然有一年洪灾后又是旱灾，无情灾害让老百姓苦不堪言。于是，到了每年农历六月十九这天，羌族释比便会带领族人"抬狗羞灵官""祭天耍水龙"祈祷上天保佑当地风调雨顺，百姓无灾无难，祈求羌人安居乐业，来年收成好。这一习俗一直延续下来，直到今天。

去年年中，我也受邀到片口参加"抬狗羞灵官""祭天耍水龙"。

活动前一晚，我住在白草河旁边。次日清晨，叫醒我的是白草河的涛声和树上的鸟声。远方嵯峨黛绿的群山被薄薄的晨雾缭绕，满山葱郁荫翳的树木与湛蓝辽阔的天空、缥缈的几缕云，恰好构成了一幅淡墨山水画。

这天上午10时，在片口祭天开光仪式后，舞龙队、采莲船、龙灯和"抬狗羞灵官"队伍从火神庙出发，从老街到新街巡游。锣鼓齐鸣，所到之处，人们蜂拥跟随。

下午2时，开始"祭天耍水龙"。"水龙"是由刺竹、龙须草等手工扎制而成。舞龙的队伍高举"水龙"浩浩荡荡进入观众视野，走街串巷狂舞翻腾。沿街群众纷纷拿起手中的水枪、水盆和水桶，向"水龙"和舞龙人泼水，以祈求雨水，福泽众生。

当天活动参加群众上万人，吸引远近游客几千人。在这样的传统活动中，我仿佛看到乡村旅游经济，也像一条飞龙般腾空而起……

（2024年2月11日《四川日报》"原上草"副刊）

第三辑

涪江泛舟

站在三江河堤，放眼碧波粼粼的江水，看轻舟泛过，闻鸟语清香，心里不禁涌动着一种说不清的感触。涪江上的艄公，划着小渔船，唱着涪江小调，变成了一种回忆；安昌江边的渔翁，戴着斗笠，哼着小曲，成为一个传说。

草地牧歌

　　到过阿坝多次，每次都在不同的季节、不同的月份，从不同的方向进入。每一次去都有不同的风景，带回来的也是不同的感受。

　　记得第一次在20世纪90年代初，从广元出发，经青川，到九寨沟。当时九寨沟县还叫南坪县，由于路况较差，交通不便，我们还在南坪县委招待所住了一晚上才进九寨沟。随后两次是从绵阳的平武和北川到松潘和茂县，目的地是黄龙和松坪沟景区。2019年国庆前夕，省里组织"新时代新长征新川警"采风活动，我们从甘孜州的丹巴县进入金川，到了马尔康、红原和若尔盖等地。

　　三月春风暖，春光无限好。进入理县，山上的野樱花正迎春怒放。野樱花盛开的山谷下边，汶马高速公路横穿而过，车一路北上，置身其中，犹如沐浴"樱花雪海"，呈现"车在景中行，人在花中游"的画面。眼下，成都平原已经百花盛开，春风荡漾，格外迷人、绚烂。离成都平原很近的理县、汶川、茂县也迎来了花季。但过了米亚罗，再向里行，天气渐渐变得有些寒冷，高山上的积雪还没有融化，远远望去，还能看见雪山。

　　红原县刷经寺海拔3300多米，是我们到的第一站。一到刷经寺，之后行程几乎都在海拔两三千米的高原上。刚上高原要克服高原反应等困难，第一天，随行的新华社记者小刘就出现了身体不适。

　　刷经寺是个小镇，不是一座寺庙，它是阿坝藏族羌族自治州红原县的南大门，地处阿坝州的腹心地带，国道248线贯穿全镇，是个多民族聚居区。刷经寺镇所在地古时长期为梭磨土司官庙所在地，有大量印刷经文，故得其名。20世纪50年代初，四川省藏族自治区（今阿坝藏族羌族自治州）设置在此处，时间长达4年，刷经寺也成为阿坝州首任州府所在地。

红原县名是周恩来总理亲自命名的，意为红军长征走过的大草原。1935年6月至1936年8月，中国工农红军红一方面军、红二方面军和红四方面军长征路过红原，经过刷经寺。爬雪山、过草地、越沼泽，历时一年零两个月，经历了长征中最为艰难的岁月。这片草地深印着红军的足迹，镌刻下中国革命史上那段最为艰难、最为悲壮的征程，留下了"金色的鱼钩"和"七根火柴"等动人的故事，留下了许多红色革命遗址。

刷经寺为高山峡谷向高原草场的过渡地区，属农牧业过渡地带，是红原县唯一的农业区。辖区原始森林密布，生态环境良好，是重要野生菌类、中药材产地，盛产羊肚菌、美味牛肝菌、松茸、虫草、红景天、川贝等珍稀菌类和药材，是红原县野生菌类、中药材的主要交易场所。刷经寺人口不多，国道248线穿过场镇。以前路过刷经寺，国道两旁全是餐馆和小卖部，镇上主要是游客和过路的大卡司机，现在由于是旅游淡季，镇上游客很少，两边的店铺也没开门营业，场镇显得格外安静。

在刷经寺，我们主要采访刚刚被公安部评为全国公安优秀基层单位的红原县公安局刷经寺派出所治安卡点的民警和派出所所长刘喜。刷经寺派出所是四川省公安机关"最强支部"，曾经荣立集体二等功，是全省公安机关成绩突出的标兵集体。

刷经寺派出所二楼会议室的一面墙上，是全国优秀共产党员、中国青年五四奖章获得者，红原县森林公安局刷经寺派出所原所长阿真能周的先进事迹和工作图片。2020年2月，阿真能周主动请战坚守防疫卡点，顶风冒雪在一线连续奋战43天。3月15日，他在通宵执勤后因突发疾病牺牲，年仅30岁。

所长刘喜说，缅怀英烈是为了坚守，铭记英烈是为了继承。阿真能周是他们的好兄弟、好战友，是他们的学习榜样，他的忠诚坚守、无私奉献，永远值得他们学习。

刘喜的家在成都，他的妻子与他是松潘老乡，在成都一家机关幼儿园工作，女儿9岁，在成都一所小学读书。为了疫情防控和春节安保工作，刘喜从腊月二十八至今没有回家，一直战斗在岗位上，与战友在卡点上度过新春佳节。

刘喜说，从警多年来，已经习惯了，只是有些对不起家人。但作为一所之长，自己深知肩上的重任，也容不得半点懈怠。

派出所会议室的另一面墙上挂满锦旗，每面锦旗背后都有一个感人的爱民故事。

说起前年春节"雪山救援"的事，派出所民警至今难忘。

那是大年初三，6名黑水县籍的女孩趁春节闲暇，相约徒步前往金川县观音桥镇旅行。原本一次愉快之旅，却因一场小小的纠纷差点酿成大祸。她们在途经海拔4740多米的雅克夏雪山时，同行6人中的杨某某等4人与罗某初两人在道路选择上发生分歧。罗某初两人执意从芦花沟一分沟处下山，后因天色渐晚，无法辨认道路，最终迷失方向。

在雅克夏雪山上，寒风卷着枯枝败叶袭打在两名女孩脸上，周围淅淅飒飒含混不清的恐怖声响笼罩着她们。罗某初两人在走投无路的危急时刻想到警察，于是报警求助。

刷经寺派出所接到报警求助后，立即启动预案。时任派出所所长刘喜带领民辅警5人、联防队队员7人及熟悉路况的当地群众3人，分别向芦花沟、洞沟、329沟方向进行搜救。由于雅克夏雪山海拔高，通信信号较差，民警只能通过手机短信与被困者取得联系。其间，民警通过鸣枪、呼喊以及拉警报等不同方式，试图与被困者取得联系，但始终无果。由于高原道路通行状况不佳，救援车辆到达沟口后，搜救队队员只能选择徒步向山顶搜救。

这天晚上，高原的气温在零下14摄氏度左右，北风夹着小雪。刷经寺地处高山上，更加寒冷，搜救队队员的头上、手上、脚上、身上……没有一处不是雪。人在高山野外，就连呼吸都很困难，十分难受。凭借微弱的手电光照明，搜救队队员深一脚浅一脚跋涉在山上的小道和密林深处。次日凌晨，搜救队队员在海拔4000米山腰处遭遇暴雪，气温陡降至零下15摄氏度，但仍未确定两名被困人员的位置。

时间一点一点地过去了，考虑到野外高山上野兽等攻击伤害，3个搜救小组的队员不敢停留半步，加速向山顶进发。高原缺氧、天气极寒，挑战着每个人的身体极限。他们一边走一边喊，盼望着能够及时找到，但山上始终没有回音。

越往山顶走，天越黑，路越不好走。行走到一山崖处，山上雪多石滑，搜救队队员泽布旦突然一脚踩空，绊倒在石坎下，腿上鲜血直流。有人劝他回去，可是泽布旦经过简单的止血包扎后，感觉问题不大还能行走，又继续前行参与搜救。

次日凌晨，一组搜救队队员终于在山顶处发现了疑似的两名被困者足迹，随后他们沿着模糊的足迹寻找，终于找到了两名被困者。

大雪中，绝望的罗某初两人看见搜救民警时，泪眼蒙眬，连声道谢……

晨曦微露，战斗结束，参加营救的每个队员脸上都挂着笑容。在所务会上，刘喜对战友们说："你们是好样的！"

梭磨河是流经刷经寺派出所外的一条小河。蓝天白云下，蜿蜒流淌的梭磨河，宛如鹧鸪山山神手中舞动的彩带，穿过峡谷由北向南奔流而下，静静地从刷经寺流过，也静静地述说着刷经寺派出所民警，一个又一个忠诚履职、打击犯罪、为民服务的爱民故事。

午饭后，过壤口，我们到了下一站黑水。黑水县是红军长征路过的地方，其红色文化厚重，有著名的芦花会议会址，红军翻越的达古雪山、昌德雪山和雅克夏雪山等。1935年6月至1936年8月，中国工农红军曾三进三出黑水，9万人在黑水驻扎休整150天。在红军最困难的时期，黑水人民为红军筹粮、熬盐，提供大量的羊毛、牛毛、畜皮、兽皮等御寒物资，给红军当向导帮助红军成功翻雪山、过草地，从这里北上走向胜利。

黑水最著名的景点是达古冰川，位于黑水县芦花镇三达古村境内，海拔最高5100米，是一个集冰川、雪山、森林、草甸于一体的自然生态旅游区，是镶嵌在四川省阿坝州大九寨国际旅游区的一颗明珠。

在黑水，我们主要采访黑水县公安局森林警察大队。他们长年累月，无论刮风还是下雪，都穿梭在大山森林之中，攀爬在高山崖壁之上，打击各类涉林涉野违法犯罪行为，守护着这一片绿水青山。

我们跟随森林警察大队的民警进入冰川峡谷，路过一个叫金猴海的海子，山上有许多猴子，三五成群下山向过往行人要食物。近几年，由于加强了自然保护，山上的野猴也增多，这些猴子一见到人，也不陌生，冲着人群要吃的。

蓝天白云下，金猴海水湛蓝，远方的达古雪山和近树倒映其中，显得渺然媚雅。海子很静，湖面水波不兴，清澈如镜。海子处于重峦叠嶂的山谷之中，周围是高大的松树，树下苔藓铺地，古态盎然。

黑水县动植物资源丰富多样，是中国动植物的基因库之一，更是成都平原重要的生态屏障和水源生命线。现有国家一级重点保护野生植物红豆杉等珍稀森林植物95种，国家一级保护动物金丝猴、扭角羚、羚牛等10种，林草覆盖率达82.3%。春暖花开，各类野生动物逐步进入繁殖期，活动频繁；天干物燥，正值森林防灭火工作关键时期。黑水县公安局森林警察大队民警也加大了巡山巡查力度，对辖区各类野生动物栖息地及林区内破坏森林资源违法行为，进行巡防巡护检查，对野外违规用火进行管控、对火案进行查处。

在洛格斯圣山山脚的河谷之中，有一处野生动物的通道，森林警察需要前往查看有没有人在那里设置猎捕工具。他们常年巡护在崇山峻岭之间，就算在被大雪覆盖的地方，也能凭借经验辨别方位，避开危险路段，前行到达目的地。即使这样，巡护之路仍然充满危险，道路崎岖难行，雪地上留下的是一串串坚定的脚印……

黑水县有中国目前开发并已开放的面积最大、景观最壮观，享有"八十里画廊"美誉的彩林，还有全世界最年轻的达古冰川。为了这片绿水青山，黑水县公安局森林警察大队民警们，穿梭在高山村寨、茫茫林海或风雪牧场之中，翻山越岭，风餐露宿，踏遍了黑水的山山水水。红军长征时翻越过的雅克夏雪山、昌德雪山和达古雪山，都留下了他们巡护的足迹。

离开黑水，我们经过一天路程，到达松潘。听到我们到了松潘，松潘县公安局古城派出所副所长肖德云早早地就在古城北门等待我们。

松潘的美丽的景色很多，在这些美丽的景色后面，这些年来，有一群人，为了这片土地，一直默默无闻地牺牲奉献着。他们就是阿坝警察，其中肖德云是这群警察中的一个典型代表。为了保护好这座古城，为了服务好南来北往的游客，肖德云和他的同事长年累月战斗在一线，舍小家顾大家，从事巡逻、接处警工作，天天与辖区群众打交道，做好法律宣传工作。2019年底，他被评为全省公安机关"最美警察"。

从九黄机场采访完后，我们到川主寺的一家酒店用午餐。

川主寺位于松潘县城北郊，为川西北高原第一重镇，同时又是连接黄龙、九寨沟、红原、若尔盖等风景区的枢纽，是"黄龙—九寨沟"黄金旅游热线上的必经之地。20世纪90年代初，我最早一次从广元到阿坝，游完九寨沟后到黄龙，曾在川主寺住了一晚上。那天晚上，天气寒冷，我们在一户藏族人家第一次吃牦牛肉、喝酥油茶。牦牛肉筋道味美，酥油茶鲜香浓郁，在高海拔寒冷的夜晚，简直暖和极了，一生难忘。

之后，也多次经过川主寺，看见到处都是酒店、旅游客车和游客，与现在无人形成鲜明对比。当地酒店一名工作人员说，大家都期望快快回到正常生活，或许"五一""十一"黄金假期，川主寺将再次迎来旅游高峰。

若尔盖是我们阿坝之行的最后一站。若尔盖县位于阿坝州北部，平均海拔3500米，是阿坝州面积最大的县，有"中国最美的高寒湿地草原"和"中国黑颈鹤之乡"的美誉，若尔盖县热尔大草原曾被《国家地理》杂志评为"中国最美的湿地"。

上一次到若尔盖是3年前，正值国庆节，若尔盖街道悬挂都是国旗，一派温馨祥和。那天，采访完县城达扎派出所后，州公安局一位朋友推荐我去看一下达扎寺。达扎寺是一个格鲁派寺院，初建于康熙二年（公元1662年），距今已有360多年的历史，是全国民族团结进步模范集体。寺院建筑风格别具一格，既有藏族传统的建筑风格，又有汉族建筑风格，两者合二为一，规模宏大壮观。记得寺内书屋很大，墙上书柜放满经书。

这一次到若尔盖，我选择去唐克大草原，到黄河源头白河看看。行走唐克大草原，笔直的公路两旁，一望无垠的大草原，峰峦、草地、经幡、牦牛、雄鹰、帐篷，满目皆景，凝固记忆。黄河边，一只秃鹫，大叫一声，划破天空，飞向远方。

黄河发源于青藏高原巴颜喀拉山脉，从西向东，经过若尔盖大草原，在唐克镇索格藏寺院前与白河汇合，形成了黄河九曲的第一大转弯，蜿蜒曲折。白河是发源于红原县壤口乡与刷经寺镇之间，向北流入若尔盖大草原的一条河流，全长150公里。在黄河九曲第一弯景区上山走廊的一块石碑上，有段黄河、白河的汉藏双语介绍。传说若尔盖大草原上的白河是个美丽的姑娘，而黄河则是相貌英俊、智勇双全的勇士，在索克藏寺院旁，他们一见钟情，于是结合在一起，携手并行，奔流向天涯，奔向大海。

3月的若尔盖，昼夜温差大，早晚还很寒冷，白河上的冰也还没化完，但已经看到了春天的气息。草原上放牧的牧民骑着摩托，赶着牦牛和羊儿。白色的帐篷内，炊烟袅袅升起，小孩在草地愉快地奔跑玩耍，无忧无虑。民族特色村寨，广漠的牧场，古老的寺院，神秘的经幡，庄严的白塔，给宁静的黄河源头带来了与生俱来的温暖。

黄河之水天上来，奔流到海不复回。九曲黄河第一弯，圣洁雪山之巅，清澈的小河流水，在蓝天白云下，从若诗若画若尔盖静静地流过，流向远方，滋润着中华大地。

（2022年第5期《草地》"讴歌新时代　喜迎二十大"专刊和第4期《贡嘎山》）

巴郎山看云海

冰和雪，洁白无瑕，晶莹剔透，闪耀在高高的巴郎山巅石碑上。冉冉升起的太阳，波涛翻腾的云海，气势磅礴，如梦似幻，令人震撼，好似仙境。

这是我们从成都出发到达卧龙的第二天，在巴郎山看到的景观。

巴郎山位于四川省小金县东，小金、汶川、宝兴三县交界处，藏语称"巴朗拉"，意为"圣柳山"。巴郎山的上下山路和垭口地区，海拔超过4000米，高山峡谷，雪山连绵，草甸起伏，景色极美。

巴郎山下的卧龙国家级自然保护区，是大熊猫国家公园、世界自然遗产大熊猫栖息地，被誉为"熊猫王国"。邓生沟是野生大熊猫保护核心区，离卧龙乡镇不远，以原始森林为主。由于海拔较高，过去茶马古道的马帮停留沟内时，炖食物总是炖不熟，久而久之，就把这里称为"炖生"，以后又演化为"邓生"。

那天，我们跟随巡山的民警进入景区。一进邓生沟景区，就是一段下山的石梯路，直到沟底。沟内溪水清澈，在阳光透过密林洒下的层层光影中，汩汩流淌。沟两边松树笔直参天，浓密苍翠，仿佛进入原始森林中。踏着厚厚松软的落叶枯枝，置身于高大的古树密林之中，我们尽力地呼吸着高负氧离子的新鲜空气，神清气爽，心旷神怡。

在从沟内出来的路上，一位本地朋友告诉我们，邓生沟风景最美是杜鹃花开的时候。整条沟杜鹃花开放，红艳艳的一片，与满目的绿水青山，红绿相间好似一幅美丽的图画。

到巴郎山看云海是临时决定的。从邓生沟生态保护区出来，派出所民警余涛坐在车前排，拿出手机给我们看了一段前几天民警到巴郎山顶救援游客的视频。看视频的小伙伴们在赞叹公安民警英勇无畏的同时，也被巴郎山的云海所震撼，云海翻腾，如梦似幻。一位女记者看视频后大声地呼喊："哇，好美呀！我们也要去看看！"

征得大家同意，我们决定第二天清晨到巴郎山看云海，同时拍摄一些派出所民警在大熊猫公园之巅执勤保护国宝熊猫、服务游客的画面。

一天行程结束，当晚入住皮条河左侧的"篱夏民宿"。民宿四周青山环抱，前面是水，后面是山，周围是桃园，居住条件较好，也有停车场，听说旺季每间收费上千元。进入梦乡前，听到窗外雨声"滴答滴答"，心里咯噔了一下，担心天亮计划泡汤。没有想到高原上的夜雨，也像成都平原的夜雨一样讲规矩，天亮就停了。天公作美，早上的空气清新冷冽，我们准时在停车场集结出发。

沿着峡谷，经过邓生沟，我们一直向山上前行。在山下，还能感觉是春天，到了山中间就好像换了一个季节，进入了冬天。峡谷两侧的山上只要有林木就挂满了雪凇，树干上、枝条上、丫杈上挂满了洁白的雪花，甚至连公路两旁站立的电杆都被雪凇一同打扮起来。雪凇是开在冰雪世界的花朵，扮靓了高原山巅。这是雪的杰作，也是雨的杰作，更是大自然对人间的恩赐。

车盘旋上山，快到山顶，突然有人呼叫："快看，太阳出来了！太阳出来了！"我们齐刷刷地将眼睛转向车左边，向窗外望去。远方，天边，一轮红日冉冉升起，金色的阳光洒在祖国的河山。

到了巴郎山垭口，路边石碑显示海拔3855米。我们与另外一辆车会合后，继续前行上山顶，到了一个海拔4000多米的山口。也正在这个时候，站在山巅，放眼回望，远方的云雾渐渐散开，出现滚滚云海，蓝天之下，越过逶迤群山，泻入高原峡谷，气势磅礴。翻腾的流云与雪山、森林、草甸、成群的牦牛相互掩映，构成一幅绝美的图卷，让人好像置身仙境。如此的美景，吸引了许多过往的游客和附近的村民拍照，还有人通过手机直播，让更多的人欣赏到壮观的云海景观。

刚到山顶的时候，头还不怎么疼，在海拔高的地带活动一阵后，突然感到有高原反应，步伐减慢，不敢快走。稍微休息片刻后，我又跟上了年轻的队伍，拍摄了一些美丽的画面。山上皑皑白雪尚未完全消融，部分草地裸露，有两群牦牛在寒风中四处觅食。

美好的时光总是短暂，过了半个多小时，眼前的云海一下消失，如过眼烟云，山上又被雾气罩住。一位本地朋友说，巴郎山的云雾就这样，来得快，去得也快，出现云海的时候非常短暂。大家庆贺自己"人品爆棚"，尽管当日早起，坐车爬山疲劳，还挨冷受饿，但幸运的是看到了日出，看到了日照金山，看到了梦幻云海。

（2024年11月29日《四川农村日报》"蒲公英"副刊）

人间秘境神仙池

被誉为"童话世界"的世界自然遗产九寨沟，家喻户晓，世人皆知，然而离九寨沟景区不远的神仙池，知道的人却不多。就连我们这个从成都来的新闻采访团队10多个人走南闯北，去过神仙池的也只有一人，甚至从马尔康来陪同我们采访的两位朋友也没去过。当领队征求大家意见，询问有多少人愿意去神仙池时，几乎全部举手，都表示愿意前往一览她的芳容。

那天中午，我们从九寨沟采访出来，在沟口一家餐厅简单午餐后，便前往神仙池。离开九寨沟，沿着到川主寺的公路，不久到了一个岔路口，路标显示左边到川主寺，右边到神仙池。到神仙池的公路较好，全是水泥路，看得出九寨沟县近几年对旅游经济的重视力度。路上车辆不多，游客很少。路中间有许多从山上掉下的小石块，我们的车在乱石中穿行。狭窄的公路在两山之间徐徐延伸，山谷幽深，远处雪峰显露，雪山之水从拉莱河道顺流而下，清澈湍急。车行景移，山边树林，茂密青翠，树叶摇曳。

听去过神仙池的朋友说，前面就是网红公路"二十八道拐"。每一道拐，路旁都有标志，显示出上山的不易，显示出中国人不会被艰难吓倒的精神，也显示出中国道路交通工程建设的睿智。

到达海拔3688米的亚龙那日神山垭口，积雪有二三十厘米厚，山风阵阵，寒气逼人。垭口有座小木屋，屋顶铺满积雪，木屋对面一条栈道直通最高山峰。在蓝天白云下，冰雪、木屋、栈道，仿佛进入了一个童话世界。驻足垭口，极目远望，来时之路像一条丝带缠绕山间，在群山万壑间，时隐时现。远处的雪山一座连着一座，雄奇险峻、蜿蜒曲折，苍茫大地，空旷寂寥，格外妖娆。

翻过雪山往下行，就看到了放牧的藏民，看到了牦牛。高原、雪山、森林、藏房、牦牛，构成一幅云卷云舒的立体画卷。

神仙池，位于九寨沟县大录乡境内，藏语里称其"嫩恩桑措"，意为"仙女沐浴的地方"。景区门口有座石碑，上面写着"嫩恩桑措景区"几个红色大字。

神仙池与九寨沟同宗，处于同一条山脉，一个在山这边，一个在山那边。主要景点海拔只有2200多米，分布在一条3公里长的高山峡谷之中，是典型的喀斯特地貌。我们在本地一位导游的陪同下，进入景区游览。走过一座小桥，沿着一条木栈道慢慢前行上山，身旁是郁郁葱葱的密林，翠绿的松柏和红桦的枝条间，鸟鸣声声，不时有可爱的小动物出现。导游指着几处箭竹对我说，这就是熊猫吃的竹子。

我们上山看到的第一个景点水帘洞，成片的山坡被黄色、乳白色钙质所包裹，形成奇特的盆状钙化池和钙化坡，层层堆叠在面前。据说，电视剧《神雕侠侣》就是在这里拍摄的。

离开水帘洞，右行便到达神泉。这是一处不可多得的优良矿泉水源，清冽甘甜，生津止渴，明目提神，被当地群众称为圣洁神水。我和同行的小伙伴们都用手捧接喝了几口，或用泉水洗洗手、洗洗脸，消除旅途的疲劳。

再上山，就到了瑶池，这里就是黄龙景区的缩小版。在阳光照耀下，潋滟的钙化彩池水面如镜，映着旖旎春色，泛着碧绿幽光，池中的水就像绿宝石镶嵌在美丽的大地上。

过了瑶池是青龙海，我们又仿佛到了九寨沟。海子四周植被郁郁葱葱，森林倒映水中，清透可见。水中有一树木覆盖着钙化物，就像一条青龙掩卧蔚蓝的湖水中，因而叫"青龙海"。在青龙海，导游说，仔细听，能听到蛙声一片，十分独特。

仙女池，也被称为大海池，这里便是传说中仙女沐浴的地方。池水色泽蔚蓝，水面波光。神蛙海，海子水色碧蓝，周围蛙多，因此而得名。

神仙池的海子与彩池两种地质形态交替分布，互相映衬，像是一个水景交错的童话世界，又像是一个袖珍玲珑的世外仙境。有人把神仙池称为九寨沟的后花园，也有人称为九寨沟、黄龙的缩小版。从山下到山顶，神仙池整个景区都被原始森林包围，四周地势险峻，峰峦叠嶂，曲涧幽深，云雾缭绕，给人一种空灵神秘、宁静幽远的感觉。

我们到摸福洞后就折返下山，路上碰到一个红衣僧侣，还有几个重庆过来的游客，站在彩池边照相留影。一汪彩池水，让每一位走进这里的朋友为之倾倒，为之赞叹。

在沱牌小镇

柳树，又叫柳树沱，是川中射洪南部的一个小镇。沱，指可以停泊船只的水湾，在四川多用于地名，像朱家沱、石盘沱等。从北而来的涪江流经射洪的24个乡镇，至此出境。也许是江水恋恋不舍这块土地，到了这里转了一个大弯，由东而西，由西而南，由南而东，才抖抖衣袖，扬长而去。柳树沱的沱泉远近闻名，也留下了许多美丽的传说。

柳树，山清水秀，盛产美酒，是中国名酒沱牌曲酒的产地，柳树镇也随之改为沱牌镇。

有道是"深山藏古寺"。没想到，在柳树这么一个小镇，却藏着一个现代化的大型企业。

我与柳树的相识，要追溯到30多年前我刚刚参加工作时，在川北一个县公安局刑警队当刑警。同事、朋友、家人经常聚会，有时也小酌几杯，喝的酒"柳浪春"，就是今天沱牌"舍得"酒的前身。

多年来，我一直认为，酒是个好东西，适当喝酒能促进血液循环，通经活络，祛除风湿。

酒的酿造在中国有相当悠久的历史。李白有"举杯邀明月"的雅兴，苏轼有"把酒问青天"的胸怀，欧阳修有"酒逢知己千杯少"的豪迈，杜甫有"白日放歌须纵酒"的潇洒。人在高兴时，三五好友相聚，喝点酒能助兴，而在悲伤时，喝点酒能解除苦闷排解忧愁。

孟夏，我应邀到射洪参加舍得智慧俱乐部一个活动，便有了机会走进酒乡。

从绵阳市区出发，经过三台，我们很快便进入射洪境内。在一个叫螺湖的地方隔江观景，湖水清澈，绿树成荫，红砖小楼，环境清幽，是一个休闲消夏放松心情的好地方。听随车的一位射洪籍朋友介绍，这条江是涪江，螺湖是涪江上修建了一座发电站截流而形成的人工湖。

一江活水，从雪山奔涌而来，迅疾而自在地流淌，泽及大地，惠及人间。

车继续前行，进入一个地势平坦的小镇，道路变宽，街道整洁，林木茂盛，这便是沱牌镇。沱牌镇街道两旁的树木笔直挺拔，伸展着嫩绿的枝条，在微微和风中轻柔地拂动，就像一群群身着绿装的仙女在翩翩起舞，欢迎我们这些远道而来的客人。

在鸟语花香的沱牌舍得艺术中心小憩后，走出艺术中心，迎面而来的，是一阵微风，伴着一股酒香。在这样的天气里走动，让人心生愉悦。

我们来到泰安作坊，一个年轻女子站在作坊门前等着我们，笑盈盈的。作坊车间内，正逢几个朝气蓬勃的师傅在其间忙碌着，同他们聊了几句，能感受到他们内心的阳光和自信。

泰安作坊始建于唐代，现存古窖池两处，古井一口。作坊内设施齐全，历史传承真实完整，保存完好，至今仍在正常生产。

泰安作坊由清末开明酒商李明方从古酒坊易名而来，有"举酒恭祝国泰民安"之意。民国初年，李明方之子李吉安继业，进行工艺改革，聘请成都酿酒名师郭炳林攻研曲酒生产，终获成功，生产的酒有"入门便觉鼻生香，发幕先令指取尝"之芬芳美誉，一时名噪四川。李吉安设宴，邀请地方士绅品酒命名，前清名士、举人马天衢取"沱泉酿美酒，牌名誉千秋"之意，命名"沱牌曲酒"。这副对联至今还挂在泰安作坊门口两边。新中国成立后，泰安作坊改组为地方国有企业射洪沱牌曲酒厂。

2005年，泰安作坊被国家文物局、中国食品工业协会列入首批中国食品文化遗产。泰安作坊经过百年传承，完整地留存着沱牌曲酒传统酿制技艺的全过程，犹如一个活生生的酿酒博物馆，从中可以窥见中国传统蒸馏白酒的前世与今生，是中国白酒工业发展的一个典范。

随后，在绵绵小雨中，我们来到沱牌舍得生态酒城，参观万吨高位净水池。两个大水池坐落在山顶，就是一个天然屏障，不仅为酿造美酒提供优质的水源，而且可以调整小镇的生态环境，保护美好的大自然。储粮仓库和成品仓库，是由棉花仓库改造而成，这个地方过去是国家战备仓库，现在完成使命，被企业再次开发利用。

在舍得酒业生态酿酒工业园，我们一路前行，一路感触，体验独特酿酒文化、传统制酒工艺和先进生态酿酒理念，品味醇厚浓香的甘甜美酒。

这是一次生态之旅，也是一次文化之行。

一路上，我们在美酒飘香中领略小镇风情，感受企业文化。在舍得艺术中心，我们听取了公司负责人和国家级品酒师的介绍，更加了解了沱牌舍得的前世今生，更加知道了沱牌舍得的发展方向。

一个小小的作坊，在百年间迅速发展成为一个现代化的大型企业，不仅在产业布局、厂区建设、生产技术、企业混改、市场营销等方面顺应时代迅猛发展，而且在经营理念、文化氛围等方面，都站在世界经济发展前沿，无不让人震撼，为之点赞。这或许就是中国经济的一个缩影，这或许就是中国速度！

"品味舍得美酒，享受智慧人生。"这不仅是一句宣传语，更是中国人对美好生活的向往追求。

（2019年10月11日《四川工人日报》"滋味"副刊和《遂宁日报》"灵泉"副刊）

万卷楼前谒陈寿

三国故事源远流长，对于国人来说，几乎家喻户晓。记得我在中学时学过一篇文言文《隆中对》，选自《三国志》，作者是西晋著名史学家陈寿。陈寿的故乡在今天的四川南充。

2020年5月下旬，我到南充参加一个文艺作品颁奖典礼。其间在当地好友陪同下，我们有幸登上西山，到陈寿旧居和万卷楼游览古迹，凭吊先贤。

一到西山景区，首先看到四川省作家协会名誉主席、百岁老人马识途先生题写的"三国文化源"几个遒劲有力的大字，刻在景区门口石碑上。景区大门在一座城楼下，进入楼口，攀上数十步台阶，穿过一段苍翠的绿荫小道，在一潭碧水旁的丛林中，会看到一座"陈寿著三国志"的雕像。陈寿端坐于红底黑纹的屏风前，左手抚简，右手执笔，案上卷着书简，案下堆着书简，旁边的侍童捧着书简。雕像栩栩如生，再现了陈寿著书的情景。

向上走，是谯公祠，依山而建，由山门、廊轩、正殿组成。谯公即谯周，是陈寿的老师。据史载，谯周出身贫寒却不置家业，好读书治学，平生著述颇丰，人称"蜀中孔子"。祠堂四周是壁画，绘其生平事迹。祠后谯周墓，为条石所砌圆形墓。谯公祠只是万卷楼景区中的一小部分，却浓缩了谯周与陈寿深厚的师生情谊。

沿着曲径通幽的水泥小道，继续前行，就到达陈寿旧居。旧居在路的左侧，是典型的汉魏民居风格，粉墙、黛瓦、朱檐，有斗拱、回廊、天井等。旧居右侧，有座陈寿年少时的雕像。整个旧居，楼阁高耸，庭院低回，林木环绕，十分幽静。它不像许多大院富丽堂皇，是一个清幽雅静适合读书的好地方。

陈寿在蜀汉时，曾任卫将军主簿、东观秘书郎、观阁令史、散骑黄门侍郎等职。太康元年（公元280年），晋灭吴结束了分裂局面后，陈寿历经10年艰辛，完成了纪传体史学巨著《三国志》，完整地记叙了自汉末至晋初近百年间，中国由分裂走向统一的历史全貌。史学界把它和《史记》《汉书》《后汉书》合称"前四史"，视为纪传体史学名著。

陈寿旧居内，明堂匾额上书有"千秋良史"四个大字。明堂中间一座彩塑是陈寿30岁时的形象，右墙上是红木雕刻的常璩《华阳国志》中的《陈寿传》。"寿才宜真""学者所宗"等木雕字刻，是历代帝王对陈寿的高度评价。

离开陈寿旧居再向上，攀爬250多级石梯，就直抵陈寿治学的地方——万卷楼。万卷楼依岩而建，背倚玉屏山，面向嘉陵江，气势恢宏。山上绿树成荫，红柱黛瓦，高台回廊，殿宇环山，空气清新，是一个避暑的胜地。万卷楼由陈寿读书楼、陈寿纪念馆、藏书楼组成，中国书法家协会原副主席、中国佛教协会原会长、全国政协原副主席赵朴初题写的"万卷楼"金字巨匾，在阳光下熠熠生辉。

走进万卷楼，就仿佛打开了一座三国文化的宝库。陈寿纪念馆中陈列的三国文化内容十分丰富，各种版本的《三国志》以及大量的珍贵史料和文物，详细地介绍了陈寿的坎坷经历、著书史实及其对后世的影响。

万卷楼庭院中央，耸立着高5米、重1吨的陈寿青铜塑像，形态逼真，手抱竹简，神韵飞扬。我和几位朋友站在青铜塑像下，神情肃穆，深深叩拜，并在像前留下合影，纪念这段难忘的嘉陵江之旅。

站在庭院，一阵风过，草坪中小树上的红条小花扑簌簌落下，无声无息，掉在地上，围绕小树构成一个心形。我问朋友，但没有人认识这些小花。我弯下身子，拾起一朵，拿在手上，静静地看着这朵花，这座楼，这座庭院和庭院里的一草一木。

沿着石条砌成的梯步拾级缓缓而上，便进入万卷楼的重楼阁。重楼阁巨匾上"藏书阁"三个大字，由东晋著名书法家、"书圣"王羲之所题。藏书阁中陈列了汉魏晋时期人们的生产工具、生活用具、军事武器以及那个时代的精美艺术品。我们心生敬畏之情，仰望藏书楼阁。

在藏书阁前平台，放眼远眺，前方不远就是清澈纯净的嘉陵江和高楼林立的城区。江水穿城而过，城在山中，山在水中，山中有城，城中有山，山水相绕。我想这些年来，万卷楼静静地坐在那里，也见证了这座城市的不断发展和变迁，见证了当地人民群众生活水平的不断提高和改善。

清代作家、书法家钱泳在《履园丛话》中说："读万卷书，行万里路，二者不可偏废。"古人都把"读万卷书，行万里路"作为一种境界，一种追求，我们今人更应该多读书，多走走，日积月累，不断提升自己。莎士比亚曾经说过："书籍是全人类的营养品。"趁着年轻，趁着阳光正好，让我们多读书，在读书之中开阔视野，拓展空间，体味多彩的人生！

人生有攀不完的阶梯，生活是读不完的书籍。读书贵在坚持，痴心不改。

在这个充满焦虑、浮躁的时代，灵魂和内心更需要独处时的宁静。能时常留出时间听听音乐、看看书，保持平和的心态，在纷繁复杂的尘世间，好好拥有安静独处的时间，实在是十分愉悦的享受。

多读书，读好书，书读好。正因为读书，人生才会更加灿烂，生活才会更加美好。这也是新时代的要求。

［2020年第2期《南充文学》，收录于绵阳市政协《绵阳文史资料（第38辑）》］

桃花岛的银杏黄了

从我居住的小区，到达我喜欢漫步的风景地，只需10多分钟，按照手机软件的自动计步，只有1000多步。我通常选择在周末天气晴朗的时候去散步。去的时候由南向北，沿河而上，或走河堤，或者沿着风景如画的滨江路行走。如果在河堤边行走，会遇到许多举家郊游的市民和三五成群的跑步者、骑行者，也会看到很多在湖边垂钓的钓鱼爱好者。我还常看见几个小商贩骑着自行车，车上放着一个小喇叭，一路放着本地土音录制的广告，推销自家加工的红米花生、卤鸡蛋等小吃。

比之三江河堤，我更喜欢在三江湖中的桃花岛上散步。深秋初冬，桃花岛上银杏树叶逐渐变成金黄色，形成一条长长的"金光大道"。大道上左右整齐排列着一棵棵高大的银杏树，阳光透过层层的银杏叶射向大地。微风轻拂，片片银杏叶沙沙作响，摇曳生姿，如风中金蝶翩翩起舞。金黄色的落叶洒满青色的地砖，和着树下拾叶子的老人或孩童，构成一幅别有意趣的秋意图。冬日暖阳的照射下，这里更加唯美，成了许多俊男靓女拍照的理想之地，影楼的摄影师带着一对对即将步入婚礼殿堂的新人，专程来到这里拍摄婚纱照。

我喜欢岛边路上开着淡白花穗的芭茅草，一路上随处可见。它们深绿的叶子边缘有两排细细的锯齿，配着修长的叶子，就如同一柄柄利剑插在荒草丛中。每到秋天，那细长的茎秆顶端便会开出淡白的花穗来。那些花穗轻飘飘的，在风中飘荡的时候，煞是好看。

坐在江湖边，站在微风中，夕阳下，让人觉得眼前秋意绵绵。我生长在嘉陵江边，小时候经常在江边的芭茅丛中捉迷藏，每天玩到尽兴才走。因此，每次看到芭茅草，都有种亲切感，仿佛尘世的喧嚣全没了。在这里，你会发现，人变得特别安静，周围只有静静的青山、绿水、白鹭，高高的芭茅在风中摇摆……

微风吹皱了湖水，那些涌起的水波顺势将云彩、城市楼房的倒影糅在一起，使湖中的水面更加有色彩和立体感。我喜欢看这样的画面，我会选择坐在岛边的木椅上，静静地看上很久，看夕阳下的浪漫情侣，看深秋中的繁忙城市，看城市中匆匆行走的路人。

桃花岛原本准备建成一个开放型的公园，但是前几年不知什么原因，开发成了居民小区。还好建设者对岛上环境进行了精心打造，修建了许多公共设施，让人们在茶余饭后又有了一个观景赏游的好去处。

我的家离桃花岛不远，在书房看书累了，就会站在阳台上，抬眼一望，远处富乐山、桃花岛、三江湖由远及近，次第映入眼帘。都说青山绿水悦目，其实秋天的树叶也是悦目的。站在高处，看高楼下面的银杏树叶，染黄了大地，醉美了人间。

无论哪个季节，我都喜欢站在阳台上观望。所幸美景仍在，青山绿水仍在，我的目光和心灵都有可栖息的地方。所以我依旧喜欢美好的大自然，喜欢繁华看尽远离红尘与世无争的大自然造物。

（2015年12月19日《绵阳日报》"西蜀"副刊）

夏荷二章

杨家荷香

接天莲叶无穷碧,映日荷花别样红。

美丽的绵阳乡村水田荷塘众多,仲夏,荷叶茂盛,赏荷也成了绵阳人家夏日游玩的一大主题。一个周末,我和几位朋友到涪城区杨家镇赏荷。杨家镇荷塘在杨(家)关(帝)大道的右边,左边是现代化的农业产业区和蚕桑基地。杨关大道是涪城区开发乡村旅游专门修建的一条大道,道路宽敞,车流很少,一路上不时看到一些骑自行车来郊游的年轻人。

荷塘入口,一个农家妇女在路旁树下,卖着自家产的鸡蛋、鸭蛋和新鲜水果,热情地向我们介绍本地的土特产品。一个老农搭了个路边小木屋,卖着传统风味小吃——锅盔。从大道下到水田便是荷塘,荷塘中间有一条长长的木桥走廊。木桥走廊是当地政府为了方便游客专门设置的观景平台,游客沿着走廊前行,便徜徉在"青荷盖绿水,芙蓉披红鲜"的美景中。

踏上木桥,放眼荷塘,一望无际。层层叠叠的荷叶,长势茂盛,微风吹来,随风摇曳,沙沙作响。荷塘里偶尔传出的蛙声,在寂静的乡野传得很远很远。行走在木桥上,分散在荷叶中含苞待放的荷花,总会在不经意间映入眼帘。每前行到一处荷塘,都可以看到不同的荷莲,都值得停下来好好品味一番。看到茂盛的荷叶、荷叶上的露珠和盛开的荷花,随行的女士和先生们都拿出手机不停地拍照,留下美好的时光。

在观景赏荷时，总会想起小时候顶片荷叶在头上，和小伙伴们一起躲在荷塘里，扒开荷叶寻莲蓬、捉泥鳅、摸田螺、抓小鱼的场面。一晃，几十年过去了，岁月的流逝不但没有模糊记忆，反而少时的童真愈发拨动心弦，愈发想要追寻那美好的纯真时光。

清水出芙蓉，天然去雕饰。荷塘绿苔满径，荷花美而不艳，质朴明媚，荷叶碧绿鲜嫩，清丽雅致，一路上总给人"淡妆浓抹总相宜"的感触。夏荷，宁静，高雅，无私，无欲，出淤泥而不染，濯清涟而不妖，有洁身自好的品格，不正是人生追求的目标吗？

虽然还未到最佳的赏荷季节，即使是大热天，气温已经30多摄氏度，前来赏荷的游客还是很多，有不少是从附近成都、德阳、广元来的。

从荷塘赏荷出来，已是晌午，大家满头大汗，想找一个清凉的地方小憩。我们站在荷塘边的小树下，对面是"千鹤蚕业"，这是一家现代蚕业体验园，也是涪城区蚕业协会所在地。涪城蚕茧通常指桑蚕茧，是绵阳的地方特产。桑蚕茧是桑蚕蛹期的囊形保护层，内含蛹体。保护层包括茧衣、茧层和蛹衬等部分。茧层可以缫丝，茧衣及缫制后的废丝可作丝绵和绢纺原料。蚕业体验园背靠小山，前面是水池，水池四周盛开各种鲜花，整个园区十分整洁，环境十分幽雅。

千鹤蚕业后山有许多白鹭，它们安静地栖息在山上的树林中。许多白鹭从树林飞到荷塘，偶尔的翻腾一跃，像极了一阵清风。待反应过来，取出手机准备拍照时，它们早已远去，眼眸里只剩下在波心飘摇的荷叶，还有那片湛蓝湛蓝的天空。

在荷塘附近，当地的农民开设了许多与荷塘有关的农家乐。有家叫"青荷小雅"的农家乐，集品茶、餐饮、休闲、超市于一体，停车方便，客流不小。老板很热情，以前在绵阳城区开过中餐馆，看到"十里荷塘"出现的商机后，转战回乡，开了农家乐，菜品味道不错，服务到位，经济也很实惠。听当地的老百姓讲，去年绵阳市第四届乡村旅游节暨涪城区第十届乡村旅游节在杨家镇举行后，当地的旅游业迅猛发展，不少外地人前往杨家镇，走"杨关大道"，逛"五彩田园"。

"剪一段时光缓缓流淌，流进了月色中微微荡漾，弹一首小荷淡淡的香，美丽的琴音就落在我身旁……"

行走在荷塘，伴着歌声，总想让时光慢慢流淌，让自己在流淌的岁月里，深情地回望那片蓝天，那片荷塘。

十里荷塘

出三台县城，过凯江大桥，一路向西，有一条小山沟。小山沟里有一片荷塘，蜿蜒十里，当地人称为"十里荷塘"。

荷塘围绕山涧，由一个接一个的小水田自然而成，没有人为的打造，没有故意的雕琢，与周围的竹林、民居浑然一体。

我们从山上向下，到处都是赏荷人。站在山涧高处，遥望满沟的荷塘，荷花点点盛开，荷叶高矮不定，漂浮在水上。进入沟里，荷塘里，白色的、红色的、单瓣的、复瓣的荷花，亭亭玉立，把荷塘打扮得花红柳绿。一阵微风，伴着绵绵细雨，给炎热的夏季带来一丝丝的凉意，满田的荷叶也随着微风在小雨中摇摆起来，如同一个个绿衣仙子，踏着圆舞曲，跳着春之舞。小雨露滴滴答答地落在碧绿的荷叶上，像一个个音符，跳跃着，最后滚入荷叶的怀中，好像一个个翡翠做成的圆盘中放着一粒粒晶莹剔透的珍珠。

雨渐渐增大，有朋友摘下荷叶，顶在头上，遮挡雨水。水田中的荷叶，这时也伸展开来，挺起高高的脊梁，为含苞待放的花蕾和池中的小鱼、小虾遮风挡雨。

夏天的雨来得快，去得也快，刚刚还在雨中赏荷，马上天又放晴。雨后，站在荷塘边，遥望两侧青山，连绵起伏，青黛含翠，树影婆娑，各具神态。苍翠的林木，潺潺的小溪，碧绿的荷塘，构成迷人的乡村景致，让人遐想，令人神清气爽。

这是纯朴的田园风光，这是自然的人文景观。

解放村十里荷塘，景美人更美。在荷塘边小转后，我们来到村委会办公楼，听村支书刘世伟给我们讲他的创业故事。

刘世伟是本村人，在这片土地上长大。高中毕业后，一个偶然的机会，他当了一名远洋海员，到新加坡、西班牙等10多个国家从事海上捕捞作业，也有了原始的积累。3年后，他返乡创业，卖过皮鞋，搞过劳务输出，开过米粉店和羊肉汤锅店，从事过种植和养殖业，历经艰辛，几经打拼，创业成功，成为一名优秀的青年企业家。

一个人致富不算富，全村人致富才是富。作为村支书，刘世伟一直在想着如何带领全村人致富，经过几番考察，最后他向村民承诺：修好路，管好水，建设十里荷塘。几年建设，十里荷塘初具规模，吸引了附近不少游客，解放村也被评为绵阳十大最美乡村之一。

刘世伟还是一个热心公益的人，看到村中80多个留守儿童不能读书，他个人出资请村内的在校大学生和青年志愿者一起办起了留守儿童暑假辅导班，免费为留守儿童进行 "一对一"学习辅导，并为孩子们提供免费午餐。2016年4月，刘世伟被绵阳市文明委评为"2015年度感动绵阳十大人物"。

这天中午，我们一行人在村上一农家小院，品的是荷叶茶，喝的是粮食酒，吃的是正宗的农家菜。午饭后，一些人沿着山间小径继续赏荷观景，一些人陪着小孩到荷塘中的一个小湖行舟。小湖边有一处集中休闲的场所，本村的老农伴着荷叶的清香，一边漫步，一边聊着家常。堤坝上，几个姑娘和小伙子，把脚放在水中，正在晃荡。就要离开这个田园小山村，我们站在书法家大漠题字的"十里荷塘"留影，留下一生中最美的时光。

这一片山村荷塘，不算大，却引人进入诗意的境界，给人无尽的美的遐思，让我如此痴迷。有人总结了人生15件幸事，正有夏日赏荷，雨中漫步，雨后遥望青山，小溪边洗脚，小湖中行舟，友人相聚，喝茶饮酒。

快要走了，我恋恋不舍地回头再看了一眼十里荷塘和荷塘中盛开的荷花。那荷花好像变成了一层白里透红的彩霞，而荷叶依然跳跃着美丽的"舞蹈"，好像在跟我们依依不舍地告别。

跟上春的脚步

三月，阳光明媚，春暖花开，绵州大地到处是花的海洋，处处闻到了春的气息。微信朋友圈里，朋友们不断地"晒"到各地春游的照片，有平通的梅花、松垭的郁金香、药王谷的辛夷花，还有我家乡苍溪那漫山遍野的雪白梨花。一朵朵鲜花进入我的眼帘，占满我的整个世界，让人陶醉，让我入迷。一个声音在呼唤我，跟上春天的脚步，踏上春游的步伐，走进花花世界，走进大自然，吮吸新鲜空气，让长久受到污染的心灵得到净化，得到洗涤，得到升华。

今年春节过后，几个朋友邀约，到三台县芦溪镇的樱花谷看樱花，感受美好的春光。我经常往来于绵阳和三台之间，也常在绵阳到三台的路上看到樱花谷的宣传广告，但一直没有前去樱花谷领略芳容。去年春天，央视《乡村大世界》栏目走进三台县，在樱花谷实地拍摄录制节目，多角度、全方位向全国观众展示了美丽的樱花谷，又勾起了我想前去的欲望。今年春天，"西蜀"副刊的几个文友相约春游樱花谷，我立马答应前行。

3月10日，农历二月初二，"龙抬头"，这天是个好日子。我们从绵阳城区出发，经过南河经济开发区，一路向南，大约行车18公里就到达了美丽的樱花谷。一到樱花谷，陪同我们的主人和一些文友已早早到达，一边听当地人介绍地方民俗风情，一边等待还在路上匆匆赶来目的地的几位朋友。樱花谷的广场上，涪城区园艺小学的师生正在开展走进大自然感受春天的游园户外文体拓展活动。看到活泼可爱的孩子们在广场上疯跑撒欢，多么幸福，多么惬意，感到青春真好，年轻真好。

樱花谷的环山不高，我们进园后，从右边一路上山，沿山漫游，徜徉在樱花丛中，听花开的声音，看春天的脚步。一朵朵鲜花从蓓蕾开始慢慢绽放，曼妙起舞，如蝶轻盈，灿若锦霞。沿山花径，花香宜人，阵阵扑面而来，湿润于心，处处弥漫着美妙的清香和韵味，令人陶醉，让人忘返。总想躺在草地上，坐在山涧野外，晒晒太阳，随手采撷野花，蹚过小沟，说不定会在沟边逮个小鱼小虾，捉个螃蟹。

山上的小火车旁，一对年轻夫妻带着老人和小孩正在照相，把一家子最美好的时光定格在春天，定格在美丽的樱花谷。几个年轻人坐在欧洲风情的小木屋前草坪圆桌旁，畅谈幸福的家庭，畅谈美好的人生。远处，几对年轻人正在摆着各种姿势拍摄婚纱照。

在下山的路上，好友李在强告诉我这里的项目投资人信心十足，有宏大的远景规划，让我看到了樱花谷更加美好的明天。

樱花，象征热烈、纯洁、高尚，落花优美，花气幽香。我们沿山漫游，当地的文友告诉我，到樱花谷的最好季节，还是3月底4月初，那时各种樱花竞相绽放，漫山遍野，满谷飘香。世事如花开，有绽放，有迷茫，有傲世，有凋零，有报春花，也有冬寒梅。不管哪个季节，我们不能错过花期。

三月，万物复苏，百花争艳，春光无限好。让我们走进大自然，跟上春的脚步，去探访春意盎然。

（2016年第2期《芙蓉溪》）

流淌的红色

为什么我的眼里常含泪水？因为我对这土地爱得深沉……

今年是纪念红军长征胜利80周年。按照全国公安文联组织公安作家开展重走长征路主题创作活动的安排部署，我们踏上绵州大地，沿着红军当年行进的步伐，到红军长征战斗过的地方，听老区人民讲述红军故事，走进红军烈士陵园，参观红军碑林和红军文物陈列馆，举办了一系列瞻仰与祭奠活动。

行走在这片流淌着红色血液的土地，我们处处感到鲜艳的红旗在风中飞扬，红歌在高唱，红色在传承。

1935年春，红军进入绵阳，领导劳苦大众建立苏维埃政权，打土豪、分田地，使绵阳人民在政治上、经济上翻身做了主人。绵阳人民怀着对共产党和红军的感激之情，在各地苏维埃政府的领导下，掀起了保卫革命胜利成果、大力支援红军的热潮。

红军在绵阳期间，绵阳人民提供了大量物资支援和保障，不仅解决了8万红军在绵阳期间的衣食住行问题，还为红四方面军和中央红军筹集了数千万斤粮食。红四方面军先头部队在川西与中央红军会师时，绵阳人民雪中送炭，将在绵阳地区所筹集的数十万斤粮食和大批其他物资，用马队、牦牛队和人力昼夜兼程地运送到中央红军部队。

广大绵阳人民明白：红军是穷人的子弟兵。绵阳劳苦大众纷纷踊跃参加红军，父子、母子、夫妻、兄弟同时参军的情况屡见不鲜，不少地方出现了父母送儿女、妻子送丈夫、兄弟齐参军、父子都报名的动人场面，涌现出许多感人至深的典型事例。据新中国成立后调查统计，绵阳境内红色新区共有13000余人参加红军。

川西北老区人民是忠诚的、宽厚的。毫无疑问，他们是中央红军最后取得长征胜利的功臣，为此他们作出了牺牲和重大贡献。

走近江油市革命烈士纪念碑，我的脚步是肃然的。它静静地坐落在江油市西山公园内，只有不远处的江油红军文物陈列馆，告诉人们80年前这片红土地上发生的"围城打援"战役。

在江油红军文物陈列馆，看到实物和模拟场景，眼前似乎出现了当年那悲壮的一幕。经过了80年，依然可以感受到烈士们的浩然之气。

在陈列馆，年轻的讲解员方琳给我们讲述了当年一位红军女战士催人泪下的真实故事。青林口是江油市二郎庙镇管辖的一个办事处，镇的建制虽已不存，但古镇风貌依然。古镇依山傍水，位于江油市东北56公里处的潼江河畔，处于江油、剑阁、梓潼三县交界处。走进青林口，街道陈旧，古老的青石小街，整齐的木制小屋，以及雕刻着精美图案的木结构建筑。青林口至今仍较为完整保留了红军桥、红军石刻标语和一些明清古建筑。镇中的万年戏台，源于清乾隆年间，高木建造，别具一格，现已少见。漫步古镇，小桥流水人家，石磨玉米水缸，高高悬挂的灯笼，和街头巷尾屋檐下盘坐扎鞋垫的村妇，处处彰显着小镇悠久的历史和文化。

青林口最有名，最值得看的是，那座历经沧桑的红军桥和那些朴实无华的红军石碑。

红军桥原名合益桥，在小镇呈"T"字形结构的街中间，是一座建于清代的石拱廊桥。该桥为石砌三洞拱桥，南北走向，桥长约20米，宽约6～7米。桥面为两边低、中间高的拱弧形，拱上铺石板做通道，两边装有石栏杆，栏柱上端刻抱鼓石狮。桥上建桥楼，楼是穿斗形的清代建筑，分正、次、边三部分。正间耸立桥正中，重檐分上下两层。边间呈八字牌楼形，额枋两侧支二金爪柱。据考证，当地商贾为解决场镇上的交通，繁荣商贸，建立石桥。建桥后，又集资修建了桥楼，取"同舟共济，大家受益"之意，命名为"合益桥"。

1935年，红四方面军强渡嘉陵江后在青林口只驻扎了一个多月，便奉命转移。红军撤离时，一名刘姓红军女战士因伤不能随队北上，只好留在杨大娘家养伤。红军撤离后，国民党"还乡团"四处搜捕红军战士和苏维埃干部，杨大娘千方百计把女红军藏于夹墙中，不幸还是被"还乡团"找到了，"还乡团"将女红军战士绑在合益桥上严刑拷打，女红军坚贞不屈，保守红军机密，与敌人进行了不屈不挠的斗争，不管敌人软硬兼施，威逼利诱，她仍然临危不惧，视死如归，最后被"还乡团"杀害于合益桥上，壮烈牺牲。

新中国成立后，青林口民众非常怀念红军，特别是那位英勇不屈的女红军，要求政府将合益桥更名为"红军桥"。1956年，该桥正式更名，桥上风雨楼也挂上了"红军桥"匾牌。如今，桥头上"拥护红军""坚决反帝抗日""红军是穷人的救星""婚姻自由"等标语、石刻还清晰可见。历经沧桑的红军桥和那些朴实无华的红军碑，在无声地向后人述说着那段血雨腥风的历史。

2007年，红军桥被批准为四川省级文物保护单位，被列为江油市青少年爱国主义教育基地。2013年，国务院公布青林口古镇为全国重点文物保护单位。

走出江油红军文物陈列馆，门口挂着"爱国主义教育基地"和"社会主义核心价值观实践教育基地"的横牌。院坝外的山道两旁，种满了高大的苍松绿柏，前面是碧绿的草坪，衬托着雄伟庄严的革命烈士纪念碑和红军文物陈列馆。

80年前，红军女战士的故事是感人的；80年后，在江油这片红色土地上又涌现出一位伟大的女性。在江油，我们每到一处，人们都会提到8年前的汶川大地震，都会提到一位母亲的名字：蒋晓娟。她被人们称为"警察妈妈"。

2008年5月12日，突如其来的巨大灾难骤然袭向江油，房屋倒塌、交通堵塞、通信中断，群众惊慌失措。劫后余生，当人们从那场突如其来的恐惧中走出后，便开始了积极的抗灾自救。不仅如此，江油还接纳了一万多名从瓦砾乱石中侥幸逃生出来的北川、平武灾民。

随着北川、平武灾民的大量涌入和时间的推移，江油市的饮用水告急、食品告急、医药用品告急，各项救灾物资纷纷告急。而在这当中最让人感到无奈的，就是婴儿食品以及用具的极度匮乏，如配方奶粉、奶瓶。这些尚在襁褓中的婴儿的父母大多已在地震中遇难，导致他们除了可以喝一点水和稀饭外，没有其他东西可以喂养。

灾难中，大人可以用坚强的意志创造生命的奇迹，支撑下去，但这些嗷嗷待哺的婴儿，长时间没吃奶，饿得哇哇直哭。孩子们的亲属和其他受灾群众听了，都忍不住心痛又一筹莫展：这些孩子能在地震中幸存下来，有些是父母用生命换来的，可接下来该怎么办呢？看着这些哭泣的饥饿的婴儿，大人们只能暗暗地流泪，却苦于想不到一丁点儿办法。

就在这时，在安置灾民点协助工作，刚做妈妈不久的江油市公安局巡警大队29岁民警蒋晓娟，看到饿得哇哇大哭的婴儿，什么也没说，就给襁褓中的孩子哺乳。

在灾区，当许多受灾群众听说有位女警察义务为婴儿哺乳后，都抱着自己家的小孩来了。就这样，在灾民安置点，蒋晓娟在几天时间里，用她的乳汁，喂养了3个嗷嗷待哺的灾民婴儿和6个被解救的婴儿，9个惊恐的小生命感受到了熟悉的母亲气息。蒋晓娟在地震灾民庇护所义务为一些急需哺乳的地震灾区孤儿喂奶，却"狠心"把自己才6个月大、同样需要母乳喂养的孩子，交给父母照料。这件事经新华社记者报道后，感动了中国，网友称她是中国"最美丽的女警察"。

江苏作家、评论家王美春看到蒋晓娟的事迹后，创作了诗《无价的乳汁》，描述了这位当代"红嫂"。

无价的乳汁

这是独特的乳汁

年轻的妈妈女警

一身心血的凝聚

这是最甘甜的乳汁

无私母爱的结晶

仙露琼浆又怎能与之相比

这是最富营养的乳汁

将健康幸福成长的信息

深深植入灾区九个婴儿的骨髓里

这是无价的乳汁

让世间所有的珍宝黯然失色

留给人们永恒的记忆

母爱无边，大爱无言。

蒋晓娟，一位年轻的母亲，在用她甘甜的乳汁抚慰了饥肠辘辘的灾区幼儿的同时，也以她善良的内心、温暖的臂膀，抚平了一个个幼儿心中的伤痕，让悲痛、焦灼的受灾群众趋于平静。人间大爱的暖流在临时灾民安置点缓缓流淌，深深感动了每一个人。

蒋晓娟，一位普通的民警，在大灾面前，用自己的无私，表现出深情厚谊。她以一种大仁大义的责任感，书写了母亲的博爱，书写了人民警察爱人民的动人诗篇，用自己平凡朴实的实际行动，对生命进行了最高的礼赞！

蒋晓娟，一个年轻的母亲，以女性特有的温柔，安抚着这些灾区的婴儿。当看到吃了自己乳汁的婴儿入睡后，她笑了，笑得那么甜蜜，笑得那么美丽。她的脸上浮现出母性的光辉。

蒋晓娟，她的行为是普通的，因为她做了世界上所有的母亲都能做的。她的行为又是不普通的，大灾面前，她顾不上给自己的孩子喂奶，甚至连看看孩子的机会都放弃了。她深明大义，无私地哺育受灾的孩子，只想为灾民多做点事情。

蒋晓娟，以一个女人的爱心，以一个母亲的胸襟，用自己的乳汁，哺育百姓的孩子。用胸襟里爱民的情怀，向世界展示一个女民警的美丽。

2008年5月22日，国务委员、公安部党委书记、公安部部长孟建柱签署命令，授予四川省江油市公安局巡警大队民警蒋晓娟"全国公安系统二级英雄模范"称号。公安部在表彰决定中说，在此次抗震救灾中，蒋晓娟同志忠实履行职责，全力投入抗震救灾工作，特别是作为一名年轻母亲，放下自己6个月大、正需母乳喂养的孩子，在灾民庇护所悉心照顾守护地震受灾婴幼儿，连日为9名婴儿喂奶，用平凡朴实的行动践行了"人民公安为人民"的庄严承诺。

巴山蜀水，山重水复。行走川西北革命老区，就如同徜徉在历史的长河中，处处感受到红色文化的熏陶，时时接受红军精神的洗礼。

1935年，徐向前元帅率领红四方面军北上抗日，途经平武县驻扎56天，留下了大量的革命遗迹。在平武的红军碑林，存放着红军留下的标语、口号、红军在平武活动示意图等石碑50块，以及徐向前元帅亲笔题写的"红军碑林"匾额。

平武县平南羌族乡，位于平武县境南部，因中国工农红军在此建立平南县苏维埃政府而得名。1935年4月，中国工农红军第四方面军第30军来到平南，在平南三圣庙建立了平武县第一个苏维埃红色政权——苏维埃平南县政府。红军在平南期间，开展了打土豪分田地、支援前线的宣传工作，工农群众自觉组织起来参军参战，队伍不断壮大，播下了革命火种。当时，三圣庙成为平武南部、北川北部的一处红色革命中心。

在三圣庙外几十米远处的平南场镇上场口，有一座名为松桥的古廊桥，又称红军桥，是当地百姓对红军过平武的一种纪念，记载了红军和当地百姓生生不息的血肉关系。新中国成立后，沿着红军桥，平武县公安民警继续发扬党的优良传统，发扬红军的革命精神，写就了警民关系和谐的新篇章。

雄关漫道真如铁，而今迈步从头越。

从红四方面军强渡嘉陵江天险进入绵阳辖区至今，已整整过去了80年。在这80年的时间里，绵州大地发生了翻天覆地的变化：一座座新城崛起，中国科技城远近闻名，绵阳人民幸福生活，美丽绵阳幸福绵阳展现眼前……

80年前革命先烈鲜血染红的这块土地，见证了绵阳人民不屈不挠的奋斗历程，见证了绵阳警察的牺牲和奉献。

（2016年第10期《剑南文学》，获四川省公安机关"书写忠诚"征文散文类优秀作品奖，收录于全国公安文联组编《长征路上的坚守》）

圌山画屏

　　四川省江油市，是唐朝大诗人李白的故里。江油窦圌山，是少年李白曾游历的第一座名山，为此他题下千古名句："樵夫与耕者，出入画屏中。"

　　窦圌山，又名圌山，位于江油城北20公里的涪江东岸武都镇。山不高，从下到顶约5公里，迂回盘旋而上，一路林木苍翠，景色秀丽，是典型的丹霞地貌。相传唐代彰明县主簿窦圌（字子明）倾慕圌山清、奇、幽、秀，便弃官隐居圌山上，开山辟路，建筑庙宇。后人为纪念他，便将圌山冠以"窦"姓，故得山名"窦圌山"。

　　站在山下，远眺窦圌山，如同一面山水中的画屏，屹立在眼前。在阳光照耀下，峰顶高兀突出，四面悬崖绝壁。上山路全是石梯，周围林木葱郁，一片翠绿，一棵棵高大的白皮松屹立在山路两旁，伸出的枝叶挡住了炽热的阳光，树下一片阴凉。

　　到了一个观景台，花草丛中镶有"窦圌山"三个大字。站在草坪，能远远地看到窦圌山的两座标志山峰。

　　沿着山路，继续上山，不久到达云岩寺。云岩寺始建于唐代，坐北朝南，背倚三座顶峰，面对江油城区，东傍悬崖绝壁，西临群峰密林，临崖负山，视野开阔，气势宏伟。云岩寺主要建筑均沿中轴线作纵深布置，寺庙殿宇重叠，院落互变，高低错落，主次分明，其建筑风格在全国罕见。位于云岩寺大雄殿前西侧的飞天藏，是窦圌山五绝之一，是中国现存唯一的宋代道教木制转轮经藏。

　　云岩寺前东侧悬崖上，有座为纪念窦子明在此修炼的飞仙亭。飞仙亭下方，就是"云岩"和"剖石"四字摩崖石刻处。据说李白也曾十分仰慕窦子明的行迹，曾写诗赞美"愿随子明去，炼火烧金丹"。

越往上爬，山路越陡峭。一步一步慢慢攀爬，就像攀附在石壁上顽强的藤蔓，把自己的触角一点点向山顶延伸。窦圌山山巅有三峰，峰顶各有一座古庙，名东岳殿、窦真殿、鲁班殿。三峰之中只有东岳峰有险路可上，其余两峰都是悬崖峭壁，无路可通。山峰之间由上下两根铁链组成的铁索悬桥相连。铁链固定于峰顶的铁桩上，一根粗而扁平，用以踩足，另一根较细，可做扶手。铁索桥悬于百丈深谷之上，山风劲吹，左右摇晃，哗哗作响，让人望而生畏，有人把这里称为"铁索飞渡"。

铁索上表演绝技的"飞人"杨老爹，是本地人，他和女儿杨力，在铁链上表演"倒挂金钩""金鸡独立""空翻筋斗"等惊险动作，行走如风。中央电视台拍摄的《窦圌山惊魂》节目播出后，"铁索飞渡"被誉为"华夏一绝"。

（2018年7月13日《四川农村日报》"蒲公英"副刊）

山脚的小木屋

　　沿着一条缓缓的山坡，一直走向前，周围的山不高，树也不大，一草一木都与小时候家乡的山水一样，是典型的丘陵山区。小路的两边，春意盎然，开着各种山花。开得最艳的是油菜花，漫山遍野，一地接一地，一片接一片，一山接一山，层层叠叠，高低起伏，映入眼帘。站在山头，一望去，到处都是黄灿灿的花海，与青山绿水争艳。油菜地的田边地角，还开着胡豆花、豌豆花和许多不知名的小野花，不争奇，不斗艳，只点缀着大自然的满园春色。

　　沿着小路走到头，有几座小木屋，中间那座小木屋，便是我们要去的邓禹平故居。邓禹平（1923—1985），笔名夏荻、雨萍，四川省三台县三元镇三清村人，著名歌曲《阿里山的姑娘》的词作者，被称为"阿里山之父"。

　　邓禹平多才多艺，除歌词外，曾出版过诗集《蓝色小夜曲》《我存在，因为歌，因为爱》，另著有电影文学剧本《噩梦初醒》、话剧《山洪》、诗剧《大陆之恋》。

　　禹平故居前有块木牌，上面记录着邓禹平先生的生平简介。在禹平故居前，我们听当地文化名人济石讲述了许多邓禹平先生的故事。

　　小木屋背靠青山黄家梁，攀过几步石阶，我们从正门进入故居院内。院内有一棵高大挺拔的樟树，院外左侧有一口陈旧的石缸和石磨，右侧竹林簇拥。竹子，是中国人喜欢的，特别是文人骚客中，古今嗜竹咏竹者众多。竹竿挺拔，修长，亭亭玉立，袅娜多姿，四时青翠，凌霜傲雨，有"梅兰竹菊"四君子之一、"松竹梅"岁寒三友之一等美称。据传，大画家郑板桥无竹不居，留下大量竹画和咏竹诗。

大诗人苏东坡则留下"宁可食无肉，不可居无竹"的名言。

小木屋过道和房间内，是一些邓禹平先生的文字和图片资料介绍，我们一边走，邓禹平的堂弟邓均平一边给我们介绍邓禹平小时候的情况。站在小木屋的木格窗边，极目远眺，窗外一片开阔，有田畴、房屋，炊烟袅袅。

禹平故居的小木屋很小，它占了山脚的一小部分，像大地棋盘上的一子。小木屋很矮，远观颜色如泥，与深情的大地相拥一体。小木屋像是一个标点，又像是一个音符，不断在跳跃，不断给静寂的山野增添色彩，让山川有了生命，有了活力。

青山是诗，竹子是画，画里有诗，诗里有画。春天，来到禹平故居，看到山间各种花卉盛开，飘香的野花在竹丛中微笑，与翠竹交相辉映，争芳斗艳。春意盎然的景色中，一支支春笋破土而出，生机勃勃，迸发向上。

邓禹平才华横溢，在台湾被称为"鬼才"。他是一个爱国知识分子，富有正义感，对家乡感情深厚。到台湾后，他十分思念家乡，希望有朝一日回去出版诗集，把自己的诗作献给乡亲。后来由于病情恶化辞世，他回大陆的愿望终未能实现。

多年来，在他的家乡，人们在称道他的才华时，更加为他与家乡姑娘白玫，半个世纪令人肝肠寸断的悲凄的爱情故事所感动。在禹平故里，人们至今还传颂着，邓禹平与白玫凄美忠贞的爱情故事。

邓禹平在三台县中学读书期间，好舞文弄墨，琴棋书画、诗词歌赋样样优异，人缘特别好，深受先生和学友喜爱。在一次反对日本法西斯的学生游行、演讲活动中，邓禹平邂逅了喜欢文学和音乐的学妹、县城南街大米店老板白来远之女白玫。长相一般、身材矮小的邓禹平，凭一身的"文艺细胞"得到了白玫小姐的芳心，他的才华也得到了白家的默许。从此，一对天作之合的郎才女貌坠入了爱河。在古老的三台县城潼川繁华的南门外、涪江岸、凯江边，常常有二人的身影；在奎木乡邓家沟的小径上、花草丛中，也留下了他们无数浪漫的故事……

1948年，邓禹平在重庆，泪别从家乡赶来探望他的女友白玫，随剧组赴台湾拍摄张彻导演执导的电影《阿里山风云》，并为该部电影的主题曲作词。长时间逗留台湾，他与白玫小姐只能鸿雁传书。在台湾，邓禹平十分思念恋人，思念久别的故乡。在这种情思惆怅的日子里，邓禹平度日如年……

1949年，《阿里山风云》电影还未拍完，且因各种原因邓禹平没法返乡。邓禹平疯狂地思念家乡，思念家乡的恋人。那时，唯有诗歌帮他缓解痛苦。那一首首语言简练，意蕴丰富，承载着邓禹平炽热深情的诗歌，一经问世，好评如潮。不少诗作被谱曲，录制成唱片流行海内外。1981年，邓禹平获得了台湾诗歌最高奖——金鼎奖。

数年之后，邓禹平的同学联系上了白玫。历经许多坎坷的白玫一直在等着邓禹平回来，终身未嫁。得知身处台湾的邓禹平已生命垂危，白玫坐在钢琴前，含泪弹唱邓禹平作词的《阿里山的姑娘》，并将其录入磁带，托同学转交给邓禹平。1985年12月21日子时，邓禹平在台湾乌来颐园去世。不久，白玫也病逝在三台。

走进禹平故里，我深深感受到这里的纯朴，这里的沉静，这里的自然美好。当地文化名人济石先生，还有剧作家孙才杰先生，为了挖掘邓禹平的事迹，多年来付出了不少努力和贡献。这里每年3月油菜花开时，都要举办油菜花节，已经连续举办了4届。远近游客来了不少，有台湾的，也有北京、上海、重庆、成都的，还有从非洲远道而来的国际友人。他们都有一个目的，走进禹平故里，见证世纪绝恋，追求美好人生，向往幸福生活。

"高山青，涧水蓝。阿里山的姑娘美如水呀，阿里山的少年壮如山哎……高山长青，涧水长蓝。姑娘和那少年永不分呀，碧水常围着青山转哎……"

风儿轻轻，阳光暖暖。在青色的山涧，在金黄色镶嵌的菜地，在潺潺而流的魏河，人们在《阿里山的姑娘》悠扬的歌声中，或款步盈盈，或骑着自行车，或划着小舟，亲近自然，拥抱春天。青山不老，阿里山的姑娘不老。

（2018年9月22日《中国边防警察报》"边关"副刊和《中国边防警察》）

不冻的野鸭

我常常在绵阳三江河堤边行走。冬天是寂静的，人很少，人们都躲在屋里，瑟瑟缩缩不敢出来露脸。若是河边有人出现，也多是不怕冷锻炼身体的人。整个冬天，河堤四周枯草落叶，生灵冬眠，缺少生机。在这种情形下，我的耳朵，却异常地灵敏，随处都能捕捉到些响动。即便声音非常微弱，极易被忽略，也感到非常亲切。

一天晚上，我们在江边行走，突然感到自己被什么牵引。

这是野鸭"嘎嘎"的叫声，还有"扑扑"的扑水声。循声而去，才发现，涪江的水又涨了起来，在不远处的水中有群野鸭，悠闲自在地来回游荡。野鸭，也叫凫或绿头鸭，能飞翔，善游泳，吃小鱼、贝类及植物的种子等为生。野鸭是候鸟，一年春、夏、秋三季主要生活在北方，一到冬天，便成群结队地南迁越冬。每年3月，"春江水暖鸭先知"，它们又从南方迁移到北方。

尽管南方的冬天温度也低，但冻不住鸭子。它们的到来，给这座冬天的南方城市带来生机。

城里的人喜欢看野鸭子，总是脚步轻轻，一步一步向它们走近，又生怕惊动它们，怕它们离开。在冬天，如果城里的人在江边没有看到野鸭子出现，心情会非常失落，会感到江水沉寂冷清，变成了一潭死水，不再清澈灵动。

这些年来，越王楼·三江半岛成为国家AAAA级旅游景区，三江湖成为国家湿地公园。湖光山色，碧波荡漾，这里成为人们休闲娱乐的重要场所。人们围着江边行走，江中的那些野鸭竟然无动于衷，似乎已经习以为常，感觉人类不会伤害它们，会与它们和谐相处。

有一天，在湖边散步，又看到江中有两只羽毛呈黑灰色的野鸭子。我索性向前走近几步，想靠近它们，仔细看一下它们的颜色，看看它们在冬天如何抗击寒冷。

突然，"嘎"的一声，一只野鸭子破空跃起，在湖面上留下一道波痕，划出一串水花，朝着蓝天泅渡。水花一层一层向四周扩展延伸，野鸭子振动的翅膀一张一合在空中挥动。

我有些自责，是不是刚才的举动打断了它们的对话，是不是打乱了它们平静的生活。野鸭子虽有野性，但胆小，警惕性高，若有陌生人接近，即刻发出惊叫，成群逃跑，免受干扰。这对远离喧嚣闹市的野鸭子，也许是一对情侣，彼此相亲相爱，相依相偎，相伴一生；也许是兄妹，一起艰辛漂泊，相互依靠，相依为命。尽管一望无边的湖水满足了我们的视野，但这片安静的湖水是属于野鸭子的，是它们赖以生存的家园，它们需要在安宁中生活。

我平静地在湖边走着，时不时地关注远方的野鸭。看它们跃起，又插入水中，像孩子在打秋千，看它们划破水面，又飞向远方，寻找新的乐园。

日子得过，生活总要向前。尽管因为严寒，总感到这个冬季有些漫长。听人说，今年的冬天特别寒冷，好在是在这样寒冷的冬季，身边还有野鸭子出现，还偶尔有暖阳。这是生命的希望，虽然很小，很微弱，但是足以划破冷空气凝固的严冬。

在冬天，野鸭不怕寒冷，抗病力强，适应能力强。不冻的野鸭，表现出生命的盎然和活力。

（2021年2月26日《四川工人日报》"滋味"副刊）

春来鸟鸣

天刚麻麻亮，窗外菩提树上的鸟啭声，把我从梦境中唤醒。

时令告诉我，春节已经过完，万物复苏，春回大地。窗外树上的鸟儿"叽叽喳喳"叫个不停，跃跃欲试，要从严寒和冬季中奔出。细听，有麻雀声，也有布谷声；有清脆嘹亮的，也有长鸣婉转的；有独奏，也有合唱。简直是一派和谐的景象。不知有多少个早晨，这样的鸟鸣声把我从梦境唤起。

我喜欢黎明时站在楼上，听着悦耳的鸟鸣，看着鸟儿在枝头轻灵地跳跃，无拘无束，自由自在。

在绵阳，我搬过3次家，前两次居住在市中心城区，每天早晨是听不到鸟儿叫的。第一次搬家是刚到绵阳，住在临园干道旁涪城区财产保险公司职工宿舍，只住了一两年，就搬到南河坝建设街小区居住了。在建设街小区一住就是16年，孩子从小学到大学毕业。孩子参加工作后，家中的负担渐渐减轻，经济条件也有了好转。后来，家人想住电梯小区，于是决定改善性换房。

那段时间，为了换房，我们到过绵阳城区的科创园区、石桥铺、御营坝，看过不少楼盘。综合比较之后，选择在经开区三江湖边购房。

我从小在嘉陵江边长大，在九曲溪畔读书，对溪河有着特殊的感情，不管住在哪里，我都希望附近有条溪或者有条河。现在我住在三江湖边，出门就是三江湖国家湿地公园、三江创享广场和网红一号桥，离越王楼·三江半岛和富乐山两个国家AAAA级旅游景区也不远。

我住的三江国际丽城小区，靠近三江湖边，外面是滨江绿道。小区内绿树成荫，有香樟、菩提、银杏、桂花、朴树、皂荚树等，花草繁茂。一到春天，小区内中就弥漫着浓郁的花香。秋天就更不用说了，满园的桂花缀满枝头，随风飘来一阵阵馥郁的桂花香，沁人心脾。小区内的亭廊水榭，也为小鸟儿筑巢提供了良好的环境。

　　小区不仅自然环境好，而且人文气氛浓厚，各类设施齐全，有网球场、游泳池、健身道。孩子们燕子般在游乐场玩耍，中青年人在网球场上拼搏，上了年纪的老年人在健身道漫步。在小区亭廊和钟乳石、古木、奇石前，还有许多绵阳诗人、作家题的诗联，文化味浓厚。小区中间池塘边一个亭廊的亭柱两侧，挂着绵阳师范学院中文系原主任梁中杰教授撰写的楹联："柳亭映月戏流萤，曲水扶光唤紫燕"，正是对小区人与自然和谐相融的写照。

　　绵阳，城中有水，水中有山，山中有城，山水环绕，宜商宜居。难怪有人赞叹绵阳城市漂亮时，把绵阳的三江湖与杭州的西湖相比，称"东有杭州西湖，西有绵阳三江湖"。

　　每当我和朋友谈到现在所居住的城市绵阳时，我也感到自豪和骄傲，为我今生今世能居住在"天蓝、地绿、水清、人和"的美丽绵阳而感到有幸。

　　我每天上下班，独自行走在醉人的三江湖畔，一边是林荫滨江路，一边是蔚蓝的湖面。在阳光照耀下，看见江中游弋嬉戏的雁鸭和掠浪而飞的白鹭，心情舒畅，身体倍爽。

　　一阵微风吹过，几片柳叶飘落在湖面，湖水微微波动。那一片片柳叶好似一只只小船，在湖中荡漾开来，飘到很远很远的地方……

　　（2021年3月14日《绵阳日报》"西蜀"副刊）

山村的色彩

　　川西北的深秋就像一个调色板。红的是屋檐下挂着的红辣椒、山坡上结满的水楂子，黄的是田间地头的玉米、稻草和果树上挂满的柑橘，白的是小溪中游弋的鸭子、白鹭和山间的新修村舍，绿的是满目苍翠的青山绿水。

　　霜降过后，天气渐冷，晨起漫天大雾，几十米外看不到人影，行车也很缓慢。随市作协"脱贫攻坚乡村振兴"采风团，我们来到嫘祖故里盐亭。盐亭古称"潺亭""秦亭"，是古郪国的盐场所在地，因境内多盐井，盐卤出产丰富得名。

　　吃过午饭，我们来到湍江河岸麻秧乡"西部水产"现代园区。园区距盐亭县城14公里，毗邻成德南高速公路，总面积10平方公里，是盐亭县精心打造的集休闲渔业、现代循环农业、生态旅游业于一体的产村相融的新农村示范园区。园区确立优质生态鱼养殖和乡村旅游为主导产业的发展思路，引进华腾水产、浩淼渔业等企业和12家专业合作社落户园区，从事鲈鱼、胭脂鱼、甲鱼等名特优品种的养殖。每年开展钓鱼大赛、荷花节、农家体验等活动，吸引游客垂钓品鱼、观光休闲。

　　来到麻秧乡天水村，一路上青山绿水。道路旁，农家小院里，一片片绿油油的果树上都挂满果实。

　　在村委会院坝里，我们听取了天水缘生态农业开发有限公司负责人的介绍后，沿着乡村小道，穿过一片果林，攀登上一座小山头。山上开满红白相间的小菊花。站在山坡上眺望，眼前豁然一亮，山清水秀，风景如画。山水之间只见一大片果园，果树整齐划一，一排排新修沟渠纵横交错，宽阔平坦的水泥路畅通无阻在山间环绕。果园内挂满柑橘，就像落下的晚霞一样，黄澄澄，金灿灿。橘园前面有一条小河，河水静悄悄地流淌。听当地人说，这条小河是梓江，绕着农田，滋润着一方土地，养育着一方人民。

天水村村委会的负责人介绍，这里除柑橘园外，还有樱桃园，有樱桃树1000多棵。每年桃花、樱花盛开的时候，果园成了网红打卡地，来自四方的游客众多。

原来这里很穷，是省级贫困村，基础条件差，道路不通，用水困难，当地的小伙子讨媳妇都成难题。几个青年人看到家乡的困难，从深圳等地返回家乡投资创业。面对困境，他们依托社会力量支持，多路筹集资金，修通村道，建好水渠，整治河道，完善基础设施，坚定信心和决心打赢脱贫攻坚战，带动村民致富奔小康。村里以中药材种植为主，结合现代农业、乡村旅游综合发展，种植桃子、柑橘等水果，并在林下套种丹参、百合、黄精、玉竹等中药材，将农业、林业、旅游、文化、科技、康养、电商等相融合，打造集现代农业、乡村旅游和康养产业于一体，一二三产业融合发展的田园综合体，全力助推乡村振兴。

如今山村，小河流淌，花果飘香，规模已经成型。这些特色产业成为村民致富的重要途径，村民富了，农家的日子越过越好。

秋天里，乡村的时间就是收获的岁月。公路旁，几个村民悠闲地坐在亭子里的石凳上，拉家常、说年成——今年又是一个水果丰收年！

我拿着手机，走过去，拍下了他们在希望的田野上幸福的笑容。

第二天，我们离开盐亭，到了农业大县、人口大县三台。沿着盐三公路，进入的三台第一个乡是三元乡。三元乡是著名歌曲《阿里山的姑娘》词作者邓禹平先生的故里。多年前应三台朋友的邀请，我到过三元乡，参加过三元菜花节，也留有文字《山脚下的小屋》，纪念邓禹平先生。

桃花河是三台县富顺镇的一条小河，或者称为小溪。近年来，经过治理，水流清澈，许多鸭子、鱼儿在河中游荡。当地人经常坐在桥边，拿起鱼竿，挂上鱼食，抛向水中那游弋的鱼群。

在三台县景福镇宋观庙村，听县文联主席、诗人布衣介绍，这个村因脱贫攻坚3次登上央视。宋观庙村的稻香渔村现代园，是一家以精准建档立卡贫困户为主体的水产养殖及综合种养园区，园区内的奕川水产养殖合作社，有生态香米、泥鳅酱、泥鳅休闲食品等10余种产品。宋观庙村第一书记李晓川是个实干家，他带领乡亲们脱贫攻坚，在农村产业发展上，以强村带弱村，进一步挖掘产业发展的潜能，把弱村带出来，实现整村同步发展，同步达到小康。

漫步小山村，一幢幢小洋楼干净整洁。喜气洋洋的村民，还有路旁那一座座朴实劳动者的雕像，劳动致富带头人的大幅相片和简介，无不昭示着村民勤劳致富后殷实的生活，以及脱贫攻坚给山乡农村带来的巨大变化。

（2021年第2期重庆《民众艺苑》、第4期《蒲公英》，获绵阳市文化广播电视和旅游局、重庆市北碚区文化和旅游发展委员会主办"向着幸福奋进"优秀文艺作品奖，收录于获奖作品集）

高川的奇迹

高川，顾名思义，高高的山川。这里山高路陡，地形复杂，人烟稀少，是安州区最偏远的一个乡，也是整个绵阳条件较差的偏远乡镇之一。辖区内有两条河流，一条高川河，一条泉水河，均发源于龙门山脉。

他说，他和高川是有缘分的。"十年修铁路，一生高川情。高川是这辈子忘不掉的经历，也是一生中永恒的牵挂。"说这番话时，正值小寒，他站在龙门山一个叫"跃龙门隧道"的工地上。

2023年春节前夕，绵阳市作家协会、《剑南文学》杂志和政协绵阳市安州区委员会联合组织开展"川青铁路在安州"文学采风活动，我们有机会到高川乡，也偶然与他相识，听他摆起了他在川青铁路修建过程中有惊无险的经历，那些与高川有关的情感故事。

他叫赛奎雨，三十出头，个子中等，人显消瘦，但说话、做事特有精神，现是中铁十九局川青铁路项目部隧道六队的队长，工程师。

对于小赛来说，2013年绝对是一生中难忘的一年。这年7月，他从长春建筑学院交通学院本科毕业后，带着行李包，从东北到西南，2800多公里的旅程，跨越吉林、辽宁、北京、河北、山西、陕西、四川7个省市，换乘火车、汽车等交通工具，一路颠簸，到达高川时已是傍晚时分。山乡黑漆漆的一片，他住进工地宿舍那间小屋，当晚失眠了。这里能待多久？工作如何干？他心里没底。

当许多同学听说被分到川西山区隧道工程项目部工作时，看到条件艰苦，环境恶劣，生活困难重重，选择了放弃。没有选择放弃的，也有的在干了几周或者一个月后，也实在坚持不下去，离开了工地。

赛奎雨是最后留下来的几个人之一。他出生在东北吉林省德惠市万宝镇赛家屯一个农民家庭，父母一生勤勤恳恳，任劳任怨，不怕吃苦的精神影响着他。他说，在老家农村那么艰苦都能坚持，何况这里山清水秀，道路交通、通信设施还不错。他坚信只要自己努力，一定能适应环境，排除万难，干出一点名堂来。

小赛到工地参与的第一件事便是灾后重建。这年夏天，安县（安州区）遭遇了60年未遇的"7·8"特大洪灾。在抗洪抢险中，中铁十九局干部职工和当地群众谱写了一曲壮歌。

山区野外，空荡荡的工地上，时间凝固，一个人的夜晚格外寂寞。听着音响里放着古老的旋律，小赛思绪万千。梦境里自己的青春是那么美好、那么甜蜜，不愿醒来，可事与愿违，面对的现实又是那么残忍、那么无情。他也有过放弃的念头，有过逃避的想法，但作为最早一批进入川青铁路建设的大学生，心里有不甘。看着一批又一批老铁道兵离开，他似乎感觉到真如歌词里所唱的那样，"长大后我就成了你"。

就这样，赛奎雨在高川一干就是10年，把驻地当成家，他渐渐地喜欢上巴山蜀水，甚至把家安在高川，把根扎在四川，从东北人变成了四川人。与小赛有同样经历的还有一位工友，是个遂宁小伙，认识一位当地姑娘后，也把家安在安州。

在高川，他们参与和见证了中国铁路建设史上的许多奇迹。

川青铁路，地处青藏高原东部边缘，横穿龙门山、岷山、西秦岭等山脉，先后跨越盆地区、中低山区、高山区、高原区，为中国中长期铁路网规划的重要组成部分，是国家"八纵八横"高速铁路规划网兰广通道的咽喉，是继青藏铁路后中国又一条在海拔3000米高原修建的"天路"。

整个铁路线路全长275.8公里，主要由两个项目组成，即新建兰州至合作铁路、西宁至成都铁路。兰州至合作铁路自兰州西站引出，经临夏州永靖县、临夏市、临夏县后，在甘肃省甘南州夏河县唐尕昂乡，与西宁至成都铁路唐尕昂站接轨，经合作市、碌曲县郎木寺镇，四川省若尔盖县、松潘县，接入在建川青铁路黄胜关站，构成西宁至成都间的快速铁路通道。

川青铁路首次爬上川西高原，被称作中国"超难在建铁路"，其中三分之二是隧道，一共要穿越17座隧道、52座桥梁，路经绵阳两个站。全线第三长、穿越龙门山断裂带的跃龙门隧道被视为工程建设中的"难上加难"，是施工中需要重点解决的"拦路虎"。

跃龙门隧道建设难在哪里？

一位工程人员说，它是川青铁路第一座越岭隧道，而且要翻越龙门山脉。

龙门山得名于纪念大禹"凿龙门，铸九鼎，治水患"的伟大功绩。地处龙门山断裂带的高川乡是"5·12"大地震极重灾区，记得多年前，我曾采访过参与高川乡抗震抢险的全国公安系统抗震救灾先进个人、一等功臣、雎水派出所原民警杨世平和张晟。

经历过"5·12"大地震，人们对龙门山断裂带有了新的认知。

跃龙门隧道，四周高山环绕，连绵起伏，一眼望不到头。这里地形陡峻，岭谷高差悬殊，地质灾害频发，具有"四极三高五复杂"的特点，铁路建设施工面临多项世界性难题，是中国在建铁路最为艰难的越岭隧道之一，堪称"地质博物馆"。

跃龙门隧道是座双线隧道，采用双洞分修，左右线单向里程约20公里。隧道是川青铁路高原铺轨段的起点，从这里出去，到阿坝州茂县一直爬坡，一路北上。

工程建设方给我们提供了一个短片。当他们施工中打开龙门山体，呈现在眼前的是地震断裂带、岩爆、软岩大变形、高地应力、高岩温、涌突水、高瓦斯及硫化氢有毒有害气体等10余种不良地质，每一项规模与难度都极为罕见。

跃龙门隧道内瓦斯、硫化氢两种有毒有害气体同时存在，二者结合，轻则中毒，重则燃爆。如何战高温"解毒"，如何在特长隧道线路复杂、多工作面交叉作业的情况下，克服长距离通风、反坡排水以及确保洞内车辆交通安全、设备物流调度等，成为难题。

在建设中，工程建设者们借助了矿山通风的办法，首创采取"主体+局部"的隧道施工通风系统，创造性提出"以风定产"通风管理理念，根据隧道新风量科学分配并进行施工组织管理。在高瓦斯软岩大变形段，综合施工进度每月从10米提高到35米。

为了克服软岩大变形难题，工程建设者们从动物脊柱获得设计灵感，根据断裂带错动的概率，将受断裂带影响的隧洞，分成节段分别建设，短节间留出变形缝，并用特殊的止水带进行铰接。这一设计赋予了隧道适应错动及转动的能力，山体错动值不大，整座隧道的结构都不会发生大的破坏。这种在铁路隧道建设中短节段宽接缝的设计及应用，为世界首创。

像这样的首创，在跃龙门隧道还有不少。据介绍，跃龙门隧道在中国铁路建设史上有四个"全国第一"，即辅助坑道规模位居全国第一、早古生界非煤有害气体逸出段落长度位居全国第一、5亿年前寒武系高地应力软岩在变形段落的长度位居全国第一、单隧穿越地质地层时空长度位居全国第一。

为了攻坚克难，川青铁路项目部成立了刘国强工作室，重点聚焦软岩大变形主动控制、穿越活动断裂带节段、富水岩溶超前地质预报与灾害防治、特长高瓦斯隧道施工通风及智能物流组织运输等方面开展科研攻关，先后在国家核心期刊发表关键技术论文8篇，获得国家发明、实用新型专利授权19项。

2022年4月，川青铁路跃龙门隧道全线贯通，标志着全线建设最难关被攻克。

春节前夕，2022年度中国中铁十大超级工程重磅揭晓，其中"我国在建铁路最为艰难的越岭隧道之一的川青铁路跃龙门隧道全线贯通"位列第八。

跃龙门隧道创造了奇迹。这就是中国力量，这就是中国智慧。

小赛说，他们用十年磨练换一生成长，扎根大山，把最美的时光奉献给祖国的铁路建设。与跃龙门隧道的建设施工者们交流，我的心里时时感受到震撼。他们是如此年轻，有的刚结婚，有的初为人父，有的是才参加工作的大学生。正是大好的青春时光，却选择在深山黝黯危险的隧道中行进。

我渐渐理解了当代年轻人，理解了他们的冷静和理性，理解了他们的担当和作为。

　　离开跃龙门隧道三号斜井，井门口矗立着一块高大的纪念石，龙门赋镌刻其上。在井门口下面的山坡上，有幅鲜红的大字标语，"昆仑练剑蜀水舞，心浇汗筑续天路"，浓缩了铁路工程建设者10年奋战的艰辛。

　　返回路上，看到《川观新闻》报道"确保川青铁路项目年内建成通车运营"的消息，心中涌起一股暖流。

　　心中有暖，岁月不寒。对于川青铁路沿线群众来说，这绝对是一个天大的好消息，川青铁路的通车将结束川西高原不通铁路的历史。一条"天路"激活川西经济"一池春水"，让沿线群众多年来梦寐以求的愿望变成现实。

　　尽管小寒，站在高山，寒风凛冽，但山间的松柏依然挺拔，矗立在山头。冬天过去就是春天，春天就要来了，铁路沿线乡村振兴进入"加速度"，必将春暖花开。

（收录于政协绵阳市安州区委员会组编《下一站，安州》）

心中的一束光

算起来，我从事公安宣传工作已经20多年了，遇见了很多人，经历了不少事，也亲历了许多大要疑难案件和典型事件。其中有一起案件让我记忆犹新，那是20年前发生在江油闹市区的一起绑架案。

时间回到20年前。2003年8月30日这个周末，下午5时10分，一个身高约1.6米、30多岁的青年男子，戴着帽子、墨镜，脖子上围着毛巾，外穿一件墨绿色雨衣，脚踩胶鞋，身上捆着两根雷管，手持引爆装置和尖刀，在太白公园外劫持了一位15岁的女学生，并将她逼进街边商店，又从雨衣中取出炸药包和汽油瓶绑在人质身上。被劫持的女孩被突如其来的变故吓得号啕大哭。

劫匪挟持人质气势汹汹地冲进了某银行大厅，凶狠地对营业厅里的人喝道："你们都给我出去！"随后，他又对柜台里的几名营业员吼道，"快把钱拿出来！我要50万元，否则我就拉响炸药包，大家同归于尽！"

下午5时20分，人质的亲戚拨打了110报警。江油市公安局110指挥中心接到报警后，立即调集各警种和武警、消防救援人员赶到现场，对突发事件进行处置。

劫匪挟持人质抢银行的消息不胫而走，金轮大道很快聚集了很多人，空气异常紧张凝重。多名民警和武警战士已将解放碑附近的街道严密封锁，并设立了警戒线，到处都是救援人员忙碌的身影。

见警察赶到现场，凶残的劫匪"表演"起了惊险动作：他在大厅里走了一圈，取出随身携带的装有汽油的饮料瓶，将汽油胡乱洒在柜台上后点了火，熊熊大火与滚滚浓烟顿时充斥了整个营业大厅。看着燃烧的柜台，劫匪露出了狰狞的笑容，十分嚣张地喊道："快拿50万元现金！如果不答应，我就引爆炸药！"见大火渐渐熄灭，他又抓起椅子疯狂猛砸柜台前的防弹玻璃。

在一个多小时的僵持中，劫匪的情绪一直处在失控状态。看到如此疯狂的歹徒，被劫持的女孩绝望了，吓得不停哭泣。

民警注意到劫匪使用的是自制触发式爆炸装置，如果出现手指松动等情况，炸药包就会发生爆炸。使用远程狙击、近距离射击等手段无法确保人质安全，一旦失误，后果不堪设想。

经过多次劝解，劫匪始终坚持他的要求。江油市公安局巡警大队、治安大队的3名民警冒着危险进入大厅跟劫匪谈判，为了保护人质，民警尽力稳定劫匪情绪，反复做劫匪的思想工作，并尽量满足他的要求。时间一分一秒地过去，现场气氛越来越紧张，无论是救援人员还是围观市民，每双眼睛都在默默注视着各方的一举一动。

下午6时20分，与民警们僵持了数十分钟的劫匪提出要戴头盔、换衣服，要警察派车送他，他要和人质换个地方。

现场指挥人员认为这是击毙劫匪的最好时机。经过现场紧急研究，他们制订了第三套行动方案。时任江油市公安局局长邓正春，命令枪法精湛的巡警大队大队长林斌、爆破知识丰富的治安大队枪爆管理民警刘东林和心理素质较好的看守所民警邱高贵，按照既定的预案进入现场。

下午6时27分，一切安排就绪，时机成熟。林斌拿来了一件浅蓝色衬衣，抛给歹徒。就在歹徒换衣服这千钧一发之际，民警刘东林闪电般冲了上去，拉过被劫持的女孩，并迅速将其胸前的炸药导火线剪断。

"你在干什么！"劫匪话音刚落，林斌已经掏出手枪，对准劫匪果断开枪。只听一声枪响，子弹击中了劫匪的太阳穴，劫匪应声倒地。民警邱高贵迅速摘下人质身上的炸药包，跑出中心现场。

眼前发生的一切惊呆了被劫持的小女孩，她还没有反应过来，歹徒就已被警察击毙。女孩眼中噙满了感激的泪水，心中久久不能平静。

这起案件发生时，我刚从武警绵阳市消防支队转业到绵阳市公安局宣传处工作不久。接到采访任务后，我很快赶到江油，对整个案件进行了翔实的采访报道。

20年过去了，许多案件当事人都已经退休，人们逐渐淡忘了这事。然而，一个人的出现，又让我想起了这起绑架人质案。在今年警察节前夕，绵阳市公安局游仙区分局一位领导告诉我，他们分局有位女民警，正是当年那起案件里被劫持的受害女孩。

女孩名叫寇盈，现在是游仙区分局涪江派出所的一名社区民警。当年事发时，15岁的寇盈在江油中学读初三。两年后，她从江油高中毕业，考入成都某大学。2011年，大学毕业后的寇盈怀着梦想与感动，带着满腔惩恶扬善的热血，参加了体改生考试，考入四川警察学院。2014年夏天，从警院毕业后，经过层层考试，她被分配到绵阳市公安局游仙区分局魏城派出所工作，成为人民警察队伍中的一员。

作为一名派出所民警，寇盈每天忙碌在服务群众的最前线，尽可能地帮助他人。有一次，辖区最远的陆山村有两位70多岁的老人来办身份证，办理完毕缴费时，两位老人才发现没带钱，慌忙、焦急地一直翻包。寇盈看着两位高龄老人风尘仆仆自己来到派出所，心想他们的儿女不在身边，无人照料，很是心疼，便打算帮老人补上剩下的钱，但又怕他们难为情，就安慰道："大爷、婆婆，没事的，这村上给老年人办证有补助，已经办好了，你们就回家等着取身份证吧。"两位老人惊喜不已，连连感谢。送走老人，寇盈心里很开心。没想到下个逢场天，两位老人又来了。原来他们知道了办理身份证需要给钱，是民警帮了他们，这次他们是奔着感谢而来的，特意将家中的鸡蛋煮熟带给寇盈。寇盈尽力推辞，但推不掉老人们的一片暖意。

只要所里有紧急任务或工作需要，寇盈都和其他男警一样外出执行任务。有一次，派出所接到报警说辖区内有人贩毒，领导研究后，决定让案侦师兄带着刚上班的她伪装去侦查情况。寇盈勇气满满，背上书包，穿着大学时的衣服，按照安排坐在某小区楼道里，用手机将二楼楼梯拐角处的两名贩毒嫌疑人的交易内容全部录了下来。

这是个惊险的过程，完成任务需要智慧与勇气。当贩毒嫌疑人看到坐在楼梯口的寇盈时明显顿了一下，交换着眼神往楼上走，似乎是有所怀疑。寇盈紧张得甚至手机都差点掉到地上，但她拼命让自己冷静，装作若无其事地打电话，让"妈妈"赶紧把家门钥匙给送过来。寇盈的机智化解了嫌疑人的怀疑，随后她抓住时机完成取证，配合案侦民警抓获了毒贩。

经常有人问寇盈，派出所工作辛苦吗？她总是说，苦呀，真的很苦！不仅要负责整个辖区内的违法犯罪、矛盾纠纷，连群众的一些鸡毛蒜皮的小事也要管。一旦辖区有什么大事，比如大型活动、逢年过节等，她还要负责执勤，有时辖区以外的地方有需要，也会随时抽调她参与完成大型安保任务。在外执勤，晒着太阳，即使汗水一次次把衣服浸湿，也必须挺立在岗位。

寇盈的丈夫也是一名警察，在宜宾工作。这对双警夫妻每个月只能见一次面，待在一起的时间屈指可数。运气好的话，她的女儿每个月与她能有两个周末的相处时间。

穿上警服，身上扛的就是责任，是老百姓的寄托和希望。因为工作，寇盈有时候可能顾不上家人，但不论何种情况，她从来都没有因穿上这身警服后悔过。

心中有光亮，追梦在路上，寇盈一路前行。在从事户籍和社区警务工作时，她虚心学习，热情服务，受到了单位同事和辖区群众的好评，先后被评为区委工会先进个人、受到分局嘉奖一次。近几年，她的工作岗位换了几次，但不管在何时何地、当什么警种，寇盈为人民服务的心始终没有变。

当年，是穿着这身警服的人救下了她，给了她第二次生命。寇盈说，尽管案件过去了很多年，但她一直没有忘记那件事，没有忘记那些英勇果敢、敬业爱民的警察叔叔。怀着心中的那束光，她将继承人民公安为人民的光荣传统，不忘初心、牢记使命，砥砺前行，当好一名人民警察。

（2024年7月12日《四川法治报》"法苑"副刊）

第三辑 涪江泛舟 ～

永远的怀念

清明前夕，绵阳南山下了一场小雨。在南山茶园喝茶的一位老人说："天上的雨是有灵性的。一到清明前后，天总是阴沉沉的，偶尔下点雨，仿佛体会了人们的心情。"

老人的话十分伤感，寄托着人们对亲人的哀思。

南山烈士陵园，是市上每年举行国家公祭日活动的重要场所，是人们接受爱国主义教育的重要场地，时刻接受着人们的敬缅，激励着后人的奋进。

我家离南山不远，出小区大门右拐上河堤，沿涪江而上，步行10多分钟就到了。

南山山不高，位于涪江、安昌江、芙蓉溪三江汇流处，山上风景秀丽，植被葱郁。南山之巅的公园，是一个集观光游览、休闲娱乐、爱国主义教育等于一体的综合性园林式开放公园。整个公园主要由烈士陵园、烈士纪念馆、南山寺、南塔、郭玉读书台、人工湖等部分构成。出南山公园大门不远，就是百年名校南山中学。站在南山观景台，可以俯瞰绵阳主城区，也可以观赏美丽的三江景色。

去年夏天，南山公园经过改造后，整个园区面貌焕然一新。我和同事也曾到过南山烈士陵园。那是单位组织开展支部活动，组织党员民警和新民警接受革命传统教育。走进修缮后的南山烈士纪念馆，牺牲公安英烈的纪念墙引人注意，上面镌刻着6名公安英烈的姓名、生卒年月、生前单位和英雄事迹。

急流中铸住罪恶的黑手，飞身救人血溅铁轨，舍身堵炸药包勇救战友……公安英烈墙上，每个名字都是一段让人感动又难忘的历史，是一个警察对祖国和人民忠诚承诺的践行。

2019年12月31日《人民日报》第七版"为了民族复兴·英雄烈士谱"专栏，曾刊载过一篇文章《曾福兴：忠诚实干　舍己为人》，主要报道全国公安战线二级英雄模范、四川省平武县公安局刑警队原指导员曾福兴烈士的英雄事迹。

曾福兴的牺牲是悲壮的。这个大山孕育的儿子，质朴而平凡，在20世纪90年代却用他并不强健的身躯，像一声春雷震响了神州大地。

生于1951年4月的曾福兴，在工作上认真负责，曾8次被评为先进工作者。1975年夏天，他与战友检验一具高度腐烂的尸体。尸体半截浸在水里，他毅然下河，把尸体拖上岸然后用手术刀划开，仔细检查。

面对工作中出现的各种复杂情况，曾福兴始终公私分明，两袖清风。1988年7月，他的堂叔因参与倒卖珍贵野生动物毛皮被收审。见到曾福兴后，他不仅拒不交代，还有恃无恐，大吵大闹，以为会得到开释。曾福兴说："你虽然是我的亲戚，但现在是嫌疑人，你唯一的出路就是老实交代问题。"

面对同事，他则满腔热忱。1989年7月23日，几名执行任务的民警被洪水围困，他顶着倾盆大雨，带领增援同志赶到，冒着生命危险救出战友。有民警外出学习，家中小孩无人照顾，他就把民警的孩子接回自己家悉心照料。

1993年3月4日，一名歹徒因殴打其父被乡干部教育，怀恨在心，实施报复，将乡干部妻子刺成重伤后逃窜。曾福兴带领民警执行刑侦任务。办案途中，曾福兴一行见到一个疑似歹徒的人，见其形迹可疑，衣服尚有血痕，民警便上前盘问。此人正是歹徒，他见状撩起衣服，顿时一股硝烟弥漫。曾福兴一个箭步冲上前去，推开战友，抱住歹徒，随着一声巨响，曾福兴倒在了血泊中。为了6名战友的生命，他永远闭上了眼睛。

曾福兴牺牲时，年仅42岁。42岁的生命，该是人生最精彩的时刻，但曾福兴在瞬间就完全彻底地撤出去了，没有犹豫，毫不动摇，在生死抉择时，选择了牺牲。他用自己短暂的一生，诠释了一名人民警察的忠诚、实干与担当。

1993年4月22日，公安部追授曾福兴同志为全国公安战线二级英雄模范。1993年5月12日，四川省人民政府批准他为革命烈士。

警察这个职业，死神就在身边，随时都有牺牲，随时都要奉献。

在绵阳众多公安英烈的名字中，谢富强是最年轻的一位，牺牲时年仅24岁。

谢富强生前系江油市公安局厚坝派出所民警，为抢救一名呆立在铁轨上的4岁小男孩，献出了年轻生命，谱写了一曲荡气回肠的新时期"欧阳海之歌"。

2003年11月17日17时，谢富强与同事一起检查交通安全。当两人经过铁道时，由成都开往青岛的K206次列车呼啸而来，谢富强忽然发现一名小男孩正站在路轨中间。来不及思索，谢富强反身一个箭步冲上前去，把孩子揽入怀中转身就往后撤。但由于车速太快，距离又近，飞驰的列车将他和孩子撞飞十几米远。顿时，鲜血染红了铁轨和枕木，谢富强当场献出了年轻的生命，但他怀里仍紧紧抱着被他挽救的4岁小孩。

1997年12月至2000年11月，谢富强在武警成都市支队服役。退役后通过招警考试，成为一名人民警察，被分配到江油市公安局厚坝派出所工作。

派出所长期只有5个民警，工作量大，谢富强担负着辖区刑事案件的侦办、特种行业的管理、3个村治安防范的包片等多种工作，还兼任镇上保安巡逻中队的队长。厚坝镇的保安巡逻工作在江油市有极高的声誉，仅在2003年10月以来，就协助查处治安案件6件，整改治安隐患22件，捡到并归还群众失物8件，抢险救灾两次，救助群众11人，巡逻责任区没有发生一起盗窃案。

谢富强在当地群众中口碑很好。刚参加工作不久的谢富强，工资只有500多元，但他经常去看望该镇玄武村60岁的孤寡老人杨世海，给老人送钱送物，在重阳节还给老人送去了200元。在谢富强的灵堂里，老人看到昔日英俊善良的小伙的遗像，不禁老泪纵横。

2003年12月，公安部追授谢富强同志为全国公安系统二级英雄模范，民政部批准其为革命烈士。

谢富强牺牲后，我曾到江油采访过他的事迹，撰写的稿件《群众心目中的"活雷锋"》刊发在2003年12月24日《人民日报》。

缅怀先烈精神，更应该是一种传承。清明节期间，南山烈士陵园迎来了一位特殊的访客——绵阳市公安局情报指挥中心民警左祥文。他父亲左宜的名字，就深深地刻在面前烈士纪念馆的纪念墙上。

2008年5月，当"5·12"汶川特大地震袭来时，北川羌族自治县公安局拘留所民警左宜为了保护他人生命光荣牺牲，谱写了一曲感天动地的壮烈史诗，展现了人民警察英勇无畏的革命情怀。

2009年11月，四川省人民政府追认左宜同志为革命烈士。

在绵阳公安英烈名册中，有一个年轻的名字叫秦小斌，生前系盐亭县公安局巡警大队民警。2007年11月8日晚上9时30分，秦小斌接到110指挥中心的出警指令后，迅速赶至县城北门大桥，舍身跳入冰冷的弥江河水中，救一名落水群众。在他将落水者抓住奋力往回游时，因江水太过寒冷，体力不支，献出了29岁的生命。

2008年8月，四川省人民政府批准秦小斌同志为革命烈士，公安部追授其为全国公安系统二级英雄模范。

警察这一职业不仅意味着奉献和付出，更意味着流血甚至牺牲。有人说，在这个没有枪林弹雨的和平年代里，警察是最危险的职业。为了人民的平安，秦小斌用他年轻的生命践行了入警时的诺言，诠释了"人民警察为人民"的深刻内涵。

这就是共和国的人民警察，这就是绵州这片热土上的忠诚卫士。是啊，谁不珍惜自己的生命，谁没有幸福的渴望？但是，当他们穿上警服，戴上警帽，对于他们来说，责任就是保卫人民。

丰碑永恒，精神长存。

一束束鲜花，饱含追忆往事的泪水；一缕缕哀思，寄托缅怀英烈的深情。

清明时节，南山烈士陵园庄严肃穆，绵阳市公安局民警与烈士家属一道，深切缅怀、祭奠牺牲的公安英烈，深情追忆他们的英雄事迹，用鲜花献上对英烈的无尽哀思和敬仰。

烈士曾福兴的儿子曾治军，现是绵阳市公安局交警支队办公室副主任。他说，父亲是他们一家人的骄傲！他父亲在世时一直强调着自己的两个身份，共产党员和人民警察。现如今，他继承父亲的遗志，穿上了警服，光荣地加入了中国共产党，他要把父辈的精神永远铭记、传承下去。

（2024年9月30日《人民公安报》"剑兰"周刊）

爱上一座城

我与绵阳的邂逅，缘于一台电视机。

那是20世纪80年代初，还在苍溪中学读书，家住在县城上河街。那时县城不大，只有几千人，也就两条街，比较热闹的就是河街。河街不长，顺着嘉陵江，分上下河街。一旦放学，孩子们做完作业就会聚在河坝玩耍。在河街，哪家有好吃的、好玩的，都会拿出来供大家享受。

那时候，家庭生活贫困，许多物资都要凭票购买，更不要说有电视机。记得中国女排第一次夺得世界大赛冠军的情景——整个上河街只有一家有电视机，每当有中国队的比赛，就会把电视机抬出来，摆在一张木桌上，让周围邻舍都可以观看。电视机是一台14英寸的长虹黑白电视机，背后插着天线，拉着一根很长的电线。一到晚上，天线左摆右摆，屏幕还是雪花。但大家还是围在一起，没有怨言。看到中国女排队员出现，人们热情高涨，心潮澎湃，齐声鼓掌，为中国队呐喊和加油！

那台14英寸的黑白长虹电视机，陪伴我们度过了许多美好难忘的时刻，也成了时代记忆的一个部分，让我们记住了电视机的产地绵阳。

20世纪90年代末，我在广元工作，一个偶然的机会，被调到绵阳。在绵阳工作期间，我经常坐公交车，骑自行车，走街串巷，渐渐对这座城市有了更加深入的了解。

我喜欢绵阳的春天，繁花似锦，满园春色，花红柳绿，春意盎然。特别是药王谷和吴家后山的辛夷花开后，美得特别鲜，特别艳，漫山遍野，到处都是红彤彤的一片，红了山，红了地，红了人世间。一过春节，平通的梅林，花朵次第开放，掩映在山涧路边的农舍边，朦朦胧胧，宛若云蒸雾绕。到了秋天，虎牙、老河沟、小寨子，层林尽染，枫叶飘丹。进入初冬，登临富乐阁，举目望远，可以一览绵州半阙山清水秀。蓝天白云下，纵情三江畔，可以静看水波不惊，乐赏涪江上空沙鸥群翔。

绵阳已有2200多年建城史。古往今来，绵阳这块土地上英才辈出，哺育了李白、欧阳修、文同、李调元、沙汀、邓稼先等杰出人物。李白文化、文昌文化、三国文化、羌禹文化资源富集，翠云廊、富乐山、越王楼、子云亭历史文化底蕴深厚。

绵阳是一座温暖的城市。"5·12"汶川特大地震后，"警察妈妈"蒋晓娟为受灾婴儿哺乳，感动中国，感动世界。面对前所未有的灾难，绵阳人民万众一心，众志成城。

我有时想，缘分是一种奇妙的存在。原以为与绵阳的不经意邂逅，我只是其中的一个过客，一路走来才发现，许多仿佛就是当初的约定和承诺。

现在在绵阳，一到周末或者节假日，我经常约几个好友，登上富乐山，对着绵阳城，喝着坝坝茶。我喜欢听朋友讲述在这座城市打拼的经历和故事。对于这座城市，他们是亲历者，也是见证者。

如今的绵阳，进入了发展的快车道，交通四通八达。从绵阳到成都不到1小时，从绵阳到西安也就3小时，早晨还在绵阳吃米粉，中午有可能就在西安吃凉皮、肉夹馍。

在绵阳，我搬过3次家，现住三江湖国家湿地公园旁边，每天站在阳台，我就可以凭栏近观秀丽的三江湖水。每天晚饭后，我和妻子都会到三江湖边散步。湖边的柳枝纤细而柔软，像姑娘长长的秀发，在微风的吹拂中摆着腰肢。一阵微风拂过，几片柳叶飘落在湖面，湖水微微波动，那一片片柳叶好似一只只小船，在湖中荡漾开来，漂到很远的地方……

河堤边，每天早晚锻炼身体的人很多。这些年，随着人们物质生活的改善，大家也开始注意保健，锻炼身体。

我曾经去过很多城市，如果择城而居，可能每一个人都有不同的答案。为什么我选择的是绵阳？因为心中有太多眷恋。现在不论我走到哪里，只要说到绵阳，我都感到骄傲。前几年，孩子大学毕业，很高兴他也选择留在绵阳成为新一代的建设者和见证者。

（2022年7月1日《四川日报》"原上草"副刊，收录于四川作家网散文专栏）

初心永恒

算起来，自己从警已经35年。

35年，说长不长，说短也不短，其实人生也就3万天。

前几天，几个同年入警的同学聚会。我们已经有30多年没有见面了，时间过得真快，当大家再次相聚时，突然间，发现我们不再青春年少。大家相聚一起，更多的是回忆。

那个雨夜

我不会忘记40多年前的那个雨夜，那位赵叔。

那时我还小，在苍溪县城郊小学读书。那是一个晚上，风雨交加，我家住在县城上河街街口，小木屋被风刮得"吱吱"响，我躲在被窝里，怎么也睡不着。到了深夜，小木屋的木门突然响起一阵急促的敲门声，父亲打开门，一个身形消瘦、皮肤黝黑的高个子男人，披着一件长雨衣，脸上还有雨水，神色紧张地进入室内，跟我父亲说话。

来人我认识，姓赵，与我父亲的年龄相仿，平时我喊他赵叔，是县城陵江镇水陆派出所的治安民警。父亲是老党员，单位的治保人员，是一名治安积极分子，经常与派出所的民警有联系，我小时也经常去派出所赵叔的办公室玩。派出所位于嘉陵江边的西门市场，是一栋两层砖木结构的楼房。这个派出所包括赵叔在内不到10个人，他们都穿着上白下蓝的制服，衣领处还有红艳艳的领章，头戴缀有国徽的大檐帽，那模样真帅！让儿时的我不禁生出一个梦想——长大也要当一名人民警察！

那天晚上，我却不见赵叔平常那份帅气。衣裤被淋得湿透，脸前帽檐还滴着雨水，脸色看上去不平静，显得有些紧张。他向我父亲说，县城发生了一起重大盗窃案件，犯罪分子翻窗入室撬开办公桌盗走了数千元巨款。数千元人民币，在20世纪70年代是笔不小的数字。赵叔喊我父亲与他一起到轮船码头等复杂场所查控，严防嫌疑人从水路逃走。屋外，雨哗啦啦地下了一整夜。那个夜晚，父亲一夜未归……

第二天早上，满身泥浆的父亲出现在屋内，母亲站在一旁责怪不停。她一整夜都未睡觉，一整夜地牵挂啊！

20世纪六七十年代，县城较小，就两条主要街道，我家所在的河街是其中一条。河街处于交通要冲，来往人员复杂，治安形势严峻。加上大多数家庭经济条件差，很多孩子长期无人管教，有学不上，经常打架、小偷小摸，家中大人也没办法。赵叔自从当了河街管片民警后，经常到一些不良青少年家中做帮教工作，帮助他们改掉恶习，远离犯罪。平时，他也总在街上转悠，主动上门，为居民办事，提供帮助。

父亲早逝，之后见到赵叔的机会就越来越少了。

多年以后，我长大如愿成为一名人民警察。刚上班不久，我便留意寻找那位我少年时代记忆中很帅气的赵叔，却未如愿。只听说他多年前就已被调回老家阆中市，继续从事公安保卫工作，我的心里不禁一阵怅然。

如今父亲也离开我们多年。去年清明节，我与家人一道到阆中寻祖寻踪，顺便打听了一下赵叔的情况，但似乎没什么人知道他。

尽管后来工作远离了家乡，远离了那座我十分熟悉的小县城，但记忆是难以忘怀的。

我不会忘记那个风雨交加的夜晚，不会忘记那位敬业的普普通通的管片民警。

那个夜晚，我读懂了一个爱民的警察。

那个夜晚，我读懂了人生追求的真谛。

初当刑警

1985年12月，我以文化考试第一名的成绩，成为广元市建市首批公招的人民警察。

刚从学校毕业，背负家人的希望，怀揣着梦想，带着青涩纯真，带着些许兴奋与幻想，来到一座陌生的城市。记忆中，那时广元不大，仅老城商业较为繁华，上西坝还是一片农田，一座铁桥连着嘉陵江两岸，经常游玩的也仅有凤凰山公园、皇泽寺等几个地方。

当时，我们住在老城河街水上招待所，条件十分简陋，生活十分艰苦。我们心往一处想、劲往一处使，顺利完成了新民警培训学习，在市直属机关环城赛跑比赛中，还勇夺集体第一名。领奖那天，小伙伴们兴奋不已，毕竟这是人生第一块奖牌、第一个荣誉，这个荣誉是团队的结晶、集体的努力。大家围着奖牌，在广元市川剧团院内留下的合影，也成了人生最珍贵的纪念。那是一张青涩的照片，那是一段美好的回忆。

一年后，培训结业，我被分配到广元市公安局预审处实习。实习后，被分配到苍溪县公安局工作，当了一名刑警。

刚到刑警队报到，一位从事30多年公安工作的老领导对我们几个青年警察说："当好警察，要从刑警干起，学会办案，学会做群众工作。你们要好好向老警察学习，尽快达到自己能独立主办案件的要求。"

到刑警队报到不久，就接到一个比较棘手的案件：县委办公大楼办公室被盗！犯罪分子十分猖狂，一夜之间连撬12间办公室50多个办公桌，除贵重物品外，不排除有重要文件被盗的可能性。

案件在县城引起轰动，影响很大。这是一起多年未发生过的刑事案件。我参加了案件侦破，犯罪现场十分凌乱，犯罪分子十分狡猾，采取戴手套撬门扭锁的方式作案，流窜性作案的可能性较大。目睹现场，我感到茫然不知所措，觉得无从下手。

晚上，召开案情分析会。参与案件侦破的每个侦查员都发言，提供情况。局领导听完汇报后，部署下步工作，迅速向友邻市县发出通缉令，做好要道、车站、码头的阵地控制工作。由于被盗的有存折、国库券等，警队在储蓄所安排足够警力，防止犯罪分子取款后外逃。

果然不出所料，犯罪嫌疑人次日在红军路一家储蓄所取款时被抓获。

抓获犯罪嫌疑人，案件的侦破工作仅仅完成一半，艰难的是审讯和取证。

犯罪嫌疑人不交代自己真实的姓名和家庭地址，所交代的全是假话，查无此人。连夜审讯，我的肠胃咕咕直叫，转眼看其他刑警，似乎都忘记了吃晚饭这回事。那时没有方便面，刑警一旦案件有所进展和突破，就没日没夜，忘记了苦和累。

审讯工作继续。针对近段时间省内不少市县机关单位连续发生盗窃案件，作案手法相似，不排除这是一条"大鱼"，决定并案侦查。

几经审讯，犯罪嫌疑人不得不交代了在成都、乐山、内江、南充、广元等10多个市县作案的犯罪事实。

那段时间，晚上审讯，白天查证，整个生物钟全部被打乱。被审讯的犯罪嫌疑人十分狡猾，侦查员必须与其斗智斗勇，绞尽脑汁，反复周旋。加上犯罪嫌疑人是"几进宫"，一场审讯结束，人像是患了一场大病似的，精疲力尽。

审讯结束，展开查证。春节还没有过完，我就和刑警何力一路，到全省10多个市县调查取证。一个月时间，从川北到川南，白天坐车，晚上查证，终将材料收齐，结束案侦工作。

在刑警队工作，讲究行动要快，工作要细，容不得半点马虎，不能错过有利战机。

1989年6月8日晚，苍溪县五龙区发生一起持刀杀人案。县公安局接到派出所的报案说，犯罪嫌疑人行凶作案后，携带匕首、雷管和炸药潜入县城。

晚上9时，我在家中接到迅速到县公安局集结开展搜捕行动的通知。那时，通信不畅，没有手机，也没有传呼机，家中没有电话，都靠同事驾驶摩托一个接一个地通知。

晚上，分管局长讲完案情，用余光扫了一下参战刑警，每一个人的脸色都很凝重。大家知道歹徒携带作案凶器和炸药，意味着有生命危险。也知道歹徒在外一时，对社会的危害性就不可低估。

每个刑警沉默着，都知道身上的责任和使命。

几分钟后，追捕工作展开。一组到县川剧团没有抓到人，一组到红军路下段也没有消息，一组到丝绸总厂犯罪嫌疑人姐姐处查找。经过调查，发现歹徒在丝绸总厂职工宿舍的可能性很大。几千人的大厂，抓捕工作每一步都不能出错。几个刑警上楼，发现目标后，迅速制定对策，以迅雷不及掩耳之势将歹徒抓获，同时收缴了作案凶器。

在刑警队工作，我懂得这样一个道理，要么不当刑警，要么就做好奉献，甚至牺牲的准备。一旦选择了这个职业，就要放弃很多，就要牺牲很多。我当刑警3年，有两个春节都出警。一个春节，腊月二十九还在离县城几十公里的土里乡下办案。乡上不通公路，要步行10多里到相邻的漓江乡，再过一条河，再走很长的路，才到一条能返回县城的公路上，搭上一辆便车赶回家中，与家人团聚。另一个春节正月初二，遇到回水乡一个女青年与家人闹矛盾服毒自杀，我和几个战友放弃与家人的团聚，赶到现场进行查处。

在刑警队工作期间，我利用业余时间采写的案件通讯《荒野追捕》《宋江迷雾》等，先后在《四川日报》《四川公安》等报刊发表。

在刑警队这个出色的团队里，我学会了许多。我不会忘记我短暂的刑警生涯。

军营锤炼

20世纪90年代初期，我在苍溪县公安局工作，已经有稳当的职业，又刚刚结婚，建立了一个舒适的家庭。也就在这个时候，人生又发生了变化。1991年6月，公安部批准我转为现役，到消防部队服役。那个年代，能够成为一名军人，是许多青年人的向往。

面临第二次职业选择，家中产生了波动。妻子劝我要慎重处理，有了稳当工作，离家又近，不要到别处去工作了。年迈的母亲和兄长也再三告诫，到部队是要吃苦的，尤其是新训期间。当时，我一心一意抱定不怕吃苦，和好男儿应到部队这所大学校接受锻炼和熏陶的想法，选择了当兵。

这年，我已26岁。

到消防部队，经过武警成都指挥学校消防分校教导队培训后，我被分配到消防支队工作。我先后担任支队防火监督助理工程师、工程师、调度指挥室主任、大队教导员，又当过《四川消防报》记者。

我不会忘记参加四川江油"9·20"油罐爆炸抢险，不会忘记采访模范消防警官刘文龙，不会忘记现场采访重庆朝天门大火，更不会忘记1997年7月香港回归，我以一名消防警官的名义写的长诗《期盼回归——一个共和国警官的述说》，发表在《中国消防》杂志，并获得全省公安消防部队征文奖。

在从事消防监督工作期间，我们见证了一座座高楼的拔地而起，见证了一个个企业的发展壮大，见证了城市的迅速发展。

在消防部队，我学会了刚毅、勇敢和坚强。我不会忘记百米冲刺时的呐喊，也不会忘记在训练场上摸爬滚打的身影。我不会忘记一起治安巡逻，一起抗洪抢险，一起便民服务，也不会忘记与风雨相随，与蓝天为伍，与钢枪为伴。在军营，我们读懂了什么是军人的伟大与平凡，什么是军人的赤诚与执着，什么是军人的潇洒与坦然。

一个从小与军营无缘的男子汉，却在消防部队度过了人生中最难忘的一段岁月，由夏到秋，由冬到春，生活节奏快而紧张。在军营，每当听到高亢有力的军歌，我都感到热血沸腾，浑身充满力量，仿佛看到一支雄赳赳、气昂昂的队伍，迈着矫健整齐的步伐，走向靶场，走向未来，走向胜利的辉煌。

有人说，当过兵后悔一阵子，没有当过兵后悔一辈子。我很骄傲，我不后悔，我曾是军人，曾有当兵的经历。

再次从警

2003年9月，我从消防部队转业，再次面临职业的选择。我又选择了警营，当一名人民警察，被分配到四川省绵阳市公安局政治部工作。

漫步红尘里，回忆从警路。35年，痴心不改，初心依旧。

30多年来，自己在忠诚履职做好本职工作的同时，还在报刊发表了数百万字的文字，推出了一大批公安英模人物，出版著作4部。10次荣立个人三等功，5次受到嘉奖，多次被评为"优秀共产党员"和"优秀公务员"。

这些简单的数字，是时光的印迹，是历史的见证。

由于努力，勤于笔耕，自己先后成为四川省作家协会、全国公安作家协会、中国纪实文学研究会、中国散文学会、中国报告文学学会会员。

35年从警岁月，一路艰辛。如果用一个长焦镜头的相机来拍摄35年自己经历的整体画面，会发现在这些镜头中，预审、刑警、消防、公安宣传、抗震抢险、读书写作都是关键词。每个词都是人生的一个阶段，每个人生阶段都有许多难忘的故事。

35年，匆匆忙忙，一直行走在路上。不断奋进，不断突破，不断寻找另外的自己。也有许多梦想，有的成功实现，有的留下遗憾。但更多的是收获，是人生的沉淀，是美好温暖的记忆。在一个又一个新的起点上，从春天的希望起步，走过炎炎的夏日，走过秋收的喜悦，坚守寒冷的冬天。

35年，与共和国一同成长，历经岁月的沧桑和生活的变迁，见证了人民美好幸福生活的不断改善。

光阴荏苒，日月如梭。回顾昨天，总结经验也收获了一笔财富；把握今天，就等于珍惜了每一个发展机遇；谋划明天，就是展望未来，运筹帷幄。收获昨天、珍惜今天、谋划明天，过好这"三天"，人生就没有遗憾。在新时代，让我们承载着新的梦想，寄托着新的期待，坚定信念，坚持梦想，向着美好继续前行。

（2019年第10期《椰城》"我和祖国同在"征文专栏）

附录 创作概况

一、出版著作

1. 纪实文学集《人与火》（1994年11月，四川文艺出版社）

2. 杂文集《刑警生涯》（1995年2月，成都出版社）

3. 长篇纪实文学《铁血英雄》（2008年10月，中国文联出版社）

4. 散文集《不一样的天空》（2015年5月，宁夏人民出版社）

作品被中国国家图书馆、中国现代文学馆、上海图书馆、天津图书馆、南京图书馆、四川省图书馆、北京大学图书馆、清华大学图书馆、中国人民大学图书馆、复旦大学图书馆、四川大学图书馆、成都图书馆、绵阳市图书馆、邓小平图书馆、四川省社会科学院图书馆、广元市图书馆等多家图书馆收藏。

二、作品选载

（一）报告文学

1. 《丰碑，忠诚警魂铸就》入选《决战"5·12"》报告文学卷（2010年5月，群众出版社）

2. 《警察妈妈：地震棚里圣洁的乳汁》入选四川省妇联组编《震中巾帼》（2011年5月，四川文艺出版社）

3. 《巍巍丰碑》入选四川省公安机关纪念红军长征胜利80周年

文学作品选《书写忠诚》（2018年3月，中国文联出版社），入选绵阳文艺丛书《文学绵阳》（2019年卷）（2021年4月，成都时代出版社），节选入选四川省作家协会选编《2018年四川报告文学精选》（2019年12月，成都时代出版社）

4. 《打拐刑警》入选2021年新时代中国法治文学精选征文获奖丛书报告文学卷《微尘鉴罪》（2022年3月，群众出版社）

5. 《阿坝警察》入选2022年新时代中国法治文学精选丛书报告文学卷《预审"工匠"》（2023年5月，群众出版社）

6. 《扯羊村：扶贫第一书记是警察》入选凉山脱贫攻坚主题文学作品集《奇迹凉山》（2024年2月，四川民族出版社）

7. 《村里来了警察书记》入选2023年新时代中国法治文学精选丛书报告文学卷《千丝万缕》（2024年6月，群众出版社）

（二）散文

1. 《远志草》《山鹰》入选全国消防文学作品选（第一集）《火红的轨迹》散文卷（1993年4月，群众出版社）

2. 《不一样的天》入选《广元十年文学作品选》（1995年8月，四川文艺出版社）

3. 《野山栗子》入选《同一片蓝天》（1996年12月，新疆青少年出版社）

4. 《船工·古渡·新桥》入选绵阳50年文学作品选《天地回声》（2000年5月，太白文艺出版社）

5. 《简单生活》《欣赏自己》入选《当代四川散文大观》第六卷（2010年11月，中国戏剧出版社）

6. 《川西高原好风光》入选《中国散文精选100家》（2011年7月，作家出版社）

7. 《行走川西高原的心灵震颤》入选《当代四川散文大观》第七卷（2013年12月，中国文史出版社）

8. 《我骄傲，我曾是刑警》入选2014年全国公安文学精选散文诗歌卷《心中有座百草园》（2015年6月，群众出版社）

9. 《彩云之南》入选云南大学教授林艺主编《云岭轶事》

（2015年8月，云南大学出版社）

10.《过年》入选四川省网络作家协会组编《苍溪味道》（2016年11月，四川数字出版传媒有限公司）

11.《石缝中的野菊花》入选《四川散文奖获奖作品集》（2016年12月，中国文联出版社）

12.《八月桂花香》入选《当代四川散文大观》第八卷（2016年12月，吉林文史出版社），入选2017年全国公安文学精选散文诗歌卷《麻雀·尊严和自由》（2019年5月，群众出版社）

13.《流淌的红色》入选全国公安文联组编《长征路上的坚守》（2017年12月，群众出版社）

14.《静看翠云廊》入选四川省作家协会选编《2018年四川散文精选》（2019年12月，成都时代出版社）

15.《桃花岛的银杏黄了》《静看翠云廊》《巷陌纪事》入选"小青春美文"系列丛书《把世界放在耳边》（2020年5月，天地出版社）

16.《幸福从来不卑微》《小街修鞋匠》《说说幸福》入选"小青春美文"系列丛书《拉着我的手》（2020年5月，天地出版社）

17.《相逢是首歌》入选"小青春美文"系列丛书《深深太平洋》（2020年5月，天地出版社）

18.《母亲的谚语》入选"小青春美文"系列丛书《十万种乡愁》（2020年5月，天地出版社）

19.《办公室新来的年轻人》入选"小青春美文"系列丛书《谁说这是月光》（2020年5月，天地出版社）

20.《分享生活》入选"小青春美文"系列丛书《我在未来遇见你》（2020年5月，天地出版社）

21.《陈年老酒》《夫妻小店》《有钱没钱，回家过年》《卖黄桷兰的太婆》入选"小青春美文"系列丛书《走在都市的霓虹灯下》（2020年5月，天地出版社）

22.《春到羊角村》入选中共四川省委宣传部编写《生命至上——四川战疫丛书（文艺卷）》（2020年12月，四川人民出版社）

23. 《秦岭最美是秋天》入选西安市秦岭保护局、西安市资源规划局、西安日报社组编《美丽秦岭我的家——全国创作大赛作品选》（2021年3月）

24. 《红星照我去战斗》入选绵阳文艺丛书《文学绵阳》（2020—2021年卷）（2022年3月，四川文艺出版社）

三、作品获奖

1. 散文《船工·古渡·新桥》获得首届王勃杯全国青年文学大奖赛优秀作品奖

2. 散文《远志草》获得《芳草》文学月刊"芳草杯"全国精短作品大赛优秀作品奖

3. 报告文学《"烟疫"中的火魔》获得全国"东方消防杯"报告文学征文二等奖

4. 长篇纪实文学《铁血英雄》获得四川省首届优秀公安文学作品奖二等奖、绵阳市第五届优秀文学作品三等奖

5. 散文《石缝中的野菊花》获得四川省散文学会主办第二届四川散文奖优秀作品奖

6. 散文《人生路上书相伴》获得四川省散文学会主办首届四川省法治散文奖三等奖

7. 报告文学《铁骨柔情铺筑回家路》获得首届四川省法治文学奖报告文学类三等奖

8. 报告文学《扯羊村的书记"扯"》获得第二届四川省法治文学奖报告文学类二等奖

9. 纪实文学《解放碑前的枪声》获得全国公安文联举办庆祝改革开放40周年征文优秀作品奖

10. 报告文学《打拐刑警》获得中国社会主义文艺学会"新时代中国法治文学精选"系列丛书征稿报告文学二等奖

11. 散文《那些美好的读书记忆》获得四川省精神文明建设办公室、四川省作家协会主办四川省首届"家风校风"征文优秀作品奖

12. 散文《船工父亲》获得四川省报纸副刊优秀作品奖三等奖

13. 报告文学《巍巍丰碑》获得四川省公安厅"书写忠诚"征文报告文学类二等奖

14. 散文《流淌的红色》获得四川省公安厅"书写忠诚"征文散文类优秀作品奖

15. 纪实文学《萤光照亮回家路》获得四川省公安厅、四川党建期刊集团"四川公安警察故事"主题作品征文优秀作品奖

16. 散文《关内警察》获得四川省公安厅、四川党建期刊集团"四川公安警察故事"主题作品征文优秀作品奖

17. 散文《小街修鞋匠》获得《河南日报》（农村版）"中国梦·法治情"文学作品征文三等奖

18. 散文《遇见》获得《剑南文学》杂志创刊40周年征文优秀作品奖

19. 散文《母亲的影响》获得广元市文化广播新闻出版局、广元市作家协会"传家风、立家规、树新风"文学征文三等奖

20. 散文《羌山羌茶》获得首届"北川茶叶杯"中国羌茶文化全国征文大赛三等奖

21. 散文《山村的色彩》获得绵阳市文化广播电视和旅游局、重庆市北碚区文化和旅游发展委员会主办2021年"向着幸福奋进"优秀文艺作品征集评选活动优秀奖

22. 散文《红星照我去战斗》获得绵阳市"忆峥嵘岁月，学党史故事"有奖征文文学作品类一等奖

四、作品评介

1. 2014年8月29日《文艺报》（文学评论版）刊发评论文章《好散文要有好的写作态度》

2. 2014年第10期《作家文汇》和2014年9月上《剑南文学》杂志刊发西南科技大学教授、中国作家协会会员、文学理论评论家张德明老师文学评论《趣味人生的仁义书写》

3．2015年5月广东《新评论》刊发中国作家协会会员、绵阳市文联副主席、《剑南文学》原杂志主编冯小涓老师为散文集写的书序《为不一样的天空喝彩》

4．2015年11月《文学教育》杂志刊发著名公安文学评论家张友文博士评论文章《手写中国——评罗瑜权的散文〈梦开始的地方〉》

5．2018年7月29日《绵阳晚报》"绵阳作家群研究"专版刊发评论文章《好散文要有好的写作态度》、个人简介和创作简历

跋

记忆是流淌的河流

每一个人的心里，都有自己的故乡；每一个故乡，都有说不完、写不尽的故事。

无论我们在何方，每当我们回眸来路时，仍清晰记得故乡的山山水水。在岁月的沉淀之后，才发现自己忘不了的是故乡。

我出生在嘉陵江边，工作生活在涪江边，嘉陵江和涪江养育滋润着我，是我的父亲河，我的母亲河。我知道，我的血液里永远流淌着两江碧水，无论在何方，都让我魂牵梦绕。

忘不了的故土，离不开的乡愁。我常想，我能为故乡做些什么呢？想来想去，只能用笔墨去触摸那片土地，用心去思考那里的一草一木。

这本写涪江的书，主要涉及涪江流域阿坝、绵阳、广元、遂宁、南充等地。

这是我的第二部散文集，收集了近年在《剑南文学》《草地》《贡嘎山》《河南文学》《中国地名》《中国乡土文学》《龙门阵》《中外文艺》《四川散文》《南充文学》《剑门关》和《人民日报》（海外版）及《四川日报》《人民公安报》《劳动午报》《中国移民管理报》《华西都市报》《四川农村日报》《四川工人日报》《晚霞报》《绵阳日报》《遂宁日报》等报刊发表的散文54篇，分为"静观蜀道""羌山听风""涪江泛舟"三辑，其中大部分是参加脱贫攻坚、乡村振兴、重走长征路和文化旅游等采风活动创作的作品，都是亲身经历、亲身感受和人生感悟。

这本书是人生旅途的总结，是经历，是怀念，是乡愁。感慨时光的流逝，回望走过的路，也为这作品收获感到欣慰。其实，要说的话，都在作品里了，这些作品都是心灵的映照。

工作多年，我出版、发表数百万字的作品，著作5部，40多篇作品入选"新时代中国法治文学精选""全国公安文学年度精选""全国消防文学作品选""四川散文年度精选""四川报告文学年度精选""当代四川散文大观"等各种文本。10次荣立个人三等功，6次受到个人嘉奖。这些简单的数字，是时光的印迹，是行走的足迹。

在信息技术广泛运用的时代，快速的生活节奏，让我们忘记了故土，忘记了乡愁，忘记了过去经历的许多人和事，许多伤和痛。也许，哪天一个偶然的重逢，一句熟悉的问候，就会勾起曾经的快乐无限。

回忆永远是美好的。我们不能忘记记忆中那条流淌的河流，它流淌着母亲们辛劳的汗水，流淌着故乡的纯洁、朴实和真情。

2024年6月30日 四川绵阳三江湖